Claudia Siegmann

Traumprinz nach Rezept

CLAUDIA SIEGMANN

Traumprinz nach Rezept

Ravensburger Buchverlag

Bibliografische Information der Deutschen Nationalbibliothek:

Die Deutsche Nationalbibliothek verzeichnet diese Publikation in der Deutschen Nationalbibliografie. Detaillierte bibliografische Daten sind im Internet auf www.dnb.d-nb.de abrufbar.

MIX
Aus verantwortungsvollen Quellen
FSC® C114500

Das für dieses Buch verwendete FSC®-zertifizierte Papier liefert Arctic Paper Mochenwangen GmbH

1 2 3 4 5 E D C B A

Originalausgabe

Dieses Werk wurde vermittelt durch die
Michael Meller Literary Agency GmbH, München.

Lektorat: Kathrin Becker
Umschlaggestaltung: Maria Seidel, Teising
Verwendete Fotos von © oneinchpunch/Thinkstockphotos
und © 578 foot/Thinkstockphotos
Innenlayout: Daniela Göpffarth
Verwendetes Motiv von © Alice Vacca/Shutterstock
Satz: Fotosatz Amann, Memmingen

Printed in Germany
ISBN 978-3-473-40138-3

www.ravensburger.de

Eins

So, das war's dann! Unser gesellschaftlicher Abstieg war nun endgültig besiegelt. Kathinka Bergmann hatte offenbar den kompletten Jahrgang und einige ältere Schüler zu ihrer Geburtstags-Poolparty eingeladen, nur Lena und mich nicht. Sogar der komische Junge, dessen Namen sich niemand merken konnte, hatte eine Einladung bekommen. Und das garantiert nur, damit wir uns noch mieser fühlten.

»Mist«, murmelte Lena und warf das Geschichtsbuch regelrecht in ihre Tasche. »Feli, weißt du, was das bedeutet? Sarah kann sich auf Kathinkas Party ungehindert an Leon ranschmeißen. Ich seh die beiden schon im Pool rumknutschen. Und wie sie mit Margaritas darauf anstoßen, dass ich nicht dabei bin.«

»Quatsch! Die werden auf einem fünfzehnten Geburtstag doch keine Cocktails bekommen«, sagte ich und fühlte mich schuldig, weil ich nichts Besseres erwidern konnte. Lena war bis über beide Ohren in Leon verknallt. Und das, obwohl ich der Meinung war, dass sie sich einen Jungen mit einem anderen Vornamen aussuchen sollte, weil sie ansonsten nur noch LeLe genannt würden. Von mir zumindest. »Und Leon wird gar nicht auffallen, dass du nicht dabei bist, weil ihm auch nicht auffällt, wenn du dabei bist.«

»Ey!«, motzte Lena, blickte mich finster an, ließ dann ihren Kopf ein paarmal auf die Tischplatte dotzen und sagte niedergeschlagen: »Du hast ja Recht. Ich bin ein Nichts. Ein unwürdiges, klitzekleines Nichts ohne Einladung zur Poolparty.«

»Ja. Genau wie ich. Und jetzt reiß dich zusammen«, sagte ich streng, erhob mich und zeigte zur Tür. »Wir haben gleich Mathe. Da brauchen wir unsere geballte Konzentration.«

»Konzentration, Felicitas. Wo bist du nur mit deinen Gedanken?«, mahnte Lena im Tonfall unseres Mathelehrers, den wir nur Hochzwei nannten.

Als ob das eine Frage der Konzentration wäre. Lustlos verließen wir den Geschichtsraum und begaben uns in unser Klassenzimmer. Ich war schlecht in Mathe, gruselig schlecht. Immer wenn ich eine Rechenaufgabe lange genug ansah, begann irgendwo in meinem Kopf eine Stimme zu summen und die Zahlen legten ein Tänzchen zwischen den Kästchen hin. Das war hübsch, aber mathematisch gesehen absolut nutzlos. Lena meinte sogar, ich säße dann immer wie weggetreten da, und zwar mit offenem Mund, ein bisschen wie ein Dorftrottel.

Und jetzt war wieder eine Doppelstunde Dorftrottelzeit. Zum Glück begann Hochzwei heute mit einem neuen Thema. Das versetzte ihn nämlich immer so sehr in Verzückung, dass nichts hinter der ersten Strebersitzreihe zu existieren schien und wir nur mucksmäuschenstill von der Tafel abschreiben mussten.

Wir hatten unsere Plätze noch nicht ganz eingenommen, da drehte sich Kathinka zu uns um und lächelte gehässig. »Sagt mal, ihr beiden, was werdet ihr denn Samstag machen?«

Sarah, die neben ihr saß, kippelte mit dem Stuhl und meinte abschätzig: »Was sollen die schon machen? Langweilen werden die sich. Wie immer.«

»Nein, das werden wir bestimmt nicht«, sagte Lena und wurde ganz rot vor Ärger. »Feli und ich geben selbst eine Party.«

Ich dachte gerade darüber nach, wann wir das beschlossen hatten, da hörte Sarah auf zu kippeln und drehte sich nun ebenfalls zu uns um. Ihre getuschten Wimpern stießen beinahe an die Brauen, so sehr riss sie die Augen auf. »Aber alle, die ihr kennt, sind am Samstag bei Kat.«

»Wir feiern allein«, erwiderte Lena, und ich machte mir nun ernsthaft Sorgen um ihren Gesundheitszustand. Dieses Lila im Gesicht sah gar nicht gut aus.

»Das ist doch keine Party, Dummchen. Zwei sind zu wenig für eine Party«, meinte Sarah herablassend. »Wenn ihr nur nicht so schrecklich kindisch wärt und ein kleines bisschen mehr Style hättet, hätte Kat euch vielleicht sogar eingeladen.«

»Ach, halt die Klappe, fiese Giftspritze«, sagte ich, doch Sarah und Kathinka hatten bereits das Interesse an unserem Austausch von Beleidigungen verloren und folgten wieder Hochzweis Ausführungen.

Ich fand unseren Style ganz okay, Jeans und T-Shirt passten immer. Im Vergleich zu Kathinkas und Sarahs täglichen Outfitorgien wirkte das natürlich jämmerlich. (Mich wunderte, dass Kathinka nicht gleich einen eigenen Umkleideraum in der Schule anmietete, dann könnte sie sich für jede Stunde neu umziehen. Für Geschichte ein Glitzertop, für Mathe etwas Kariertes und für den Französischunterricht ein gediegenes Ensemble in Bleu.) Wir konnten da nicht mithalten. Das Gleiche schien auch Lena zu denken, denn sie murmelte wieder »Mist«. Für einen Augenblick befürchtete ich, sie würde ihren Kopf erneut auf der Tischplatte aufschlagen lassen. Um sie zu trösten, sagte ich schnell: »Ich komme Samstag zu dir und wir feiern selbst.«

»Das geht nicht.« Lena sah mich unglücklich an. »Jonas ist krank.«

»Oh, das tut mir leid.« Das tat es wirklich. Aber nicht

um Lenas kleinem Bruder Jonas, sondern weil Lena dann zu mir würde kommen müssen.

Es gab zwei Regeln, die es zu beachtet galt, wenn wir bei uns zu Hause Besuch empfingen. Erstens: niemals unangemeldete Gäste hereinlassen. Zweitens: Samstag ist Putztag. Samstags zählt Erstens gleich doppelt. Und das bereitete mir nun Kopfschmerzen. Jeden Samstag wird unser Haus von einem gewissen Major auf der Suche nach Staub regelrecht auf den Kopf gestellt. Der Major ist sehr gewissenhaft. Der Major hält sich infolge mehrerer unaufgeklärter Missverständnisse für einen echten Major. Der Major ist ein Staubsauger.

Meine Mutter hatte ihn von ihrer Mutter, und wahrscheinlich glaubte sie, sie könnte diesen Putzteufel irgendwann an mich loswerden.

Lena schien mein Zögern nicht zu bemerken und strahlte. »Also komme ich zu dir und wir gucken uns ein paar Vampirfilme an. Das wird super!«

»Das wird dem Major aber gar nicht gefallen«, murmelte ich.

»Wem wird das nicht gefallen?«

»Unserem Staubsauger.« Ich biss mir auf die Zunge. »Egal, Samstag bei mir. Vampire und Werwölfe. Da sind wir zumindest in besserer Gesellschaft als auf dieser blöden Poolparty zwischen all den hochnäsigen Schminkzombies und hohlen Modemumien.«

Wir kicherten und gingen gleich darauf hinter unseren Heften in Deckung, als Hochzwei sich umdrehte.

»Was ist denn da los? Konzentration, bitte!«

Den restlichen Tag versuchten Lena und ich zu ignorieren, dass alle nur noch von *der* Party sprachen.

»Ich dreh durch, wenn mich noch jemand fragt, ob ich auch komme«, sagte Lena und schlug ihr Französischbuch auf. »Ehrlich, dann gibt es Tote.«

»Mach dir nichts draus«, nuschelte ich, obwohl ich mich mindestens genauso sehr darüber ärgerte. Leon, dieser Angeber, erzählte gerade, dass er von seinem Vater eine extra teure, exakt auf das Tausendstel einer Sekunde gehende Taucheruhr bekommen hatte. Die würde er auch beim Schwimmen in Kathinkas Pool nicht ablegen müssen. Von mir aus konnte er gleich ganz im Pool bleiben und wie das Vögelchen einer Kuckucksuhr zu jeder halben und vollen Stunde die exakte Uhrzeit herausschreien. Ich hatte noch nie verstanden, was Lena an diesem Schnösel fand. Zugegeben, er sah ganz gut aus, aber so toll, wie er glaubte, war er nun auch wieder nicht.

Mein Schulweg führte mich, wenn ich zwei Straßen als Umweg in Kauf nahm, an Lenas Haus vorbei. Abgesehen von dem einen Mal, als wir einen Tag lang nicht miteinander geredet hatten (woran Kathinka und Sarah schuld waren, weil sie behauptet hatten, ich hätte etwas Gemeines über Lena gesagt), holte ich Lena jeden Morgen ab und trat auch den Heimweg gemeinsam mit ihr an.

So hatte ich sie auch an diesem Tag abgesetzt und ging nun langsam durch unsere Straße auf unser Haus zu. Von außen hatte der alte Kasten den Namen Haus gar nicht verdient. Er stand mit durchhängendem Dach etwas traurig da. Die schmutzig graue Fassade fiel noch mehr auf, weil Ma die Fensterrahmen gestrichen hatte, und zwar jeden Einzelnen in einer anderen, knallbunt leuchtenden Farbe. Man wäre gar nicht auf die Idee gekommen, wie gemütlich es im Innern aussah. Aber das war volle Absicht.

In den anderthalb Jahren, die wir nun hier wohnten, hatte ein Baum unter dem Einfluss meiner Mutter ein mehr als ordentliches Wachstum gezeigt. Er sorgte verlässlich dafür, dass niemand von der Straße aus zum Küchenfenster hineinsehen konnte.

Dafür war ich dem Baum sehr dankbar. Die Küche meiner Mutter war, sagen wir, recht speziell, so wie meine Mutter selbst auch. Ma braute dort ihre Tränke zusammen und stellte allerlei Pulver und Salben her, ging also für Hexen durchaus gewöhnlichen Tätigkeiten nach. Wie mir der dunkelviolette Qualm verriet, der gemächlich aus dem Schornstein emporstieg, tat sie das auch in diesem Augenblick. Mir blieb aber auch nichts erspart.

Ich seufzte, umklammerte die Träger meines Rucksacks und ging hinein.

»Ah, Felicitas.« Der Major kam angerollt. Er war ein altmodischer Staubsauger, dessen Staubbeutel sich je nach Gemütslage blähte. Irgendjemand hatte ihm als Kopf einen Zinkeimer aufgesetzt, wodurch seine Stimme stets ein wenig blechern klang. Zwei kleine Ovale waren als Augen draufgemalt und ein zackiger Oberlippenbart als Mund. Diese minimalistische Kritzelei hielt ihn jedoch nicht davon ab, eine ausgeprägte Mimik zur Schau zu stellen.

Der Stiel eines Wischmopps war so angebracht, dass er zu gleichen Teilen rechts und links überstand und die Arme des Majors bildete. Die Fransen des Mopps waren seine linke Hand, als rechte Hand diente ihm ein Schweizer Taschenmesser mit Premiumausstattung.

Der Major ließ das Messer geschickt aufschnappen, griff nach einer Taschenuhr, die wie ein goldener Orden an seiner Staubbeutelbrust baumelte, und schüttelte mit einem Blick auf die Uhrzeit missbilligend den Eimerkopf. »Es ist fünfzehn null neun Uhr. Du hättest bereits um fünfzehnhundert eintreffen sollen.«

Wer war nur auf die bekloppte Idee gekommen, einem Staubsauger mit Kontrollzwang eine Uhr zu geben?

»Seit wann bist du mein Kindermädchen?« Genervt verpasste ich dem Major im Vorbeigehen einen leichten

Schlag auf den Eimer, wodurch dieser sich scheppernd drehte und falsch herum stehen blieb.

»Also, das ist doch … Ich darf doch wohl sehr bitten«, beschwerte sich der Major, während ich die Küche betrat.

Ma war tatsächlich mit der Durchführung irgendeines Zaubers beschäftigt. In einem ihrer Kessel brodelte eine zähe Flüssigkeit. Dicke Blasen stiegen wie fette, fliegende Kröten in die Höhe und zerplatzten schmatzend auf halbem Wege zur Decke. Auf dem Boden lag eine aufgerissene Pappschachtel. Ich hob sie auf und betrachtete das Bild darauf. Es zeigte einen gut aussehenden Jungen, der sich mit Sprühsahne das Wort *Backprinz* auf die nackte Brust geschrieben hatte. Das i-Tüpfelchen war ein Herz.

»Eine Backmischung?«, fragte ich verblüfft.

»Ja«, gab Ma zu. »Ich benutze sie zum Andicken.«

Mein Argwohn war geweckt. »Was dickst du denn damit an?«

Ma schob die Ärmel ihres Pullovers mit orangerotem Ringelmuster zurück, ein für ihre Verhältnisse dezentes Kleidungsstück. »Keine Sorge. Nichts davon ist im Gemüseeintopf gelandet.« Sie nahm mir die Packung aus der Hand und warf sie in den Müll. »Es ergibt eine ganz großartige Pampe.«

Ma zog einen Topf von der hinteren Herdplatte, und als sie ihn auf den Küchentisch stellte, rollte der Major heran. Seinem nach unten gezogenen Schnauzbart nach zu urteilen war er schwer beleidigt.

»Felicitas hat sich verspätet, Stella«, petzte er. »Neun Minuten.«

Ich ignorierte ihn und setzte meinen allerbesten Dackelblick auf. »Darf Lena am Samstag hier schlafen? Bitte!«

Der Major fuhr vor Schreck ein Stück rückwärts. »An unserem Putztag?«

Auch Ma schien nicht begeistert zu sein. »Feli, mein Engel, du weißt, samstags wird hier geputzt.«

Meine Augen suchten die Küche vergeblich nach Schmutzbergen ab, die den Putztag so dringend erforderlich gemacht hätten. »Einmal können wir ihn doch ausfallen lassen.«

»Ausfallen lassen?« Der Major wedelte mit seinen Wischmoppfransen vor meinem Gesicht herum, als befürchtete er, ich hätte den Verstand verloren. »Stella, es ist nicht auszuschließen, dass Felicitas dem Feind in die Hände gefallen ist und einer Gehirnwäsche unterzogen wurde.«

Energisch schob ich die Fransen beiseite. »Oder wir fangen früher an. Dann sind wir fertig, bevor Lena kommt, niemand muss auf den Putztag verzichten und alle sind glücklich.«

Es folgte eine Rede, in der ich stichhaltig darlegte,

weshalb es so wichtig für Lena und mich war, eine Party zu feiern, und warum es nicht bei Lena zu Hause ging.

Ma überlegte, knickte aber schließlich unter meinem Dackelblick ein. »Ausnahmsweise. Wir fangen früher an. Aber nur, wenn du mithilfst.«

»Abgemacht«, rief ich zufrieden und setzte mich zum Essen hin.

Doch der Major gab sich noch nicht geschlagen. »Und was soll ich den restlichen Tag über machen?«

»Andere Staubsauger stehen die ganze Woche in der Besenkammer und beschweren sich nicht«, sagte ich mit vollem Mund.

»Andere Staubsauger sind einfache Soldaten. Ich hingegen …«

»Du bist ein waschechter Major«, unterbrach ihn Ma, ehe er sich in Rage reden konnte. »Und wir wissen das sehr zu schätzen. Du machst es dir am Samstag einfach im Arbeitszimmer bequem. Was hältst du davon?«

Das Arbeitszimmer war der einzige Raum, den der Major nicht betreten durfte, seit er vor einem Jahr während eines Putztages ein uraltes, fleckiges Pergament von unschätzbarem Wert entsorgt hatte, weil es ihm suspekt erschienen war.

Der Major straffte die Wischmoppschultern und sagte feierlich: »Ich werde das in mich gesetzte Vertrauen nicht enttäuschen, Stella.«

Zwei

Die Woche war irgendwie vorübergegangen. Noch länger hätte ich es auch nicht ertragen. Egal, wohin man in der Schule auch ging, Kathinkas Party war das Thema. Und irgendwie hatte ich zunehmend den Eindruck gewonnen, dass man begann, Lena und mich wie zwei Aussätzige zu behandeln, nur weil wir nicht auf der Gästeliste standen. Selbst der komische Junge, dessen Namen sich niemand merken konnte, hatte uns auf dem Pausenhof einen mitleidigen Blick zugeworfen.

Aber jetzt war Samstag und ein mit dem Geruch von Putz- und Möbelpflegemitteln angefüllter Vormittag lag hinter mir. Lena ahnte ja nicht, welches Opfer ich für unsere Party hatte bringen müssen.

Ma hatte alles besorgt, was man für einen gelungenen Abend so braucht. Wir hatten Zutaten für Sandwiches, Getränke und was zum Knabbern. Meine DVDs, Filme mit Schmachtvampiren und Dahinschmelzwerwölfen, hatte ich bereitgelegt. Da sich der Major im Arbeitszimmer befand und Ma mir versprochen hatte, sich nur im Notfall blicken zu lassen, hatte der Abend gar keine andere Chance, als perfekt zu werden.

»Danke, Ma«, sagte ich, als sie mit mir die Schlafcouch im Wohnzimmer auszog, damit Lena und ich es uns dort so richtig gemütlich machen konnten. »Das werde ich dir nie vergessen.«

»Ach«, sagte Ma und strich das Laken glatt. »Ich war doch auch mal jung.«

»Wieso *war*?« Ich betrachtete meine Mutter. Sie war kein bisschen alt, sondern wunderhübsch und – wenn man mal ausblendete, dass sie eine Hexe war – ein echt guter Fang. Aber das auszublenden, war eben schwer. Sie liebte die Magie und all ihren Zauberplunder, wozu insbesondere auch der Major zählte. Einmal waren Ma die Vorräte des Persönlichkeitspulvers ausgegangen und so war der Major für eine wundervolle Woche nichts weiter als ein gewöhnlicher Staubsauger gewesen. Was ich so richtig genossen hatte, war für Ma einer Katastrophe gleichgekommen. Sie war mit dem Major aufgewachsen und hatte ihn vor drei Jahren von ihrer Mutter geerbt. Seitdem war er mir mit seinen Putzsamstagen und dem militärischen Führungsstil ein echter Dorn im Auge.

Ma gab die Hoffnung nicht auf, irgendwann meine Begeisterung für Magie wecken zu können, und präsentierte mir gelegentlich die Zauberzeitschrift *Kesselwirt-*

schaft heute, die ich höchstens gelangweilt durchblätterte. Wenn alles so lief, wie ich es mir vorstellte, käme ich nicht nach der Familie meiner Mutter und bliebe von der Magie verschont. Das Leben war auch ohne unberechenbare Zauber schon kompliziert genug.

Ich stopfte gerade ein Kissen in einen Bezug, da klingelte Lena. Als ich ihr die Haustür öffnete, trat sie mit ihrer riesigen geblümten Strandtasche ein. Den Weg ins Wohnzimmer kannte Lena, und während ich die Tür schloss, hörte ich schon, wie sie meine Mutter begrüßte. Ich folgte ihr ins Wohnzimmer, wo Ma eine frisch bezogene Decke aufschüttelte.

»Echt total klasse, dass ich heute bei Feli schlafen darf.«

»Du bist uns doch immer willkommen, Liebes«, antwortete Ma und lächelte Lena an.

Ma mochte Lena richtig gern. Sie hatte sie mal als »erfrischend unanstrengend« beschrieben. Da war ich ganz ihrer Meinung. Lena war eine richtige Freundin. Man konnte sich immer auf sie verlassen und sie mitten in der Nacht auf ihrem Handy anrufen. Sie machte auch kein Drama daraus, wenn wir mal unterschiedlicher Meinung waren. Lenas größter Pluspunkt allerdings war, dass sie, wenn mal etwas Seltsames bei mir zu Hause passierte, meine nicht immer plausiblen Erklärungen ohne Misstrauen schluckte.

»Ich mach euch ein paar Sandwiches«, sagte Ma und ging in die Küche.

Lena ließ sich in die Kissen auf dem ausgezogenen Sofa fallen und prüfte die Sicht auf den Fernseher. »Perfekt. Wollen wir gleich den ersten Teil gucken?«

»Glitzer-Edward?«

»Was denn sonst?«, fragte Lena und fischte die *Twilight*-DVD aus dem Stapel. Wir hatten die Filme bestimmt schon hundertmal gesehen, fieberten aber immer noch mit, wenn Bella herumtollpatschte und Glitzer-Edward sie wieder einmal retten musste. Deshalb war es auch nicht ganz so schlimm, dass Ma die erste Szene mit der Bitte, uns die Schuhe auszuziehen, verpatzte. Außerdem brachte sie Sandwiches.

»Wenn Edward an unserer Schule wäre, hätte er bestimmt nur Augen für dich«, sagte Lena mit vollem Mund.

Sie behauptete immer, ich sei sehr hübsch. Kathinka und Sarah behaupteten das Gegenteil. Was aber daran lag, glaubte Lena zu wissen, dass sie neidisch auf meine langen, gewellten braunen Haare waren. Lena zumindest beteuerte beinah täglich, wie gern sie meine Haare hätte. Dabei musste sie gar nicht neidisch sein; ihre dunkelblonde Mähne war traumhaft.

»Ich glaube, Edward wäre eher hinter Kathinka oder Sarah mit ihren Modelmaßen her.« Die beiden waren groß, schlank und echt gut aussehend. Natürlich waren sie sich dessen auch bewusst und dementsprechend eingebildet.

Als ich Lenas betroffenen Blick sah, wünschte ich, ich hätte nicht über Sarahs Figur gesprochen. Immerhin befürchtete Lena ja, dass sich Sarah auf der Poolparty Leon angeln würde.

Lena seufzte. »Meinst du, Leon steht auf superdünn und superätzend?«

Ich brachte nur ein halbherziges Kopfschütteln zustande. Leon war oberflächlich und arrogant. Natürlich stand er auf so was. Wenn er nicht bis vor Kurzem eine Freundin von einer anderen Schule gehabt hätte, wäre er wohl längst mit Sarah zusammengekommen. Aber das wollte ich Lena nicht sagen und so verfolgten wir den Rest des Filmes schweigend.

Lena wechselte gerade die DVD, da ging Mas Handy und ich hörte sie sagen: »... unmöglich. Jetzt? Hat das nicht Zeit ... Eigentlich ...« Mit den Worten »Also gut. Bin in einer halben Stunde da« kam sie ins Wohnzimmer und sah uns an. »Mädchen, ich muss leider noch mal weg. Ein dringender Notfall.«

»Kein Problem«, antwortete Lena.

»Ich bin in etwa zwei Stunden zurück. Und denk daran, Feli: Das Arbeitszimmer ist absolut tabu!«

Die Haustür war noch nicht zu, da griff Lena in ihre Strandtasche und zog mit einem verschwörerischem Lächeln ihr Handy heraus: »Showtime! Wie wär's mit ein bisschen Musik?«

»Taylor!«, quietsche ich und beeilte mich, das Smartphone an unsere Anlage anzuschließen. »Blank Space« verdiente es, in voller Lautstärke dreimal hintereinander mitgegrölt zu werden. Wir tanzten so enthusiastisch, dass unsere Sportlehrerin stolz auf uns gewesen wäre.

Erschöpft, aber glücklich ließen wir uns wieder auf das Sofa fallen. Wir rangen nach Atem, und Lenas Grinsen nach zu urteilen sah ich mindestens genauso wild aus wie sie: knallrot und mit schlimm zerzausten Haaren.

»Gut, dass Leon uns so nicht sehen kann.«

»Pah!« Lenas Blick verfinsterte sich. »Soll er sich doch mit Sarah abgeben. Ich wette, die haben nicht halb so viel Spaß wie wir.«

»Aber das hier ist doch keine Party, Dummchen«, erinnerte ich Lena, woraufhin sie kicherte.

»Stimmt. Und Style haben wir auch keinen.«

Wir lachten und sagten uns immer wieder in Sarahs schneidendem Tonfall, wie kindisch wir doch seien.

Lena leerte ihr Glas und ich ging zur Küche, um Nachschub zu holen. Mein Weg führte mich am Arbeitszimmer vorbei. Die Tür stand einen Spaltbreit offen, wahrscheinlich, damit der Major uns besser belauschen konnte. Doch bevor ich sie verärgert zuziehen konnte, stand Lena hinter mir und raunte: »Wow. Das sind also die heiligen Hallen, die zu betreten bei Todesstrafe verboten ist?«

Obwohl ich laut und deutlich bejahte, schlüpfte Lena an mir vorbei ins Arbeitszimmer.

»Was macht deine Ma noch gleich beruflich?«

»Sie ist … Also, sie hilft …«, stammelte ich. Wie sollte ich auch erklären, was meine Ma machte? Meist half sie normalen Menschen, die versehentlich an Zaubergegenstände geraten waren, welche oft für großen Ärger sorgten. Letzte Woche zum Beispiel hatte eine Kundin in einem Antiquitätengeschäft eine wunderschöne spanische Wand aus dem frühen neunzehnten Jahrhundert erstanden. Sobald man hinter diesen Wandschirm trat, befand man sich in einer Theatergarderobe, und zwar circa hundertfünfzig Jahre in der Vergangenheit. Kam man wieder hervor, war alles beim Alten. Die Kundin hatte zwei Tage und Nächte lang verängstigt hinter dieser Wand gekauert, ehe sie sich getraut hatte, wieder hervorzukrabbeln. Dann hatte sie völlig aufgelöst den Antiquitätenhändler angerufen, der wiederum meine Mutter zu ihr geschickt hatte.

Ich ging jede Wette ein, dass die Kundin nie wieder hinter die spanische Wand treten würde, auch wenn diese dank meiner Mutter nun nichts weiter als eine harmlose, schöne Antiquität war.

An meiner letzten Schule war ich oft damit gehänselt worden, dass meine Mutter eine Scharlatanin und Schlimmeres wäre, deshalb sprach ich nicht gern über ihren »Beruf« und behauptete einfach, sie sei Inneneinrichterin.

»Sie ist Inneneinrichterin«, erklärte ich auch jetzt, während ich Lena einen Totenschädel aus der Hand nahm, den sie begeistert untersucht hatte.

»Der sieht aus wie echt«, sagte sie und zog ein Buch aus dem vollgestopften Regal. »*Dämonologie – Ein praktischer Leitfaden für Beschwörungen der vierten Stufe.*«

»Ja. Schräg, oder?« Ich entschied, so zu tun, als wäre es ein skurriles Hobby meiner Mutter, sich mit Dämonen zu beschäftigen. Um das zu unterstreichen, ließ ich meinen Zeigefinger neben der Schläfe kreisen und verdrehte die Augen. »Verrückt, für welchen Blödsinn sich Erwachsene so interessieren, was? Komm, lass uns noch einen Film gucken.«

Gurrend fügte ich »unglaublich attraktiver Werwolf« hinzu und hätte es beinahe geschafft, Lena aus dem Arbeitszimmer herauszulocken. Doch da fiel ihr Blick auf den Major. Der stand reglos in einer Ecke und wirkte sehr durchschnittlich und normal, von dem Zinkeimer mit den nervös zwinkernden Augen mal abgesehen.

»Warum habt ihr denn euren Staubsauger verkleidet?« Lena tippte dem Major gegen den Taschenuhr-Orden.

Ich wünschte wirklich, ich hätte eine Antwort darauf gehabt. Betont ungeduldig zuckte ich mit den Schultern. »Komm jetzt. Wir sollten gar nicht hier drin sein.«

»Weil wir sonst die Vorräte entdecken könnten?«, fragte Lena.

»Welche Vorräte?« Neugierig folgte ich ihrem Blick. Gleich hinter dem Major stapelten sich mehrere Kartons. Darin befanden sich unzählige Packungen der Backmischung, die ich neulich in der Küche gesehen hatte. Lena nahm sich eine Schachtel aus dem obersten Karton und las vor: »›Backprinz. Träumen Sie nicht von Ihrem Traummann, backen Sie ihn!‹« Sie ließ die Packung sinken und sah mich fragend an. »Backt deine Mutter gern?«

»Sie dickt damit an«, nuschelte ich und streckte die Hand aus, um Lena die Schachtel wegzunehmen. Sie war aber schneller und drehte sich einfach weg.

»Sieht ja nicht gerade vertrauenerweckend aus. Ein bisschen billig gemacht. So unseriös. Aber der Junge auf der Packung ist echt süß.«

Ja, das war mir auch schon aufgefallen. Endlich erwischte ich die Schachtel und warf sie schwungvoll in den Karton zurück. Dann griff ich nach Lenas Arm und zog sie mit zur Tür. Doch kaum hatten wir die erreicht, ließ uns ein dumpfes Geräusch herumfahren. Der Stapel mit den Kartons war umgefallen und die einzelnen »Backprinz«-Schachteln hatten sich über den gesamten Boden verteilt. Die blöde Pappe war so dünn, dass beinahe jede Schachtel aufgeplatzt war und sich ein Meer aus Mehl, Zucker und was weiß ich noch allem vor unseren Füßen ergoss.

»Mist«, sagte Lena.

Dem konnte ich nur aus ganzem Herzen zustimmen.

Von der irrwitzigen Hoffnung getrieben, unseren unerlaubten Aufenthalt im Arbeitszimmer vertuschen zu können, rannte ich los, um Besen und Kehrblech zu holen. Ich hatte die Besenkammer noch nicht ganz erreicht, da hörte ich ein Geräusch, das mein Herz aussetzen ließ: das Brummen eines Staubsaugers.

Ich stürzte zurück ins Arbeitszimmer und blieb wie vom Blitz getroffen auf der Schwelle stehen. Lena hatte dem Major den Wischmopp herausgezogen, ihm den Eimer abgenommen und beides einfach auf den Schreibtisch gelegt. Die Augen des Majors wirkten starr und alles andere als lebendig. Kein Zwinkern, kein eifriges Schnurrbartzittern.

»O nein«, entfuhr es mir leise. Ich ging mit wackligen Schritten zum Schreibtisch, nahm den leblosen Eimerkopf und spürte einen Kloß im Hals.

Lena bekam von meiner Bestürzung offenbar nichts mit, denn sie schob den Staubsauger weiter über den Boden, bis alles Mehl im Staubbeutel verschwunden war. Sie drückte auf den Schalter und der Major, oder das, was von ihm übrig war, hörte auf zu brummen. Sein Staubbeutel fiel schlaff in sich zusammen, und bei diesem Anblick überkam mich echte Panik. Ma würde mir nie verzeihen, wenn ihm etwas zustieß.

»Fertig«, sagte Lena und strahlte mich an. »Komm, jetzt können wir weiterschauen.«

Sie ließ mich mit dem Eimer in den Armen stehen und ging zurück ins Wohnzimmer.

»Major?«, flüsterte ich und schüttelte den Eimer leicht. »Major, kannst du mich hören?«

Nichts. Mit einem unterdrückten Schluchzer schloss ich die Zimmertür. Ich ging zurück zum Staubsauger und setzte ihm den Eimerkopf wieder auf. Noch immer rührte er sich nicht. »Bitte, bitte, sag irgendwas«, flehte ich, »und wenn es nur ein Kommando ist.«

Doch der Major gab weiterhin keinen Mucks von sich. Verzweifelt ließ ich mich auf den Boden sinken und lehnte meine Stirn gegen den Beutel des Staubsaugers. In Gedanken wiederholte ich immer wieder die Worte »Bitte wach auf, bitte wach auf« und rüttelte leicht an dem alten Gerät. Ich stand kurz davor, zu hyperventilieren. Ein Kribbeln breitete sich bis in meine Fingerspitzen aus und mir wurde heiß. Was, wenn der Major nie wieder lebendig werden würde?

»Nein!«, sagte ich wütend und kämpfte mich auf die Beine. So einfach würde ich nicht aufgeben. Ich packte den Staubbeutel, knetete ihn wie bei einer Herzmassage und befahl mit fester Stimme: »Wach auf!«

Mit einem Stöhnen, das klang, als sei eine Katze in einen tiefen Brunnen gefallen, kehrte der Major zurück. »Sie hat meinen Stecker in die Steckdose gesteckt«, jammerte er.

Nie zuvor hatte ich mich so sehr gefreut, den Major zu sehen. Überschwänglich nahm ich ihn in die Arme und drückte ihm einen Schmatzer auf die Wange, bis sich sein Schnauzbart zu einem schiefen Lächeln verzog.

Ruckzuck rollte ich das Kabel auf und gab dem Major seine Arme zurück. Er wedelte und klapperte mit seinen Händen. Alles funktionierte einwandfrei.

»Danke!«, sagte der Major mit einem kleinen Rülpser. Verlegen schlug er sich mit der Wischmopphand vor den Mund. »Verzeihung, aber ich glaube, mir ist schlecht.«

»Kein Wunder«, sagte ich und dachte an die Menge Backmischung, die Lena mit ihm aufgesaugt hatte. »Wenn Ma zurückkommt, kann sie ja deinen Staubbeutel wechseln.«

Der Major rieb sich über den Bauch und sagte: »Hoffentlich ist sie bald da. Das Zeug geht auf wie Hefeteig im Turbogang.«

Es verging noch mehr als eine Stunde, bis Ma endlich zurückkehrte. Ich hatte mich nicht auf den Film konzentrieren können, weil aus dem Arbeitszimmer ohne Unterlass ein blechernes Stöhnen drang. Lena hatte ich davon überzeugt, dass es von einer alten Eule stammte, die im Baum vor unserem Haus lebte.

Endlich ging die Haustür auf und ich sprang sofort in den Flur. »Ma, kannst du bitte nach der Eule sehen?«

»Nach welcher Eule?« Ma stellte ihre Tasche aus bunten Stoffflicken ab und zog ihre Strickjacke mit dem riesigen Flauschkragen aus.

»Nach der im Baum«, sagte ich, während ich meinen Kopf in Richtung Arbeitszimmer rucken ließ, aus dem prompt ein leidendes Wimmern erklang.

»Ah, *die* Eule.« Ma begriff und sah mich alarmiert an. »Was ist mit ihr?«

»Eventuell hat sie zu viel … gefressen.«

»Ihr habt sie doch nicht etwa gefüttert?«

»Quatsch!« Lena war zu uns in den Flur getreten. »Warum sollten wir die Eule füttern? Und womit überhaupt?«

»Vielleicht«, schlug ich vor, »solltest du vorsichtshalber ihr Nest wechseln.«

»Verstehe«, sagte Ma und verschwand im Arbeitszimmer.

»Hä?« Lena sah mich verwirrt an. »Warum geht deine Mutter ins Arbeitszimmer, wenn der Eulenbaum vor dem Haus steht?«

»Sie klettert von dort übers Dach«, behauptete ich.

Lena zog die Augenbrauen zusammen. »Ihr wisst, dass ihr komisch seid, oder?«

Ich nickte und zog sie zurück ins Wohnzimmer. »Wollen wir uns noch einen Film ansehen?«

Lena und ich hatten bis spät in die Nacht gequatscht und waren irgendwann eingeschlafen. Wobei ich eher döste. Das Sofa war nicht halb so bequem wie mein Bett und Lena grunzte im Schlaf. Einmal seufzte sie sogar »Leon« und kicherte. Als ich auch noch leises Gemurmel aus der Küche hörte, war ich mit einem Schlag hellwach.

Vorsichtig kroch ich unter der Decke hervor. Um Lena nicht zu wecken, schlich ich auf Zehenspitzen über den Flur in Richtung Küche.

Ganz eindeutig, es war Mas Stimme, auf die eine nörgelige Antwort des Majors folgte. Das durfte doch nicht wahr sein! Sie wussten doch, dass ich Besuch hatte. Was, wenn Lena mitbekam, dass unser Staubsauger mehr als ein handelsübliches Haushaltsgerät war?

»Ma!« Ich schob die Küchentür auf und blieb wie angewurzelt stehen. Am Küchentisch saß ein Junge. Das allein war schon ungewöhnlich, immerhin war es mitten in der Nacht. Sein unzeitiges Erscheinen wurde aber locker durch die Tatsache in den Schatten gestellt, dass er Mas Bademantel mit dem Blümchenmuster trug.

»Oh. Feli, mein Engel.« Ma gab dem Major ein Zeichen, damit dieser zur Tür rollte und sie hinter mir schloss. Es verging ein Augenblick, in dem wir uns schweigend anstarrten. Ich meine Ma, meine Ma und der Major den Fremden, und der Fremde mich.

»Ma, wer ist das?«

Sie hob die Schultern. »Ich habe keine Ahnung.«

»Warum trägt er deinen Bademantel?«

»Er war nackt.«

»Ach so.« Ich musterte den Fremden. Er sah fantastisch aus, hatte dunkles Haar, strahlende grünbraune Augen und ein Lächeln, das meine Knie weich werden ließ. Irgendwo hatte ich ihn doch schon einmal gesehen …

»Er ist unbefugt eingedrungen«, klärte der Major mich zackig auf. »Das ist als feindlicher Akt zu verstehen.«

»Unsinn, Major. Dieser Junge führt bestimmt nichts Übles im Schilde«, sagte Ma beruhigend.

Der Major schien nicht überzeugt und ließ eine Demonstration seiner Fingerfertigkeit mit der Taschenmesserhand folgen, während Ma seelenruhig Teewasser aufsetzte. Warum um Himmels willen ließ sie zu, dass ein Wildfremder mitten in der Nacht in unserer Küche saß, ihren Bademantel trug und den Major in seiner ganzen Absonderlichkeit erleben durfte? Waren nun alle Regeln außer Kraft gesetzt? Der Fremde beobachtete mich noch immer, und so langsam ging mir sein Geglotze auf die Nerven.

»Kann mir jetzt bitte endlich jemand erklären, was hier los ist?«, platzte es aus mir heraus.

»Gut«, sagte Ma und griff sich an die Stirn, als wolle sie auf diese Weise ihre Gedanken ordnen. »Dieser junge Mann ist vermutlich das Ergebnis einer Kombination verschiedener magischer Vorgänge.«

»Aha.« Ich zog einen Stuhl zu mir heran und setzte mich möglichst weit von diesem gut aussehenden Ergebnis magischer Kombination hin. »Und das bedeutet?«

»Ihr habt vorhin im Arbeitszimmer die Backmischung aufgesaugt. Dabei kam die Mischung, jedenfalls erkläre ich es mir so, mit dem Persönlichkeitspulver des Majors in Berührung. Beides wurde beim Saugen kräftig durchgeschüttelt und … Tadaa!« Ma wies mit beiden Händen auf den Jungen, der sie dafür ganz hinreißend anlächelte.

Ich unterdrückte den Impuls, heftig zu widersprechen, denn zwei Dinge sprachen ganz eindeutig für diese These: Meine Mutter war eine Hexe, Magie war also garantiert mit im Spiel, und der Fremde war das Ebenbild des süßen Jungen auf der »Backprinz«-Schachtel. Deshalb war er mir auch so bekannt vorgekommen. Ich betrachtete ihn bestürzt. »Auweia.«

»Wir sollten ihn arretieren«, schlug der Major vor, aber niemand schenkte ihm Beachtung.

»Ich bin nicht sicher, wie lange der Zauber anhält. Ich habe noch nie gehört, dass es jemandem gelungen wäre, mit Persönlichkeitspulver etwas anderes zu beleben als einen mit Strom betriebenen Gegenstand.« Ma sah rasch zum Major hinüber, der plötzlich engagiert seine Taschenuhr mit den Wischmoppfransen polierte. Dieses Thema war ihm immer sehr unangenehm. »Wir können so viel dabei lernen, mein Engel.«

»Soll das heißen, du willst ihn behalten?« Meine Stimme klang viel höher als sonst und war somit dem Grad meiner Empörung angemessen. »Alles, was ich möchte, ist ein normales Leben. Und was passiert? Erst bekommen wir einen Staubsauger, der mir Vorschriften macht, und jetzt eine Backmischung, die mal eben so, mir nichts, dir nichts zu einem Jungen wird?« Mein Stuhl fiel um, so heftig sprang ich auf. »Ich werde nicht mit einem Teigdings zusammenwohnen. Das kannst du voll vergessen!«

Ich war mit zwei Schritten an der Tür, riss sie auf und blickte geradewegs in Lenas kreidebleiches Gesicht. Sie winkte mir unbeholfen zu, verdrehte die Augen und sank filmreif zu Boden.

Drei

Jeder, der mal versucht hat, eine ohnmächtige Person vom Boden hochzuheben, weiß, wie schwer das ist. Lena hatte ihr Gewicht scheinbar verdoppelt und so gelang es mir nur mit Mas Unterstützung, sie aufzurichten.

Statt zu helfen, kommentierte der Major das Geschehen pausenlos, bis ich ihm einen zornigen Blick zuwarf.

»Was …«, murmelte die zu sich kommende Lena und unternahm einen Versuch, allein zu stehen. Sie sah erst Ma an, dann mich. »Was ist denn passiert?«

Meine Hoffnung, mit einer schwammigen Aussage über den Kreislauf und schlechtes Essen etwas Zeit zu gewinnen, wurde zunichtegemacht, als ein Scheppern Lenas Aufmerksamkeit auf sich zog.

Der Major und der Teigjunge rangelten darum, wer zuerst durch die Tür treten durfte. Der Major gab alles, blähte sogar seinen Staubbeutel auf, konnte jedoch nicht verhindern, dass der Junge sich an ihm vorbeischummelte.

Praktischerweise standen Ma und ich noch neben Lena und konnten sie auffangen.

Wir hatten Lena auf einen Küchenstuhl gesetzt und sie mit einer Tasse Tee versorgt. Ma hatte ihr einen bunten Strickponcho mit vielen kleinen Bommeln umgelegt, der Lenas finstere Miene wohltuend relativierte. Dennoch ließ sich nicht leugnen, dass sie mehr als aufgebracht war. Sie schaute zwischen dem Major und dem Teigjungen hin und her, bis sich ihr Blick anklagend auf mich richtete. »Warum hast du mir nicht gesagt, dass du eine Hexe bist?«

»So ein Quatsch! Ich bin doch keine Hexe«, stieß ich fassungslos aus. Ich straffte die Schultern und zwang mich, ruhig zu sprechen. »Hör zu: Ich bin keine Hexe, ich will auch keine sein und ich wünschte, meine Mutter wäre auch keine.«

Ma schlürfte übertrieben laut an ihrem Tee und der Major schnappte entrüstet nach Luft. Der Einzige, der vollkommen gelassen blieb, war der Teigjunge im Bademantel. Er beobachtete alles aufmerksam und formte tonlos vereinzelte Worte mit seinen schönen Lippen nach.

»Sie sind also eine Hexe?« Lenas Mund wurde schmal, als Ma nickte. »So eine richtige Hexe?«

»Das kommt darauf an, was du unter einer richtigen Hexe verstehst.«

»Jemand, der zaubern kann«, erklärte Lena und unterstrich ihre Aussage mit einer unbestimmten Handbewegung.

»Dann bin ich wohl eine richtige Hexe.«

»Sie haben keine Warze auf der Nase.«

»Zum Glück«, lachte Ma. »Ich fresse auch keine kleinen Kinder und besitze kein Pfefferkuchenhaus.«

»Das wäre ja noch schöner«, mischte ich mich ein. Ich schob das Bild meiner Ma, die mit einem schwarzen Kater auf dem Buckel im Wald hockte und unschuldige Kinder anlockte, energisch beiseite. »Ma setzt ihre magischen Fähigkeiten ein, um anderen Menschen zu helfen.«

»Wenn das so ist«, sagte Lena argwöhnisch, »warum willst du dann keine Hexe sein?«

»Weil ich so etwas«, ich zeigte erst auf den Major, dann auf den Teigjungen, »auf jeden Fall vermeiden möchte. Ich will ein normales Leben führen und ein normales, unauffälliges Mädchen sein.«

Lena lachte auf. »Nimm es mir nicht übel, Feli, aber du bist so ziemlich das schrägste Mädchen, das ich kenne.« Sie wandte sich wieder an Ma. »Und jetzt? Wie geht es jetzt weiter? Werden Sie mein Gedächtnis löschen?«

Ma legte die Stirn in Falten. »Warum sollte ich das tun?«

»Damit ich nicht herumerzähle, was hier vor sich geht.«

»Ach!« Ma winkte ab. »Da mache ich mir keine Sorgen.

Ich habe dich mit einem sehr wirksamen Zunge-ab-Zauber belegt.«

Lena riss die Augen auf. »Wie bitte? Zunge-ab? Soll das heißen, ich verliere meine Zunge?«

»Versuch besser nicht, das herauszufinden«, murmelte Ma geheimnisvoll. Doch da Lena nach diesen Worten offenkundig einer erneuten Ohnmacht entgegenstrebte, rief Ma eilig: »Das war ein Scherz! Natürlich habe ich das nicht getan.«

Sie stellte ihre Tasse ab und legte fürsorglich einen Arm um Lena. »Sieh mal, wenn du es erzählen willst, ist das deine freie Entscheidung, Liebes. Du musst dir nur im Klaren darüber sein, dass man dir nicht glauben, sondern dich für einen Spinner oder Lügner halten wird. Feli, der Major und ich suchen uns einfach eine andere hübsche Stadt und beginnen dort vollkommen unbehelligt ein neues Leben.«

Lena wagte nicht, wegzurutschen, obwohl ihr anzusehen war, wie unheimlich meine Mutter ihr mit einem Mal vorkam. »Ich hätte es sowieso nicht erzählt.«

Ma ließ von Lena ab. »Ich bin furchtbar müde und werde mich jetzt hinlegen. Wie wäre es, wenn ihr Mädchen in Felis Zimmer schlaft und der Junge heute Nacht die Schlafcouch bekommt? Major, bist du so nett und leistest unserem Gast Gesellschaft?«

»Mir?«, quiekte Lena entsetzt.

Doch Ma lachte, stellte sich hinter den Teigjungen und wuschelte ihm durch das prachtvolle Haar. »Nein, Liebes. Ich meinte diesen Gast.«

»Moment mal«, wandte ich hastig ein, »du musst uns erklären, was das alles zu bedeuten hat. Du kannst dieses … Du kannst ihn doch nicht einfach so hier bei uns lassen …«

»Feli«, unterbrach mich Ma ungewohnt streng. »Das hat Zeit bis morgen.«

Mit einem letzten Blick auf den Jungen verließ sie den Raum und auch ich verspürte keine große Lust, noch weiter in der Küche zu hocken. »Gehen wir auch wieder ins Bett?« Lena nickte und stand auf. Ich drehte mich noch einmal um und sah den Teigjungen an. »Schlaf gut, was immer du auch bist.«

Ein Strahlen ging über sein Gesicht, das man garantiert noch in stockfinsterer Dunkelheit gesehen hätte. Ohne es zu wollen, lächelte ich zurück und ging dann mit Lena ins Wohnzimmer, um unsere Sachen in mein Zimmer zu tragen.

»Und du bist wirklich keine Hexe?«, wollte Lena wissen, als wir nebeneinander in meinem gemütlichen Bett lagen.

»Natürlich nicht«, sagte ich so beruhigend wie möglich. Arme Lena. Für sie musste das alles ein ganz schöner Schock sein. Mein Herz pochte wie wild in meiner Brust.

Was, wenn sie nun nichts mehr mit mir zu tun haben wollte?

»Findest du das nicht schade?«

»Ähm …« Ich nestelte am Zipfel meines Kissens. Was war das denn für eine blöde Frage? »Wieso sollte das schade sein?«

»Also ich wäre echt sauer, wenn ich wüsste, dass meine Mutter eine Hexe ist und ich nicht.« Lena wartete nicht ab, ob ich etwas dazu zu sagen hatte. »So richtig rumzaubern muss doch cool sein. Ich würde mir neue Klamotten zaubern. Und jeden Tag eine andere Haarfarbe. Und über Schulnoten würde ich mir gar keine Sorgen mehr machen.«

»Weißt du«, ich ließ vom Zipfel ab, »so einfach ist das nicht. Magie erfüllt keine Wünsche.«

Im Gegenteil. Diese doofe Magie machte immer alles kaputt. Wie sollte ich Lena bloß erklären, was es bedeutete, immerzu Angst davor haben zu müssen, entdeckt zu werden? Ich konnte gar nicht mehr zählen, wie oft Ma und ich umgezogen waren, nur weil irgendjemand ihr sonst möglicherweise auf die Schliche gekommen wäre.

Bisher war das nicht weiter tragisch gewesen. Sicher, es hatte nicht gerade Spaß gemacht, irgendwo bei Nacht und Nebel abzuhauen, aber eigentlich war es schlicht egal, ob ich nun diese oder jene Schule besuchte. Doch die anderthalb Jahre hier waren echt ein Rekord in Sachen Sesshaftigkeit und diesmal würde ich eine Freundin verlieren. Meine erste richtige Freundin. Es würde mir das Herz brechen.

Nach einer Weile nahm ich meinen Mut zusammen. »Du bist die Erste, der wir von dem ganzen Hexenkram erzählt haben. Es ist nur ... Wir müssen das unbedingt geheim halten.«

Lena drehte sich zu mir um. »Ich weiß, Feli. Und ich verspreche dir, dass ich nichts verraten werde.« Sie gähnte. »Lass mich eine Nacht drüber schlafen, mir fallen echt die Augen zu.« Sie kuschelte sich tiefer unter die Decke und ihre Stimme war nur noch ein Murmeln. »Wir sprechen morgen, okay?«

Ich kniff die Augen zusammen, damit sie sich nicht mit Tränen füllen konnten. Noch war nicht alles verloren. Mit ein bisschen Glück überstand der unerwünschte Zauber die Nacht nicht und der fabelhaft aussehende Junge verwandelte sich noch vor dem Frühstück wieder in eine Backmischung. Wir könnten Lena einreden, sie hätte schlecht geträumt, und alles wäre wie vorher. Wie gern hätte ich diesen herrlichen Gedanken mit Geschenkband umwickelt!

Ich schlief doch noch tief und fest und wachte gleichzeitig mit Lena auf. Die Tatsache, dass sie sich genauso ruckartig aufrichtete wie ich, verriet mir, dass ich mir die Ereignisse des vorigen Abends nicht eingebildet hatte.

Wir zogen uns in Windeseile an und liefen nach einem

Abstecher ins Bad zur Küche. Dort saß der Teigjunge allein am gedeckten Frühstückstisch und aß ein Brötchen. Kaum waren wir eingetreten, erhob er sich, zog in bester Gentleman-Manier einen Stuhl zurück und begrüßte uns. Oder vielmehr mich. »Guten Morgen, Felicitas. Hast du gut geschlafen?«

Mit einem Schlag war mir entfallen, wie man sich bewegte, und ich stand steif wie ein Stock da. Der Junge war groß und sah sportlich und durchtrainiert aus, was selbst der alberne Bademantel nicht zu überdecken vermochte.

Mit offenem Mund ließ ich meinen Blick über ihn wandern, bis meine Augen an seinen nackten Füßen hängen blieben. Ich hatte noch nie so schöne Füße gesehen. Ich hatte nicht mal gewusst, dass man so schöne Füße haben konnte.

»Er kann sprechen«, riss Lena mich aus meiner Starre. Sie setzte offenbar andere Prioritäten.

»Warum sollte ich das nicht können?« Der Teigjunge strich sich verwirrt das glänzende Haar zurück. »Ihr könnt das doch auch.«

»Pah«, machte Lena. »Das ist etwas ganz anders. Feli und ich sind Menschen. Und du bist … Du bist …«

Er hob fragend die Augenbrauen. »Ich bin …?«

»Du *bist*!«, erwiderte Lena patzig. »Das sollte wohl genügen.«

Ja, das sollte es. Er *war* und würde auf unbestimmte Zeit sein. Und das war ganz allein unsere Schuld.

»Ähm, danke.« Ich setzte mich auf den mir dargebotenen Stuhl. »Wo ist meine Mutter?«

»Sie wollte noch etwas besorgen.«

»Und der Major?«

»Der hat sich in die Besenkammer verzogen, weil ich zum Frühstück bleiben darf.«

Die Besenkammer diente dem Major als Rückzugsort, wenn er sich über etwas ärgerte, Befehlsverweigerung zum Beispiel. Nun fühlte er sich bestimmt mal wieder ausgeschlossen, weil er nicht essen oder trinken konnte, im Gegensatz zu dem Teigjungen, der einen beachtlichen Appetit an den Tag legte. Den Krümeln auf seinem Teller nach zu urteilen, hatte er mindestens schon fünf Brötchen verspeist.

Der Junge wollte auch für Lena einen Stuhl heranziehen, doch sie setzte sich demonstrativ auf einen anderen, woraufhin er die Schultern hängen ließ. »Du magst mich nicht besonders, oder?«

»Kann man so sagen.«

»Habe ich dir irgendetwas getan?«

»Mal überlegen. Du bist ein Kuchen, der spricht.« Lena zählte mit den Fingern auf. »Du solltest gar nicht da sein. Du bist total gruselig. Natürlich mag ich dich nicht.«

»Ein Kuchen?« Der Junge starrte Lena einen Moment

lang an, dann wandte er sich an mich und sagte mit aller gebotenen Diskretion: »Ich glaube, deine Freundin hat Hunger.«

Dieser traute Augenblick der ersten Annäherung wurde durch die Rückkehr meiner Mutter gestört. Sie kam in die Küche und warf dem Jungen ein Bündel zu.

Er fing es geschickt auf. »Was ist das?«

»Klamotten. Schuhe, T-Shirts, eine Hose. Alles, was man so braucht.«

Der Junge löste sofort den Knoten vom Bademantelgürtel, doch Ma sagte schnell: »Nein, nein, nein. Geh ins Badezimmer. Da kannst du dich ganz ungestört umziehen.«

Ich sah ihm nach. »Ma, wo hast du die Klamotten denn her?«

»Die habe ich gekauft.«

»Es ist Sonntag.«

»Du liebe Zeit, Feli«, schnaubte Ma und sah ertappt aus. »Wäre es dir lieber, ihn die ganze Zeit im Bademantel rumlaufen zu lassen?«

Ich hätte mich darüber aufregen müssen, aber geklaute Klamotten waren zugegebenermaßen meine kleinste Sorge. Abgesehen davon sah der Teigjunge einfach umwerfend aus, als er kurz darauf angezogen in die Küche zurückkehrte. Die Jeans saßen wie angegossen und das T-Shirt schmiegte sich an seine breiten Schultern, als wäre es dankbar, von ihm getragen zu werden. Als Hexe musste man sich nicht um Kleinigkeiten wie Kleidergrößen kümmern. Ein paar Vorteile hatte Magie also doch.

»Es fühlt sich fantastisch an«, ließ er uns voller Begeisterung wissen. »So echt.« Das brachte ihn wohl auf einen Gedanken, denn er hielt plötzlich inne und sah mich mit leuchtenden Augen an. »Wie ist mein Name?«

»Ähm, Name?«, wiederholte ich verwundert. Warum musste er ausgerechnet *mir* diese Frage stellen? Es war ja nicht so, dass außer mir niemand im Raum gewesen wäre. Aber er lächelte so unschuldig, dass ich ihm in diesem Moment keinen Wunsch hätte abschlagen können und am liebsten Vor- und Nachnamen plus den kompletten Familienstammbaum genannt hätte. Nur gab es den nicht, soviel wir wussten. Aber es konnte sicher nicht schaden, ihm einen Namen zu geben, immerhin bekamen auch zugelaufene Hunde einen und irgendwie war das hier ja ganz ähnlich. Ich nannte also den erstbesten, der mir in den Sinn kam. »Adam. Du heißt Adam.«

Der frisch gebackene Adam nickte zufrieden und Lena rollte mit den Augen. »Oh, zum Glück ist er einverstanden.«

»Gib du ihm doch einen Nachnamen, Liebes«, schlug Ma diplomatisch vor und goss uns selbst gepressten Orangensaft ein.

Lena griff nach ihrem Glas, trank einen großen Schluck und sagte: »Prinz. Er soll Adam Prinz heißen.«

Ich nahm mir ein Brötchen, schnitt es auf und bestrich es mit Aprikosenmarmelade, selbst gemacht nach Großmutters Rezept. Mich beschäftigte noch eine ganz andere Frage. »Wie geht es jetzt weiter mit Adam?«

»Du meinst, mit Herrn Prinz?« Lena nahm sich ebenfalls ein Brötchen. »So viel Zeit muss sein.«

»Ich werde versuchen, herauszufinden, womit wir es hier zu tun haben«, sagte Ma. »Aber bis wir das wissen, ist er unser Gast.«

Was? »Kann Lena ihn nicht haben?«

Wir hatten schon den Major, der bereits das dritte Mal wie zufällig an der Küchentür vorbeirollte, damit Ma ihn endlich hereinrief.

»Ich will ihn nicht«, wehrte Lena ab. »Feli, meine Eltern erlauben mir nicht mal ein Haustier, da muss ich wegen eines Jungen gar nicht erst fragen.«

Ma reichte Adam den Brötchenkorb. »Er wohnt hier. Und falls jemand fragt, mein Engel, ist er eben dein Cousin und macht Urlaub bei uns.«

Lena bildete mit den Händen ein Viereck und schaute hindurch, als prüfe sie eine Kameraeinstellung. Mit verstellter Stimme sagte sie: »Adam Prinz. Ein Kuchen macht Urlaub.«

»Das ist nicht witzig«, sagte Adam ernst. Das fand ich eigentlich auch, musste aber trotzdem lachen.

Nach dem Frühstück gingen wir zu dritt ins Wohnzimmer. Da wir Adam Prinz ja nun auf unbestimmte Zeit am Hals haben würden, entschieden Lena und ich, ihn auf die Welt vorzubereiten. Er sah aus wie ein Schauspieler, also konnte er auch für die paar Tage seiner Existenz eine Rolle übernehmen. Eine Rolle, die uns in den Kram passte. Wir hatten aus ihm erst einen geheimnisvollen Agenten gemacht, danach einen berühmten Modefotografen und später einen erfolgreichen Musiker. Adam ließ das alles geduldig über sich ergehen und wiederholte brav die Sätze, die wir ihm vorsagten. »Guten Tag, mein Name ist Prinz. Adam Prinz. Ich bin Superagent.« Oder: »Ich treffe jeden Tag Models aus der ganzen Welt. Aber Lena und Feli sind einfach die tollsten Mädchen, die ich kenne. Um-wer-fend!«

Die Ernsthaftigkeit, mit der er bei der Sache war, rührte mich. Seinem Aussehen nach war er etwa siebzehn Jahre alt, er war durchtrainiert und bewegte sich fantastisch. Er hätte alles sein können. Nur eben nicht echt. Und auch, wenn ich es mir nicht richtig eingestehen wollte, tat mir das irgendwie leid. Aber warum musste er auch unbedingt in unserem Haus auftauchen? Bestimmt gab es irgendwo auf der Welt eine einsame Hexe, die sich sehr über die Gesellschaft eines wunderschönen Kuchens gefreut hätte.

Wir verwarfen Agent, Fotograf und Musiker und

machten aus ihm einen einfachen Gast unserer Party. Das kam der Wahrheit doch sehr nahe.

»Dein Cousin ist extra angereist, nur um zu deiner Party zu kommen?«, fragte Lena.

»Er weiß eben«, antwortete ich mit näselnder Stimme, »wie rauschend unsere Feste sind. Die darf man sich nicht entgehen lassen.«

»Und er hat sogar noch ein paar seiner gut aussehenden Freunde mitgebracht?«

»Haufenweise. Es hat auf unserer Party nur so gewimmelt von schönen, glücklichen Menschen.«

Wir lachten, redeten über Kathinkas Party und fragten uns, was wir alles verpasst hatten. Ob Sarah es geschafft hatte, Leon herumzukriegen?

Adam hörte aufmerksam zu. Ich hätte seine Blicke inzwischen eigentlich gewöhnt sein müssen. Doch es machte mich nervös, wie er mich ansah. Vielleicht war das der Grund dafür, dass ich die ausgezogene Schlafcouch vergaß und beim Rückwärtsgehen über eine Ecke stolperte. Ich schlug der Länge nach hin.

»Felicitas!« Adam sprang sofort herbei und kniete sich neben mich. Sein Gesicht zeigte echte Sorge, als er, wie der Königssohn nach Dornröschens hundertjährigem Schlaf, meine Hand nahm, seinen Arm um meine Schultern legte und mir behutsam auf die Beine half. »Hast du dir wehgetan?«

»Sie ist auf das Sofa gefallen«, sagte Lena. »Da liegen Kissen drauf.«

Richtig. Das Sofa. Seine Nähe fühlte sich eigenartig an, nicht so, wie ich erwartet hatte. Sein Körper war warm und fest, er roch ganz wunderbar und ich sagte mir in Gedanken schnell *Ein Kuchen, er ist nur ein Kuchen!* vor.

Ich spürte, dass ich rot geworden war, und entzog Adam meine Hand. »Es geht mir gut.«

»Keine Sorge, Felicitas, das wird nie wieder vorkommen«, erklärte Adam ernst. »Ich werde dich von nun an beschützen.«

»Spitze«, sagte Lena, »dann ist die Gefahr der lauernden Sofakissen ja vorerst gebannt.«

Ich musterte Adam. »Wie kommst du denn darauf, dass ich beschützt werden müsste?«

»Überall lauern Gefahren«, erwiderte er mit Nachdruck. »Ich könnte es mir nie verzeihen, wenn dir etwas zustieße.«

»Du liebe Zeit«, rief Lena ungeduldig dazwischen. »Woher hast du denn den Spruch?«

Adam runzelte die Stirn, ging zum Fernseher und deutete auf die DVD-Hülle, die ganz oben auf dem Stapel lag. Lena und ich wechselten einen Blick und ich seufzte. »Willst du damit sagen, du kennst *Twilight*?«

»Genau«, bestätigte Adam. »Der Major hat ihn mir gezeigt. Ich werde dein Edward sein.«

Das durfte doch nicht wahr sein! Dieser nichtsnutzige Staubsauger sollte einfach nur auf Adam aufpassen und was machte er stattdessen? Ließ einen wenige Stunden alten und leicht zu beeindruckenden Teigjungen die *Twilight*-Filme anschauen. Kein Wunder, dass Adam sich wie ein liebestoller Vampir aufführte.

»Ich brauche keinen Edward. Niemand tut das«, stellte ich unmissverständlich klar. »Und vor allem gibt es nichts, wovor du mich beschützen müsstest.«

Adam ließ sich auf das Sofa fallen und vertiefte sich in eine von Mas Zeitschriften. »Wir werden sehen.«

Vier

Lena hatte nochmals versichert, dass sie mit niemandem über Adam sprechen würde, auch mit ihren Eltern nicht. Die machten sich sowieso nichts aus Kuchen, hatte sie erklärt, was Adam wiederum zu einem Kopfschütteln veranlasst hatte.

Ich brachte Lena zur Tür und sie sagte leise: »Drücken wir uns die Daumen, dass Adam morgen verschwunden ist.«

Ich umschloss meine Daumen mit den Fingern und hielt meine Hände lächelnd in die Höhe. In Wahrheit war ich mir gar nicht so sicher, wofür genau ich die Daumen drückte. Wollte ich wirklich, dass Adam wieder von der Bildfläche verschwand? So merkwürdig die Umstände seiner Entstehung auch waren, ich fand die Vorstellung, dass er einfach wieder zu Mehl und Zucker zerbröselte, irgendwie … beunruhigend.

In Gedanken versunken ging ich in die Küche. Ma saß mit Adam am Tisch und sie tranken Tee. Der Major hatte seinen Stammplatz am Kopfende eingenommen. Dort stand nie ein Stuhl, damit der Major jederzeit heranrollen und uns bei den Mahlzeiten kontrollieren beziehungsweise, wie Ma behauptete, Gesellschaft leisten konnte.

Ich setzte mich dazu. »Was machen wir eigentlich morgen mit Adam?«

»Der Major kann auf ihn aufpassen«, meinte Ma.

»Ich bin doch kein Kindermädchen«, empörte sich der Eimerkopf.

»Ach? Auf einmal?« Wer rollte denn den ganzen Tag durchs Haus und spionierte herum? Ich schüttelte den Kopf und wandte mich Adam zu. Vor meinem inneren Auge malte ich mir aus, wie Lena und ich mit diesem Prachtexemplar einer Backmischung in der Schule auftauchten. Da wir Adam schlecht in unseren Schultaschen verstecken konnten, würde er auch Kathinka und Sarah auffallen und die würden sich auf ihn stürzen wie Fliegen auf ein Honigbrot. »Ich kann ihn jedenfalls nicht mit in die Schule nehmen.«

Adam lehnte sich zurück und verschränkte beleidigt die Arme vor der Brust. »Man könnte annehmen, dies sei ein Wettbewerb: Wer fühlt sich durch Adam am meisten gestört?«

»Ich würde gewinnen«, murmelte es blechern.

»Unsinn«, beschwichtigte Ma, »du störst doch nicht, Adam. Wir haben nur nicht mit dir gerechnet.«

»Ich werde niemandem zur Last fallen«, versicherte Adam ernst.

Ma zog die Schultern hoch. »Wir teilen uns auf. Adam, damit du mal an die frische Luft kommst, darfst du Feli morgen zur Schule bringen. Aber du kehrst gleich zurück und verbringst den Vormittag mit dem Major.« Ma wertete das metallische Stöhnen wohl als Zustimmung, denn sie ließ sich nicht beirren. »Später holst du Feli wieder ab und bleibst anschließend den Nachmittag über bei mir.« Sie strahlte in die Runde. »Na? Was sagt ihr dazu?«

»Echt super, total klasse«, erwiderte ich lahm. »Aber was, wenn der Zauber mitten in der Öffentlichkeit aufhört?«

Ma nickte. »Hm. Kannst du dich an das eine Mal erinnern, als uns das Persönlichkeitspulver für den Major ausgegangen ist?«

Erinnern? Ich zündete noch heute eine Kerze an, wenn ich an diese Woche voller Ruhe und Frieden zurückdachte. Damals war der Major noch nicht so lange bei uns und Ma war nicht darauf vorbereitet gewesen, dass man das Persönlichkeitspulver nachfüllen musste. Das eigentliche Herstellen des Pulvers dauerte zwar nur wenige Stunden, aber die Zutaten aufzutreiben, war nicht ganz einfach.

Ma strahlte Adam an. »Damit das nie wieder passiert, habe ich einen kleinen Zeitpuffer eingebaut und habe jetzt immer genug Vorräte im Haus. Etwa sechs Stunden, bevor das Pulver aufgebraucht ist, gibt der Major Bescheid. Ich gehe davon aus, dass es bei dir ganz ähnlich ist.«

Der Major war Adam versehentlich über den Fuß gerollt. Schon zum fünften Mal. Obwohl die beiden sich deshalb jetzt in den Haaren hatten und uns nicht zuhörten, flüsterte ich meine nächste Frage: »Ma? Könnten wir Adam theoretisch auch einfach eine neue Portion geben?«

»Ich wüsste nicht, wie, mein Engel«, flüsterte Ma zurück.

Beim Major war es einfach: Man musste nur etwas Pulver aufsaugen und ihn auf höchster Stufe laufen lassen, bis die Sicherung rausknallte. Der Strom war hierbei das Entscheidende. Nachdenklich betrachtete ich Adam. Er sah umwerfend aus und hatte alles, was ein Junge brauchte, aber ihm fehlte eindeutig ein Stecker.

»Dieses Duschen ist wirklich großartig«, sagte Adam und strich sich durch das noch feuchte Haar, als drehe er gerade einen Werbespot für ein Shampoo. »Das könnte ich stundenlang machen.«

»Du *hast* es stundenlang gemacht«, sagte ich. Adam hatte beinahe doppelt so lang im Bad gebraucht wie ich. Ausgestattet mit Handtuch, Kamm und Zahnbürste war er darin verschwunden und erst auf meine Drohung hin, ohne ihn das Haus zu verlassen, wieder herausgekommen. »Jetzt müssen wir uns beeilen.«

Ma hatte beim Mopsen der Klamotten Geschmack bewiesen und so trug Adam heute ein hautenges weißes T-Shirt. Das betonte seine breiten Schultern und kräftigen Arme und war insgesamt prima geeignet, um auch bestimmt noch dem letzten Mädchen an unserer Schule aufzufallen. Ich atmete tief durch und verkniff mir einen Kommentar; das Bademantelargument hatte mich überzeugt.

Ich schlug den Weg zu Lenas Haus ein. Adam hielt mühelos Schritt, obwohl er sich fasziniert die Umgebung ansah und hin und wieder die Hand nach einer Blume oder einem vorbeischwirrenden Insekt ausstreckte.

Lena wartete bereits. Offenkundig hatte sie gehofft, ich käme allein, denn sie stöhnte bei Adams Anblick auf.

»Guten Morgen, Lena«, begrüßte er sie dennoch freundlich. Edward wäre so stolz gewesen: Adam hatte echt Manieren, was man von Lena nicht behaupten konnte. Sie verzog unwillig den Mund.

»Hallo, Kuchen.« Man konnte ihren Gesichtsausdruck getrost vorwurfsvoll nennen. »Warum hast du ihn mitgebracht?«

»Weil der Major keine Zeit für ihn hat.« Bevor Lena nachfragen konnte, sagte ich schnell: »Ich bin gespannt, was die anderen von Kathinkas Party erzählen.«

»Und ich erst.« Lena schob das Kinn vor. »Ich kann es gar nicht erwarten zu hören, dass Leon und Sarah jetzt ein Paar sind.«

Tja, wenn es so war, erfuhren wir es bald genug. Es tat mir sehr leid für Lena, aber ich ahnte, dass ein »Vergiss ihn, er ist ein Idiot« hier nicht weiterhelfen würde, und so biss ich mir auf die Zunge.

Wir liefen auf unsere Schule zu, wo wie gewohnt munteres Treiben herrschte. Überall standen Grüppchen von Schülern herum und erzählten sich vom zurückliegenden Wochenende. Wie nicht anders zu erwarten war, flogen Gesprächsfetzen mit den Wörtern »Pool«, »Party« und »supertoll« an uns vorbei.

»Achtung«, warnte Lena. »Aushilfszicken auf zwölf Uhr.«

Direkt vor uns standen fünf unserer Mitschülerinnen. Lena nannte diese Sorte Mädchen Aushilfszicken, da sie erst in Gegenwart von Kathinka und Sarah zu gemeinen Sticheleien neigte. Die meiste Zeit ließen sie uns in Ruhe und wir beachteten sie auch nicht weiter. Adam jedoch erregte ihre Aufmerksamkeit. Er sah so gut aus, dass er garantiert weniger aufgefallen wäre, wenn er sich auf offener Straße eine Papiertüte über den Kopf gestülpt hätte. Wen wunderte es, dass um uns herum aufgeregtes Getuschel entstand.

»Ey, Adam«, flüsterte Lena, »leg mal deinen Arm um Feli.«

Noch bevor ich widersprechen konnte, zog Adam mich an sich. Fast geriet ich ins Stolpern, doch Adams Griff war fest und so gingen wir aufrecht und verfolgt von staunenden Blicken an den anderen vorbei. Mein Herz schlug etwas schneller und ich musste mir eingestehen, dass es sich ziemlich gut anfühlte, Seite an Seite mit Adam vor ihren Nasen dahinzuschweben.

Kurz bevor ich es so richtig genießen konnte, wurde mir jedoch bewusst, was ich da tat. Ich ging Arm in Arm mit einer Backmischung. Backmischung de luxe, zugegeben, aber das machte es auch nicht besser.

»Danke«, sagte ich, von meinem eigenen Herzklopfen verwirrt, und schob seinen Arm von meiner Schulter. »Das war sehr nett. Aber es wäre mir lieber, wenn wir auf solche Sachen demnächst verzichten könnten.«

»Demnächst in diesem Kino«, sagte Lena und fühlte sich wohl nicht sonderlich schuldig.

Meine Augen suchten gerade nach einem geeigneten Platz, an dem wir uns später wieder mit Adam treffen konnten, da sauste etwas haarscharf an meinem Gesicht vorbei. Ich schnappte erschrocken nach Luft und hörte Lena schimpfen.

»Spinnt ihr, oder was? Passt lieber auf, wo ihr hinwerft!« Sie schüttelte den Kopf. »Benehmen sich voll wie Erstklässler, die aus der Zehnten.«

»Sorry«, rief ein älterer Junge lachend und lief an uns

vorbei, um sein als Frisbeescheibe zweckentfremdetes Chemiebuch wieder einzusammeln. Er war einer der Jungs, die durch reines Vorbeischlendern ganze Horden von Mädchen zum nervösen Kichern brachten. Ich kicherte zwar nicht, sah ihm aber gebannt dabei zu, wie er sich nach seinem Buch bückte. Seine Jeans schien wie für diesen Auftritt ausgewählt zu sein.

»Okay, Adam.« Ich riss mich von dem faszinierenden Anblick los. Gegenüber unserer Schule lag eine Art Park. Das war enorm unpraktisch, wenn wir Sportunterricht hatten und, unabhängig von der Wetterlage, einmal komplett hindurchgescheucht wurden. Aber es war sehr praktisch, um Adam unauffällig darin auf uns warten zu lassen. Ich zeigte hinüber zur Grünanlage. »Wir haben heute bis kurz vor drei Unterricht. Wir treffen uns nach der Schule da, ja?«

Er lächelte sein Wahnsinnslächeln, drehte sich um und ging davon. Lena schnalzte mit der Zunge. »Man könnte meinen, er ist ein Hundekuchen. Der hört ja aufs Wort.«

»Wer hat einen Hund?« Lena und ich fuhren herum. Sarah war hinter uns aufgetaucht und sah uns ungnädig an. »Einen Rassehund wenigstens?«

»Selbstverständlich«, antwortete Lena. »Darauf legen wir größten Wert. Deshalb hat er auch nicht nur eine Rasse, sondern gleich mehrere.«

»Du bist so kindisch.« Sarah legte den Kopf schief und lächelte süßlich. »Und? Wie war eure *Party*?«

»Toll!«, rief Lena.

»Super!«, kam es von mir, worüber wir beide lachen mussten.

»Ach ja? Gebt doch einfach zu, dass ihr euch gelangweilt habt. Das ist dann nicht ganz so peinlich.«

»Das hättest du wohl gern, was?« Unser Wochenende war nun beileibe alles gewesen, nur nicht langweilig. Aber die Einzelheiten würden wir Sarah wohl kaum auf die Nase binden.

Als ich mich schwungvoll mit dem Vorhaben umdrehte, Sarah eiskalt stehen zu lassen, stieß ich beinahe gegen den Jungen aus der Zehnten. Er hielt sein zerfleddertes Chemiebuch in der Hand und stand einfach nur da. Ich fragte mich ernsthaft, ob er sich versehentlich den Kopf angeschlagen hatte, so weggetreten wirkte er.

»Leif!« Vom Eingang her riefen seine Klassenkameraden nach ihm. »Komm endlich!«

Leif schaute mich an, als hätte er einen Geist gesehen. Er ging zwei Schritte rückwärts, fuhr sich durch das gestylte dunkelblonde Haar und lief zu seinen Freunden.

»Blödmann!«, zischten Lena und ich gleichzeitig.

Nach einer Doppelstunde Geschichte saßen wir im Matheunterricht. Hochzwei war zur Höchstform aufgelaufen und schrieb ohne Unterlass Formeln an die Tafel, während ein Zettel durch die Sitzreihen wanderte, der schließlich bei Sarah und Kathinka landete.

»Wie bitte?«, fragte Kathinka laut und Hochzwei drehte sich überrascht um.

»Hast du eine Frage, Kathinka?«

»Äh, hat sich schon erledigt.« Sie wartete, bis Hochzwei sich wieder seinen Zahlen widmete, und flüsterte dann: »Du hast einen Freund, Feli?«

»Und was für einen«, bestätigte Lena.

»Also …« Ich spürte, wie sich meine Wangen rot färbten, und wich Kathinkas und Sarahs bohrenden Blicken aus. »Nicht direkt …«

»Dann stimmt es also nicht«, sagte Sarah und klang dabei fast ein wenig erleichtert.

Kathinka lachte leise. »Hätte mich auch gewundert.«

»Ach ja?« Eine Frechheit! Warum würden die sich darüber wundern, wenn ich einen Freund hätte? »Er holt uns nachher von der Schule ab. Dann kannst du ihn ja sehen.«

Kathinka brauchte einen Moment, bevor sie nickte.

Wah! Was hatte ich getan? Hilfe suchend sah ich zu Lena, die zuckte aber nur mit den Schultern. Klar, sie musste ja auch nicht so tun, als sei sie Adams Freundin. Nicht, dass man sich für Adam schämen musste, absolut nicht, aber er war nun mal kein echter Junge.

Mit Bauchschmerzen brachte ich die letzten beiden

Stunden hinter mich. Was, wenn genau in dem Augenblick, wenn ich Adam mit Kathinka und Sarah bekannt machte, der Zauber aufhörte und Adam zu einem kläglichen Haufen Backzutaten wurde? Abgesehen davon, dass es garantiert fürchterlich peinlich wäre, einen Kuchen als Freund ausgegeben zu haben, würde das wohl mehr Aufsehen erregen, als mir lieb war, und mich ziemlich in Erklärungsnot bringen. Ich klammerte mich an die Hoffnung, dass sich Ma bezüglich des Zeitpuffers nicht irrte.

»Eins muss man uns lassen«, raunte Lena mir zu. »Wir haben es locker geschafft, dass niemand mehr von Kathinkas dämlicher Poolparty spricht.«

Sie hatte Recht. Denn es gab jetzt ein anderes, viel interessanteres Thema: mich. Wo ich auch hinsah, blickten mir neugierige Augen entgegen. Es hatte sich rasend schnell herumgesprochen, dass ich einen Freund hatte, der obendrein fantastisch aussah.

Aber noch war es nicht zu spät. Mit ein bisschen Glück kam ich aus der Nummer raus und niemand nahm Schaden. Am besten kehrte ich zur Cousinvariante zurück und stellte ihn als Adam Prinz, Sohn meiner Tante Wasweißich aus Wasweißich vor, der wasweißich bei uns verloren hatte.

Wie verabredet, verließen wir mit Sarah und Kathinka gemeinsam den Schulhof. Die beiden führten sich auf wie Polizeihunde, die sicherstellen wollten, dass ihnen nichts entging. Hätten sie Absperrband dabeigehabt, sie hätten es benutzt.

»Und?« Sarah sah sich nach allen Seiten um. »Wo ist nun dieser Typ?«

Ja, wo war Adam? Gegenüber auf der Bank saß er auf jeden Fall nicht. Ich geriet in Panik. Es war nicht nur die Angst, als Lügnerin dazustehen. Wenn ich ganz ehrlich zu mir war, fürchtete ich mich auch davor, dass es Adam nicht mehr geben könnte. Ich stellte mir vor, wie er auf dem Boden lag, nur noch ein staubiges Häufchen Backmischung, das allmählich vom Wind in alle Richtungen verteilt wurde.

»Felicitas.«

Hätte mir jemand mal gesagt, welche Erleichterung ich beim Anblick eines Kuchens verspüren würde, ich hätte es nicht geglaubt.

Da standen wir nun, Lena, Sarah, Kathinka und ich, und starrten Adam an, der sich lächelnd durchs Haar strich.

»Das sind Kathinka«, ich zeigte auf sie, »und Sarah. Sie wollten dich unbedingt kennenlernen.«

Adam nahm erst Sarahs, danach Kathinkas Hand und deutete einen Handkuss an. »Ich freue mich sehr.«

Für meinen Geschmack hielt er Kathinkas Hand ein wenig zu lang.

»Hallo, Adam«, flötete Kathinka, nachdem sie sich von

seinem Anblick erholt hatte, und zwirbelte eine Haarsträhne um ihren Finger, »du darfst mich Kat nennen.«

Oha. Es gab nur einen kleinen erlauchten Kreis, der das durfte. Selbstredend gehörten Lena und ich nicht dazu.

Kathinka alias Kat schlug gekonnt schüchtern die Augen auf, was meinen Respekt verdient hätte, wenn sie nicht ausgerechnet Adam angeflirtet hätte.

»Okay«, quatschte ich gedehnt dazwischen und trat einen Schritt zurück. »Wir müssen jetzt los. Adam?«

Noch nie hatte ich den Heimweg so wütend hinter mich gebracht, nicht mal, als Leon und seine Freunde letztes Jahr versucht hatten, meine Schultasche in der Jungstoilette runterzuspülen. Um nicht zu platzen, motzte ich Adam an: »Musstest du diese blöde Ziege so anhimmeln?«

»Wie bitte?« Adam blieb stehen.

Lena machte Adams unfassbar lächerliche Handkussverbeugung nach und säuselte: »Ich freue mich sehr. So schrecklich, schrecklich sehr. Ich bin ganz aus dem Häuschen vor Freude.«

Adam schüttelte den Kopf und ging weiter. Ich sah ihm nach, bis mich Lenas Geschmatze ablenkte. Sie tat noch immer so, als küsse sie eine unsichtbare Hand ab. Als sie meinen Blick bemerkte, zuckte sie mit den Schultern.

»Und da heißt es immer, wenn man einen perfekten

Mann haben will, muss man ihn sich eben backen. Hat ja prima geklappt!«

Als ich zu Hause eintrudelte, saß Adam unter den gestrengen Blicken des Majors in der Küche vor einem Teller Nudeln mit Spinat. Kaum hatte ich den Raum betreten, erhob er sich, doch diesmal wehrte ich mit einer, wie ich stark hoffte, huldvollen Geste ab. »Bitte, bleib sitzen. Spar dir diesen Kavalierquatsch für Kathinka auf.«

»Was ist denn in dich gefahren?« Ma hatte auch mir einen Teller gefüllt und stellte ihn an meinem Platz ab.

»Adam hat mich heute blamiert.«

»Ah, ja?«

Da weder Ma noch der Major die gewünschte empörte Reaktion zeigten, lieferte ich Details. »Kathinka und Sarah wollten Adam kennenlernen. Und Adam hatte nichts Besseres zu tun, als mit Kathinka zu flirten.«

»Oh«, machte Ma, und Adam aß einfach weiter. Das war doch echt der Gipfel! Interessierte sich denn niemand für meine Gefühle?

»Das war voll peinlich!«

»Es war doch Kats Party, von der du und Lena gesprochen habt, richtig?« Adam wartete mein Nicken ab. »Und ihr wart enttäuscht darüber, dass sie euch nicht eingeladen hat. Richtig?« Wieder musste ich nicken. »Meinst du nicht, Kat bereut das jetzt?«

Ich wollte nicken, doch es gelang mir nicht. Ich starrte Adam an. »Soll das heißen, du wolltest Kathinka nur eifersüchtig machen?«

Adam leckte sich über die Lippen und beseitigte so einen Klecks Spinat, der dort eigentlich ganz bezaubernd ausgesehen hatte. Ich tat noch immer, als sei ich sauer, in Wahrheit aber hätte ich ihm um den Hals fallen können. Aber klar, er hatte ja so Recht: Kathinka und Sarah waren nun bestimmt davon überzeugt, dass wir Adam auf unserer Party kennengelernt hatten. Was ja auch stimmte. Irgendwie.

»Du musst sie trotzdem nicht dauernd Ka-hat nennen.«

Fünf

Nach dem Mittagessen kam Lena vorbei und wir gingen zu dritt ins Wohnzimmer, wo ich ihr von Adams Raffinesse berichtete.

»Klasse! Ein Kuchen, der mitdenkt.« Lena schenkte ihm so etwas wie ein Lächeln, kurz und etwas angestrengt, aber herzlich. Offensichtlich entging das auch Adam nicht, denn er unterdrückte daraufhin seinen Kuchen-Widerspruchsreflex.

»Was wollen wir machen?« Adam sah uns auffordernd an. Er hatte auf dem nun wieder als Sitzmöbel dienenden Sofa Platz genommen und wippte mit den Füßen.

»Hausaufgaben?« Lena zückte ihr Matheheft und hielt es Adam zur Begutachtung hin wie eine Flasche erlesenen Wein. »Noch nie von gehört, was?«

»Nein«, gab Adam zu und nahm das Heft. Er schlug es auf, und während er in der wundervollen Welt der Mathematik versank, ließ sich Lena neben ihn auf das Sofa fallen.

»Komisch, dass Sarah nichts von Leon erzählt hat«, sagte sie.

»Ja, seltsam.« Sarahs Plan, sich auf der Poolparty an Leon ranzuschmeißen, war wohl nicht ganz aufgegangen. Ich verlieh meiner Schadenfreude mit einem boshaften Kichern Ausdruck.

»Liegt vielleicht daran ...« Adam schrieb etwas in Lenas Heft, schlug es zu und reichte es ihr. »... dass es nichts zu erzählen gibt.«

»Und woher willst du das wissen?« Es war schwer zu sagen, was Lena mehr empörte: Adams Gekrakel in ihrem Matheheft oder seine Einmischung in ein oberwichtiges Thema.

»Ich habe den Vormittag über im Park auf euch gewartet«, sagte Adam.

»Ähm.« Wenn ich mich recht erinnerte, hatte Ma Adam was anderes aufgetragen. »Solltest du uns nicht nur zu Schule bringen und dann zum Major zurückgehen?«

»Ja. Sollte ich.« Adam grinste entschuldigend. »Wollte ich auch. Aber im Park war es so schön. Und später waren da unglaublich viele Mädchen.«

»Ach?« Mir war der Schulhof nach der letzten Stunde gleich so leer vorgekommen. Sie mussten Adam dort entdeckt und meine Abwesenheit schamlos ausgenutzt haben.

»Ja. Melissa hat mir erzählt ...«

»Melissa?«, riefen Lena und ich gleichzeitig.

»Groß, blond, blaue Augen.«

»Wir wissen, wer Melissa ist.« Lena schnappte nach Luft. »Wir wussten nur nicht, dass du das weißt.«

Melissa war so etwas wie ein Beste-Freundin-Double. Sie kam immer zum Zug, wenn Sarah oder Kathinka krank waren, und füllte die Lücke meisterlich aus. Dass sie sofort nach der jeweiligen Genesung wieder abgeschrieben war, schien sie dabei nicht sonderlich zu stören.

»Melissa sagte jedenfalls, Sarah hat toll ausgesehen. Super Frisur, klasse Make-up, heißer Bikini. Eigentlich hat niemand daran gezweifelt, dass es nach dieser Party ein neues Traumpaar geben würde.«

Lena zuckte bei dem Wort Traumpaar zusammen. Ich zuckte zusammen, weil ich mir vorstellte, wie sich Melissa an Adam ranmachte, während ich so unbedarft wie zwecklos Hochzwei zuhörte. Unwillkürlich fragte ich mich, weshalb ich die Idee mit der Papiertüte über Adams Kopf nicht durchgesetzt hatte.

War ich etwa eifersüchtig? Ich schüttelte diesen Gedanken energisch ab. Adam war bloß ein Kuchen. Ein gut aussehender Kuchen mit Teeniestar-Potenzial. »Und dann?«

»Nichts und dann. Leon war nicht interessiert. So einfach ist das.«

Ich war mir nicht sicher, ob Lena zugehört hatte, denn

sie blätterte in ihrem Matheheft. »Adam, wieso kannst du das?«

»Das ist doch sehr logisch. Davon ausgehend, dass der zuvor beschriebene Rechenweg richtig ist, führt das direkt zur Lösung der nachstehenden Aufgabe.«

Ja, so ähnlich formulierte Hochzwei das auch immer, wenn er uns Mathe als faszinierend simples Schulfach verkaufen wollte.

Adam schwafelte noch etwas vom Lösungsansatz und beschrieb Zahlen als abstrakte Informationen, aber mich hatte er längst überzeugt. Ich drückte ihm meine Mathesachen in die Hand. Wie erwartet war es in meinem Heft mit ein bisschen Kritzeln nicht getan. Adam strich hier etwas aus, fügte dort was hinzu, schüttelte den Kopf, schnalzte missbilligend mit der Zunge und zeigte somit Hochzweis gesamtes Repertoire. Fehlte nur noch, dass er mich benotete.

»Soll ich es dir erklären?«, fragte Adam, doch ich nahm ihm mein Heft ab.

»Später, eventuell.« Ich wusste nicht, wie viel Zeit Adam noch blieb, aber die wollte ich nicht mit Mathematik verschwenden.

Nachdem alle Hausaufgaben erledigt waren, platzte Adam beinahe vor Unternehmungslust, und zwar im wahrsten Sinne des Wortes. Zuerst hatte er nur seine Füße nicht stillhalten können, jetzt tigerte er unruhig durch das Wohnzimmer und schlug so absurde Dinge wie Bergsteigen, Fesselballon fahren oder Tiefseetauchen vor.

»Nichts zu machen«, sagte ich zu Ma, die ich gerufen hatte, damit sie sich selbst ein Bild vom Ernst der Lage machen konnte. »Adam kann nicht mehr still stehen.«

»Eigenartig.« Ma sah Adam mitleidig an. »Vielleicht liegt es an der Zusammensetzung des Persönlichkeitspulvers? Es ist auf den Major abgestimmt und der ist ein sehr alter, schwerer, behäbiger Gegenstand. Adam hingegen ist so … ist so …«

Ma suchte nach einem Wort und ich konnte aushelfen: »Geschmeidig?«

»Richtig.« Sie hob die Augenbrauen. »Das ist wohl eine klassische Überdosis, die bei ihm einen verstärkten Tatendrang auszulösen scheint.«

Adam hatte angefangen, Liegestütze zu machen, und da er laut mitzählte, wussten wir, dass er es soeben auf die beeindruckende Anzahl von fünfundvierzig gebracht hatte. Er machte nicht den Eindruck, vor einhundert aufhören zu wollen.

Lena schob anerkennend das Kinn vor. »Deshalb führt er sich jetzt auf wie ein wild gewordenes Zappelmännchen?«

»Ich weiß, mein Engel, ich wollte jetzt eigentlich …«,

Ma zögerte und sprach leise weiter, »... auf Adam aufpassen. Aber ich denke, es ist das Beste, ihr unternehmt etwas mit ihm.«

»Ich werde keine Ballonfahrt machen«, stellte Lena klar, aber Ma schüttelte den Kopf.

»Das ist hoffentlich auch nicht nötig. Geht mit ihm spazieren, vielleicht etwas trinken, das wird ihn ablenken.«

Kaum waren wir zur Tür raus, da fing Adam sich wieder und benahm sich ganz normal, soweit man das über einen Kuchen sagen konnte.

Ma hatte uns Geld mitgegeben, damit wir in das gemütlichste Café der Welt gehen konnten: ins *Emily's Fairy Cakes,* von Insidern auch schlicht Emily's genannt. Dort gab es Cupcakes in allen nur erdenklichen Variationen und sie sahen so schön aus, dass man es nur deshalb übers Herz brachte, sie zu essen, weil sie unbeschreiblich gut schmeckten. Sie waren nicht ganz billig, aber mehr als ein süßes Törtchen schaffte man ohnehin nicht. Ich setzte mich bereits intensiv mit der Frage auseinander, ob ich diesmal etwas Fruchtiges probieren oder doch lieber einen der altbewährten Schokocupcakes nehmen sollte, da blieb Lena plötzlich stehen. »Mist!«

»Was ist?«, fragte ich und Lena zeigte auf ein schwarzgelbes Mountainbike, das direkt vorm Emily's geparkt war. Leons Mountainbike.

»War ja klar«, sagte ich und verabschiedete mich in Gedanken von dem leckeren Schokotörtchen. »Gehen wir wieder?«

»Ich denk ja gar nicht dran.« Lena eilte mit festen Schritten voraus, zog die Eingangstür auf und verschwand im Café. Adam sah mich verwirrt an, doch ich zuckte nur mit den Schultern und folgte Lena.

Das Café war wie immer gut besucht. Es gab ein paar bequeme Sofas, jedes in Form und Farbe unterschiedlich, auf denen man wunderbar abhängen konnte. Doch sie waren alle besetzt. Auf einem lümmelte sogar dieser Leif aus der Zehnten. Er hatte sich, sehr zum Vergnügen seiner Freunde, scheinbar nur Sekunden zuvor mit Kakao übergossen und starrte in unsere Richtung, als seien wir daran schuld.

Ich spürte, wie sich ein kleines, schadenfrohes Grinsen auf mein Gesicht stahl, und drehte mich schnell weg.

Wir mussten mit einem Tisch am Fenster vorliebnehmen und saßen noch nicht ganz, da stand auch schon Melissa auf der Matte. Mit geröteten Wangen strahlte sie Adam an. »Das ist ja ein schöner Zufall, dich hier zu treffen.«

»Hallo, Melissa!« Adam erhob sich und deutete eine Verbeugung an, die Melissa mit einem leisen Seufzen quittierte. Sie schien in eine Art Lächelstarre verfallen zu sein.

»Melissa, hast du Leon gesehen?«, unterbrach Lena glücklicherweise diese bizarre Szene; länger hätte ich das auch nicht mitansehen können.

»Äh, Leon?« Melissa sah sich um. »Der sitzt da hinten irgendwo.«

Leon saß *irgendwo*? Bisher hätte man Melissa fragen können, wie oft Leon in der letzten Stunde geatmet hatte, sie hätte eine genaue Statistik vorgelegt. Diese Abstufung vom Mädchenschwarm Nummer eins zum Jungen, der irgendwo saß, konnte nur zwei Gründe haben. Entweder war Leon bei den Ober- und Aushilfszicken in Ungnade gefallen, weil er Sarah hatte abblitzen lassen, oder es gab einen neuen, interessanteren Jungen. Das konnte wiederum nur einer sein: Adam.

Ich überlegte gerade, welche dieser beiden Varianten mir lieber war, da öffnete sich die Tür und Kathinka und Sarah stolzierten herein. Weil Adam noch stand, blieben ihre Augen an ihm hängen und sie näherten sich zielstrebig, wie Ameisen auf einer Zuckerwasserspur.

Kathinka, die scheinbar Gefallen an Adams Handküssen gefunden hatte, reichte ihm zu diesem Zweck geziert ihre Hand. Mir schossen spontan einige Ideen durch den Kopf, was man mit einer Hand noch so alles anstellen konnte. Ich kam bis zu Daumenschrauben anlegen, da säuselte Kathinka: »Adam. So ein …«

»… schöner Zufall, dich hier zu treffen?« Lena

schnaubte genervt. »Das wolltest du doch bestimmt gerade sagen, oder?«

»Naja. Ganz zufällig ist es nicht«, gab Kathinka zu und setzte sich unaufgefordert. Jetzt saßen Lena, Kathinka und ich am Tisch, während Adam, Melissa und Sarah um uns herumstanden. Es war mordsungemütlich.

»Leute, wir wollten hier nur in Ruhe einen Cupcake essen«, sagte ich und zog Adam am T-Shirt. »Setz dich!«

Kathinka vertrieb Melissa mit einem Blick und Sarah holte sich einen Stuhl vom Nebentisch. Das war kein bisschen gemütlicher.

»Wir haben uns schon gedacht, dass wir euch hier treffen«, sagte Sarah und quetschte ihren Stuhl zwischen meinen und Adams. »Wo solltet ihr auch sonst hingehen?«

»Wir hätten eine Ballonfahrt unternehmen können«, sagte Adam. Kathinka und Sarah lachten, Lena und ich nicht.

»Erzähl uns doch ein bisschen von dir, Adam. Was machst du so?«, wollte Kathinka wissen und Sarah fragte: »Wie alt bist du und wo kommst du her?«

»Meine Güte«, rief ich lauter, als beabsichtigt, weshalb sich alle Gäste im Emily's zu mir umdrehten und mich ansahen. Einschließlich Leif. Aber das war mir egal. Das hier war kein Café, es war das reinste Wespennest. Hatten wir tatsächlich geglaubt, mit Adam ungestört etwas trinken gehen zu können? Wir mussten hier raus, bevor der

Kuchen aufflog. Sofort! »Wir sollten vielleicht doch eine kleine Bergtour machen, meint ihr nicht?«

»Unbedingt«, erwiderte Lena.

Adam sprang auf. »Habe ich doch gleich gesagt.«

»Das ist kein Berg.«

»Nö.« Zwecklos, das abzustreiten. Wir waren ins Einkaufscenter gegangen, wo es zwar keine Berge, aber immerhin Rolltreppen gab. Von einer solchen ließen wir uns ein Stockwerk hinaufbefördern. Adam verlor kein weiteres Wort wegen der ihm auf hinterhältige Weise vorenthaltenen Bergtour, sondern sah sich wie immer alles aufmerksam an und lächelte sogar, als sich unsere Blicke trafen. Prompt plagte mich ein schlechtes Gewissen. Ich war eine Rabenbäckerin. Wie konnte ich meinen eigenen Teig und Kuchen so herzlos belügen und ihn unter Vorspiegelung falscher Tatsachen von Kathinka und Sarah weglocken? Die beiden waren schließlich, das musste selbst ich zugeben, ziemlich hübsch und schienen außerdem sehr an Adam interessiert zu sein. Ich hätte ihm doch ruhig einen Nachmittag mit seinen beiden Verehrerinnen gönnen können. Dabei war ich mir gar nicht sicher, ob sich Adam überhaupt für so etwas interessierte. Konnte ein Gebäckstück sich zu jemandem hingezogen fühlen? In Gedanken versunken, lief ich Adam und Lena hinterher und achtete nicht auf meine Umgebung. Erst als ich mit Adams Brust zusammenstieß, kam ich zur Besinnung.

Nachdem er ein paar Sekunden stocksteif dagestanden hatte, legte Adam die Hände auf meine Schultern und schob mich sanft ein Stück von sich weg. »Alles okay?«

»Ja«, erwiderte ich mit krächzender Stimme, während ich versuchte, mein inneres und äußeres Gleichgewicht wiederzufinden. Ich spürte, wie ich rot wurde, und drehte mich hastig weg. Lena hatte den Zwischenfall mit erhobenen Augenbrauen beobachtet. Ich musste dringend das Thema wechseln. »Adam, sollen wir dir ein neues T-Shirt kaufen?«

Mir war leider nicht klar gewesen, welch ein Shoppingmonster ich mit meinem Vorschlag entfesseln würde.

Adam stürzte sich auf die Textilauslagen, durchforstete das Angebot und zog ein T-Shirt nach dem anderen hervor, während Lena und ich fassungslos auf einer Bank vor den Umkleidekabinen saßen.

»Er tut ja gerade so«, sagte Lena, »als hinge von der richtigen Wahl das Wohl der Menschheit ab.«

Es kam mir vor, als wären Stunden vergangen, als Adam uns endlich vier Shirts präsentierte, die es in die engere Auswahl geschafft hatten. Lena und ich zeigten zum Glück beide auf das gleiche, ein olivfarbenes, das Adams Hautton und seinen grünbraunen Augen ausgesprochen schmeichelte, und beendeten somit diesen unerwartet heftigen Ausbruch von Shoppingwut. Ich trug das Shirt mit dem guten Gefühl, einen Beitrag zum Wohle der Menschheit zu leisten, zur Kasse, und endlich verließen wir das Geschäft.

»Nie wieder betrete ich diesen Laden! Adam, musst du immer alles so schrecklich übertreiben?«, fuhr Lena ihn an.

Sie hatte Recht, Adam war nicht zu bremsen, wenn ihn etwas gepackt hatte. Er benahm sich zwar meist wie ein mehr oder weniger durchschnittlicher Teenager, doch in manchen Situationen wurde er total hyperaktiv. Aber was sollte man auch sonst erwarten? Er war von einer Backmischung zu Adam geworden, ohne den Zwischenschritt Kindheit. Ihm fehlte einfach die innere Reife, die Lena und ich an den Tag legten. »Es ist nicht seine Schuld. Er ist, was seine Zutaten aus ihm gemacht haben.«

»Zumindest«, sagte Lena, als Adam uns am Ausgang höflich den Vortritt ließ, »hat der Kuchen Manieren.«

O ja. Die hatte er. Das konnte aber keinesfalls am Persönlichkeitspulver liegen, denn der Major war nicht gerade ein Vorbild für gute Umgangsformen. Der alte Staubsauger war stets misstrauisch, griesgrämig und besserwisserisch. Adam hingegen war wie einem Film entsprungen. Er war aufmerksam und freundlich, und ganz allmählich gewöhnte ich mich daran, dass er mich kaum aus den Augen ließ und immer sofort zur Stelle war.

Seinem Kavalierinstinkt folgend, bestand Adam darauf, Lena auf dem Heimweg bis vor ihre Haustür zu bringen. Sie wollte das zwar nicht, meinte, es sei unnötig und vor allem peinlich, aber Adam war nicht davon abzubringen.

»Wenn du versuchst, mich zu küssen, hau ich dir eine rein«, sagte Lena, als sie die Tür aufschloss. »Klar?«

»Äh … Klar.« Adam vergrößerte den Abstand zu Lena, wartete, bis sie die Tür vor seiner Nase zuschlug, und kam mit betretener Miene wieder zu mir. »Ich kann machen, was ich will, sie kann mich einfach nicht leiden.«

»Quatsch! Man trifft nur nicht so häufig Jungs wie dich.«

Ich selbst fand Adams altmodische Manieren sehr charmant und musste grinsen.

Wir gingen schweigend nebeneinander her, bis wir in unsere Straße einbogen.

»Felicitas«, sagte Adam. Er fasste nach meinem Arm und wir blieben stehen. »Vielen Dank, Felicitas. Ich habe noch nie ein eigenes T-Shirt besessen.«

Ich wich seinem Blick aus. Wenn ich richtiglag, würde es auch das einzige T-Shirt bleiben. Erschrocken stellte ich fest, dass mich dieser Gedanke nicht erleichtert aufatmen ließ. Ganz im Gegenteil, ich fühlte mich auf einmal ziemlich schlecht.

»Schon gut, Adam«, röchelte ich und wollte ihm ein Lächeln voller Zuversicht schenken, da bemerkte ich auch schon das Beben meiner Unterlippe. Was sollte das denn? Ich fing doch nicht etwa an zu weinen?

Ich rettete mich in einer Geschwindigkeit, die kurz nach schnellem Gehen, aber noch vor Rennen kommt, zur Haustür und stürzte in den Flur.

»Pssst! Felicitas!« Die Tür zur Besenkammer öffnete sich einen winzigen Spalt.

»Jetzt nicht, Major! Ich will …« Eigentlich wusste ich selbst nicht, was ich wollte, aber mich aufs Bett werfen und in Selbstmitleid versinken, wäre ein guter Anfang.

»Felicitas«, der Spalt vergrößerte sich etwas und der Major winkte mich mit seiner Wischmopphand heran.

Bevor ich mich über sein sonderbares Verhalten wundern konnte, hörte ich Mas Lachen und eine mir gänzlich unbekannte Männerstimme.

»Wir haben Besuch?«, fragte ich erstaunt.

»Unangemeldet«, wisperte der Major. »Stella hat ihn einfach reingelassen.«

Das hatte es ja noch nie gegeben! Ich schloss die Tür zur Besenkammer und ging neugierig in die Küche.

»Oh, Feli, mein Engel.« Ma stand so hastig auf, als hätte ich sie bei irgendetwas ertappt. Sie zupfte ihr schickes lilafarbenes Shirt mit den Fledermausärmeln zurecht (ich hatte es einmal anprobiert, an mir sah es albern aus) und sagte: »Das ist Markus van Feldern.«

Sie deutete dabei auf einen elegant in schwarzem Anzug

gekleideten Mann, der sich ebenfalls erhob und sich leicht in meine Richtung verbeugte. Er war sehr groß, sein flammend rotes Haar reichte ihm bis zum Kinn und er hatte eisblaue Augen.

Adam war hinzugekommen. Er stellte sich dicht hinter mich und ich glaubte förmlich zu spüren, wie sich seine Nackenhaare sträubten. Ich warf ihm einen Blick über die Schulter zu und bemerkte, dass er sich mit diesem van Feldern ein Blickduell lieferte. Ich fühlte mich schlagartig unwohl.

»Und das ist wahrscheinlich«, sagte Markus van Feldern mit einer durchaus wohlklingenden Stimme, »dein Freund?«

Da ich nicht wusste, was Ma diesem Kerl erzählte hatte, blieb ich stumm. Das mochte unhöflich sein, aber mir gefiel van Feldern nun mal überhaupt nicht und ich sah keinen Grund, es vor ihm zu verheimlichen. Was hatte dieser Mensch überhaupt in unserer Küche verloren? Bisher war Ma doch immer so vernünftig gewesen, Fremde auf Distanz zu halten. Ich hatte ihr oft vorgehalten, zu misstrauisch zu sein, aber sie musste ja nicht gleich eine 180-Grad-Kehre machen und Kaffeekränzchen veranstalten.

Ma sagte dafür umso freundlicher: »Das ist Adam. Er wohnt für eine Weile bei uns.«

»Ah.« Van Feldern straffte lächelnd die Schultern und

strich sich das Haar aus dem Gesicht, wodurch er seine scharfkantig rasierten Koteletten freilegte.

Adam trat an mir vorbei und streckte die Hand aus. »Adam Prinz. Angenehm.«

Van Feldern ergriff die Hand, doch statt sie zu schütteln, hielt er sie einfach fest und sah Adam durchdringend an.

Ich musste mich sehr am Schnürchen reißen, um mich nicht dazwischenzuwerfen. »Komm, Adam. Wir gehen rüber.«

»Oh, wie überaus schade.« Endlich ließ van Feldern Adams Hand los. »Ich habe Stella gerade erzählt, dass ich einen Neffen in eurem Alter habe.«

Oh, man war schon beim vertrauten »Stella«, ich musste ja eine Menge verpasst haben. Meine Augenbrauen zogen sich wie von selbst zusammen. »Aha.«

»Also«, van Feldern drehte sich zu Ma, »ich werde mich jetzt verabschieden. Vielen Dank für den köstlichen Tee, Stella.«

»Es war mir ein Vergnügen, Markus. Vielleicht …« Ma hörte auf zu sprechen, als van Feldern nach ihrer Hand griff und sie an seinen Mund führte. Dieses affige Getue musste in den letzten Tagen wieder in Mode gekommen sein.

»Ich werde Sie anrufen«, van Feldern richtete sich auf, »wenn ich darf.«

Ma versicherte mehrfach, wie sehr er das dürfe. Ich wartete, bis sie diesen Widerling zur Tür gebracht hatte, und moserte dann: »Was war das denn?«

»Markus ist …«

»Ein Schleimbeutel!«

»… zufällig ein sehr netter Mann.« Ma zwirbelte eine Strähne ihres braunen Haares. »Stell dir vor, er wollte einen alten Freund besuchen, der vor uns in diesem Haus gewohnt hat.«

»Und du hast ihn hereingelassen?«, rief ich entgeistert und zeigte auf Mas Hexenküchenzeile. Dort stapelten sich Einmachgläser mit Ingredienzien, die ganz eindeutig nicht für Gemüsebrühe gedacht waren. »Hast du Regel Nummer eins vergessen?«

Ma lachte nur und sagte verträumt: »Unsinn. Manchmal muss man öffnen, wenn das Glück an die eigene Tür klopft.«

Ich wagte sehr zu bezweifeln, dass das Glück in Gestalt von van Feldern an irgendwelche Türen klopfte, aber Ma strahlte über das ganze rosig gefärbte Gesicht, weshalb ich meine nächste Bemerkung hinunterschluckte.

Um daran aber nicht zu ersticken, lief ich in mein Zimmer, rief Lena an und klagte ihr mein Leid.

»Klar, ich habe nichts dagegen, wenn Ma sich verliebt oder so«, betonte ich gönnerhaft, »aber es muss ja nicht gleich dieser van Kotzbrocken sein.«

Lena unterstützte mich, wie es sich für eine gute Freundin gehörte, indem sie mitschimpfte und den ihr völlig unbekannten van Feldern mit Beleidigungen überhäufte.

Das machten wir eine gute Viertelstunde, bis wir das Thema wechselten und über die Schule quatschten. Genauer gesagt, über unsere Mitschüler. Genauer gesagt, über Leon.

Leon war also tatsächlich im Emily's gewesen und hatte Lena zugewinkt, als wir gegangen waren. Sie hätte nicht aufgeregter klingen können, wenn Leon ihr auf Knien und mit einer Rose zwischen den Zähnen einen Heiratsantrag gemacht hätte.

»Warum hast du denn vorhin nichts davon gesagt?«, fragte ich ein klitzekleines bisschen eingeschnappt.

»Weil Adam dabei war. Und weil ich mir nicht sicher war, ob Leon wirklich *mir* zugewinkt hat. Deshalb hab ich auch nicht reagiert. Stell dir mal vor«, plapperte Lena, »ich hätte Leon zurückgewinkt und Leon hätte mich gar nicht gemeint. Das wäre voll peinlich gewesen vor Leon.«

Ja. So voll peinlich, wie in jedem Satz fünfmal seinen Namen unterzubringen. Natürlich gönnte ich Lena ihr Glück und so hörte ich großmütig über alle folgenden Leons hinweg, bis wir auflegten. Vierzigtausend, schätzungsweise.

Sechs

»Du siehst müde aus, mein Engel.« Ma gab mir einen Kuss und machte sich weiter am Kühlschrank zu schaffen.

»Bin ich aber nicht«, log ich und gähnte. Ich war so müde, dass ich mich selbst dafür bewunderte, noch aufrecht am Tisch sitzen zu können. Doch wenn ich das zugab, würde Ma mich heute Abend früh ins Bett schicken. Auf den Trick fiel ich seit der Grundschule nicht mehr herein.

Der Major las die Tageszeitung und blätterte geräuschvoll eine Seite um. »Das Licht brannte bis dreiundzwanzig null vier Uhr in Felicitas' Zimmer. Kein Wunder, dass sie nicht ausgeschlafen ist.«

Ich zeigte pantomimisch, wie man einen Eimerkopf von einem Staubsaugerrumpf trennte, doch der Major war schon wieder in die Zeitung vertieft.

Ich hatte ja versucht zu schlafen, hatte ich wirklich, aber es gab so vieles, worüber ich nachdenken musste. Adam, Lena und Leon und, nicht zu vergessen, van Ekelpaket. Wie sollte das alles spurlos an mir vorübergehen? Seit diesem Wochenende war alles auf den Kopf gestellt und ich war mir nicht sicher, ob mir das gefiel.

»Deine Ma hat Recht.« Adam goss fürsorglich eine Tasse Kaffee ein und schob sie mir über den Tisch zu. »Du siehst schrecklich aus.«

»Oh, vielen Dank auch!« Was war bloß aus den guten alten Manieren geworden, den Schwindeleien aus Höflichkeit? Eigentlich mochte ich Kaffee nicht, aber wenn er mir half, munter zu werden, musste ich dieses Opfer eben bringen.

Über den Rand meiner Tasse hinweg spähte ich zu Adam hinüber. Allem Anschein nach war er bereits im Bad gewesen, sein zurückgekämmtes Haar war noch feucht und er sah frisch wie der junge Morgen aus.

»Ich habe gleich einen wichtigen Termin, mein Engel. Deshalb wird Adam dich heute wieder begleiten, ja?«

Mithilfe des Kaffees gewann meine Umgebung allmählich an Kontur, und so fiel mir fast die Tasse aus der Hand, als ich Ma betrachtete. »Ist das da auf deinem Mund … ist das etwa Lippenstift?«

»Gefällt es dir?«, fragte Ma und errötete leicht.

Ich konnte mich nicht erinnern, wann ich Ma das letzte Mal geschminkt gesehen hatte. Außerdem hatte sie ihr Haar hochgesteckt. Mit der cremefarbenen Bluse und den hellen Jeans wirkte sie richtig seriös, keine Spur von Hippie-Hexe. Sie sah toll aus! Wäre ich weniger müde gewesen, hätte ich vielleicht die Energie aufbringen können, mich über dieses vollkommen batik- und ponchofreie Outfit zu wundern. Aber in meinem schlaftrunkenen Zustand sah ich gnädig darüber hinweg und schlürfte weiter meinen Kaffee.

Wie am Tag zuvor holten wir Lena ab. Diesmal hatte sie anscheinend mit Adam gerechnet und nickte ihm mehr oder weniger freundlich zu. »Adam, was hat Melissa noch gleich über Leon und Sarah gesagt?«

»Oh, toll! Ein Fortschritt in der Beste-Freundin-und-Kuchen-Beziehung«, murmelte ich.

»Es spricht doch nichts dagegen, sich von Adam Informationen über die Party geben zu lassen«, erwiderte Lena geläutert und ließ sich auf dem Weg zur Schule von Adam alles haarklein berichten, was er über die Poolparty wusste.

»… woraufhin Leon sagte, sie sollten doch Freunde bleiben.«

Autsch! Freunde bleiben. Das war so ziemlich die schlimmste Abfuhr, die man kassieren konnte. Und das auch noch vor dem gesamten Jahrgang, wenn man Lena und mich mal außen vor ließ. Da hätte er Sarah genauso gut in den Pool schubsen und ihren Kopf unter Wasser drücken können.

Bevor mir Sarah allerdings leidtun konnte, kamen wir an.

Vor der Schule standen die Aushilfszicken, die bei Adams Anblick begannen, sich durch die Haare zu fahren und die Klamotten zurechtzuzupfen.

»Meine Güte! Habt ihr alle heute Morgen vergessen, in den Spiegel zu schauen, oder was?«, fragte ich genervt.

»Total affig«, stimmte Lena mir zu, nur Adam verneigte sich im Vorbeigehen leicht vor jedem Grüppchen. Er konnte einfach nicht aus seiner Kavaliershaut, das wusste ich und ich durfte ihm das nicht übel nehmen. Blöd fand ich es trotzdem und ich warf ihm einen bösen Blick zu.

»Auftritt Zickenmutterschiff«, sagte Lena mit dramatisch gesenkter Stimme und deutete mit dem Kopf auf Kathinka und Sarah, die sich strategisch günstig postiert hatten und den gesamten Schulhof überblicken konnten. Ihnen entging nichts, wie immer.

»Adam«, rief Kathinka und winkte. »Adam, hier sind wir.«

Adam schenkte ihr sein umwerfendes Adamlächeln und wollte auf sie zugehen.

»Ey!« Lena stoppte ihn. »Was soll das denn werden?«

»Ich will Kat und Sarah einen guten Tag wünschen«, antwortete Adam, als sei es das Normalste auf der Welt, unsere Lieblingsfeindinnen fröhlich zu begrüßen.

Unfähig, etwas zu erwidern, ließen wir Adam ziehen.

Kathinka lächelte, drehte leicht den Oberkörper hin und her und sah mit leuchtenden Augen zu Adam auf, während er vor ihr stand und sich anhörte, was sie so dringend loswerden musste. Eigentlich ein alltäglicher Anblick, wenn es sich um einen echten Jungen und ein halbwegs normales Mädchen gehandelt hätte. Aber Kathinkas triumphierendes Lächeln, mit dem sie mich an Adam vorbei bedachte, brachte das Fass zum Überlaufen. Was erlaubte sich diese eingebildete Ziege eigentlich?

»Glaubt Kathinka ernsthaft«, nörgelte ich, »sie muss nur mit den Fingern schnippen und Adam lässt mich für sie stehen? Wie kommt die bloß darauf?«

»Vielleicht, weil er dich gerade für sie stehen gelassen hat«, folgerte Lena wenig tröstlich.

»Komm!« Ich zog Lena am Ärmel hinter mir her. »Lass uns mal hören, was Ka-hat Adam denn so Wichtiges zu erzählen hat.«

Kathinka versuchte, uns mit einem Blick zu verscheuchen. Was bei Melissa jederzeit so reibungslos funktionierte, zeigte bei uns jedoch keinerlei Wirkung.

»Felicitas«, sagte Adam, streckte den Arm nach mir aus und zog mich fest an sich. »Kat hat uns nach der Schule zum Schwimmen eingeladen. Sie hat einen eigenen Pool.«

Kathinkas Lächeln wirkte mit einem Mal sehr angestrengt. Man musste sich nicht auf die Kunst des Gedankenlesens verstehen, um zu wissen, was in ihrem Kopf vorging. Sie hatte Adam eingeladen, und zwar nur Adam. Doch statt die Einladung zurückzunehmen, nickte Kathinka mir kühl zu. »Du weißt, wo ich wohne?«

Wer wusste das nicht? Kathinkas Haus war so ungefähr das Protzigste, was sich im Umkreis von zweihundert Kilometern finden ließ, und war bestimmt noch vom All aus zu sehen. Ich befreite mich aus Adams Umarmung und nickte zurück. Bevor ich noch etwas hinzufügen konnte, dampften Kathinka und Sarah ab.

»Ey!« Lena stieß mich an. »Warum hast du zugesagt?«

»Wollte ich nicht«, verteidigte ich mich. »Kathinka hat gefragt, ob ich weiß, wo sie wohnt. Und da ich das weiß, habe ich genickt.«

»Hat deine Ma eigentlich auch eine Badehose von Nachbars Leine gemopst? Falls nicht«, sagte Lena und setzte sich in Richtung Schuleingang in Bewegung, »ich gehe garantiert nicht noch mal mit Adam einkaufen.«

Ohne sich nach mir und Adam umzudrehen, zog sie ab.

Klasse. Da hatte ich versehentlich eine Einladung von Kathinka Bergmann angenommen, die nicht mal mir gegolten hatte, und schon war meine beste Freundin sauer auf mich.

Während ich geknickt die Schultern sinken ließ, schien Adam sich richtig auf das Bergmannsche Badevergnügen zu freuen.

»Kannst du überhaupt schwimmen, Adam?«

»Ich bin mir nicht sicher.« Adam strahlte mich an und mein Magen schlug unfreiwillig ein paar Purzelbäume. »Aber das werden wir wohl nie erfahren, wenn wir es nicht ausprobieren. Stimmt's?«

Lena saß bereits im Bioraum und unsere Lehrerin Biotonne (Klein, dick, Biolehrerin. Ehrlich, wir hatten keine andere Wahl, als sie so zu nennen!) malte mit großem künstlerischen Engagement das Innenleben einer menschlichen Zelle an die Tafel.

»He!« Ich konnte mich nicht setzen, weil auf meinem Stuhl Lenas Rucksack lag. »Soll ich mir einen anderen Platz ...?«

»Quatsch!« Lena räumte meinen Stuhl frei. »Aber sauer bin ich trotzdem.«

Ja. Das konnte ich sogar gut verstehen. »Glaub nicht, dass ich mich darauf freue.«

»Nee.« Lena versuchte ein Lächeln. »Das glaub ich auch nicht.«

Ich packte meine Biomappe aus und legte meine Buntstifte bereit, um Biotonnes Meisterwerk abzumalen. »Bitte, sei nicht böse, Lena. Das ist vermutlich Adams einzige Chance, jemals zu schwimmen.«

Lena nickte. »Schon gut.«

Biotonne reizte das Spektrum an farbiger Kreide wie

immer komplett aus; sie war unbestritten der Tizian unter den Biolehrern.

»Mist.« Lena sortierte ihre Buntstifte. »Hast du Hellgrün?«

Hatte ich, und so gaben wir uns Mühe, die menschliche Zelle möglichst exakt in unsere Mappen zu übertragen. Mit mäßigem Erfolg: Meine sah aus wie ein Katzenjunges und Lenas erinnerte an Spongebob.

»Hast du eigentlich keine Angst, dass sich Adam im Wasser auflöst? Vielleicht wirkt das ja wie eine Art Säure auf ihn?«, fragte Lena leise und beschriftete Spongebob.

»Nein. Er übersteht auch stundenlanges Duschen ohne Probleme.« Ich wischte den Gedanken an einen sich im Pool auflösenden Adam fort und vollendete schwungvoll meine Zeichnung.

Der anschließende Französischunterricht verlief wie immer ereignislos. Wir lernten artig Vokabeln, die bei einem Geschäftsessen in einem schicken provenzalischen Restaurant bestimmt nützlich sein konnten, und begaben uns nach dem erlösenden Klingeln zur Pause an unseren Geheimplatz.

Als das alte Schulgebäude, wahrscheinlich zur Blütezeit der Hungersnot in Europa (anders konnte ich mir die Nüchternheit der Architektur nicht erklären), gebaut worden war, hatte man nur einen sehr kleinen Pausenhof vorgesehen. Erst mit Errichtung des neuen Gebäudetrakts wurde den Schülern auch ein großer Schulhof zur Verfügung gestellt. Den überließen Lena und ich gern Kathinka und Sarah und weilten lieber ungestört bei den unteren Jahrgängen. Der Respekt, der uns hier von den Fünftklässlern entgegengebracht wurde, tat immer wieder gut.

»Pass bloß auf, Feli. Kathinka denkt echt, sie könnte dir Adam ausspannen«, sagte Lena.

»Was heißt denn ausspannen? Wir reden hier von Adam, dem Teigjungen.« Ich gestikulierte fahrig. »Außerdem sind wir kein Paar.«

»Hm«, machte Lena nur.

Kathinka war groß, schlank und schön. Ihre Eltern waren so reich, dass sie immer nach der letzten Mode gekleidet sein konnte. Oder vielmehr wurde schlagartig alles Mode, was Kathinka trug. Einmal war ihr superenger Rock an der Seitennaht aufgeplatzt. Was Lena und mich zum Grinsen gebracht hatte, war für alle anderen Mädchen das Signal gewesen, ihre Röcke ebenfalls seitlich aufzutrennen. Dieser Trend hatte sich eine ganze Saison gehalten.

Lena klopfte mir auf die Schulter. »Adam Prinz ist dein Kuchen, und damit basta.«

Auf dem Nachhauseweg warteten wir kurz vor Lenas Haus, während sie für Adam ein Paar Boxershorts ihres Vaters stibitzte.

»Müsste passen«, sagte sie und warf Adam die Shorts zu, die ihm später als Badehose dienen sollten.

»Punkte?« Ich betrachtete die Shorts mit krausgezogener Nase, doch Adam fand Gefallen daran.

»Ist doch sehr hübsch.« Er hielt seine Leihbadehose probeweise an. »Danke, Lena.«

Ich schnaubte. Im Grunde genommen war es vollkommen gleichgültig, womit der Stoff bedruckt war, es hätten ebenso gut rosa Einhörner oder Herzchen mit Regenbögen sein können, Adam hätte auch darin phänomenal ausgesehen.

»Also dann, viel Spaß nachher.« Lena wandte sich zum Gehen, blieb aber noch mal stehen, sah von Adam zu mir und sagte: »Und dass du mir gut auf unseren Kuchen aufpasst, ja?«

Zum ersten Mal schien sich Adam nicht zu ärgern, dass Lena ihn Kuchen genannt hatte. Grinsend beobachtete er, wie ich die Badehose in meinen Rucksack packte. »Was wirst du eigentlich tragen?«

Ich hockte noch am Boden und sah fragend zu Adam auf. »Wobei?«

»Beim Schwimmen.« Er streckte mir eine Hand entgegen, die ich zögernd ergriff. Adam zog mich auf die Beine. Irgendetwas an seiner Frage brachte mich durcheinander, und um meine Verwirrung zu überspielen sagte ich: »Einen superknappen Bikini.«

»Ehrlich?« Adams selbstbewusstes Grinsen war wie weggewischt und ich musste lachen, als er mich mit offenem Mund anstarrte.

»Ja, klar. Ich im Bikini? Du glaubst aber auch alles, was man dir erzählt.«

»Natürlich glaube ich es.« Adam verschränkte die Arme vor der Brust und setzte beleidigt hinzu: »Warum sagst du etwas, das du nicht so meinst?«

Jetzt tat Adam mir beinahe leid und mein Lachen erstarb. Lügen, und sei es nur zum Spaß, war ihm vollkommen fremd. Er zweifelte nicht an der Ehrlichkeit der Menschen und sagte selbst immer nur die Wahrheit.

In einer versöhnlichen Geste legte ich meine Hände auf seine Schultern und erklärte: »Das sollte nur ein Scherz sein.«

Ich ging weiter und hörte ihn leise sagen: »Schade.«

Das restliche Wegstück nutzte ich, um Adam zu erklären, wie man schwamm. Zur Veranschaulichung ging ich in die Knie, machte die Bewegungen mit den Armen vor und sah insgesamt wahrscheinlich aus wie ein untrainierter Frosch beim Versuch, auf ein Seerosenblatt zu klettern. Hoffentlich gab es beim Pool Rettungsringe, falls Adam in Seenot geriet.

Zu Hause konnten wir nur eine Kleinigkeit essen, da Adam wieder einen schweren Tatendranganfall bekam, die Boxershorts anzog und Schwimmbewegungen mit den Armen machend durchs Haus lief. Dem Major passte das gar nicht und er verzog sich motzend in die Besenkammer, während ich Badesachen und Handtücher einpackte. Er kam erst wieder heraus, als wir aufbrachen.

Eine hohe Mauer trennte die Bergmanns vom Rest der Welt. Das Grundstück war nur zugänglich durch ein mit mehreren Kameras bestücktes Tor. Auf unser Klingeln hin öffnete sich das Tor wie von Geisterhand und Adam und ich betraten ein Gelände das mit der Parkanlage vor unserer Schule konkurrieren konnte. Ein breiter Weg führte zu einem Gebäude und ich fragte mich, ob es ein Wohnhaus oder die Kulisse für einen schrecklich kitschigen Märchenfilm war. Türmchen, Erker und Fenster, Fenster, Fenster. Meine Frage wurde beantwortet, als sich die Eingangstür öffnete und Kathinka mit Wohnhausselbstverständlichkeit darin erschien.

»Adam!«, rief sie begeistert.

Ich legte die Stirn in Falten. »Klar, tu einfach so, als wäre ich gar nicht da.«

Kathinka, die tatsächlich so tat, führte Adam durch eine unfassbar pompöse Eingangshalle hinaus auf eine Terrasse. Seine unsichtbare Begleitung ging genervt hinterher. Gleich dahinter lag der für olympische Disziplinen geeignete Pool. (Bei der Gelegenheit fiel mir mein aufblasbares Planschbecken ein und ich fragte mich, wo das eigentlich abgeblieben war. Nur für den Fall, dass ich auch mal eine Poolparty geben wollte.)

Sarah, die es sich auf einer Liege bequem gemacht hatte, nahm sehr gekonnt ihre Sonnenbrille ab und lächelte zuckersüß. »Ah. Da seid ihr ja.«

Mich hätte es nicht misstrauischer machen können, wenn sie mit einem Messer bewaffnet auf mich losgegangen wäre.

»Adam, wenn du dich umziehen willst …«, begann Kathinka, doch Adam war vorbereitet. Er hatte die Boxershorts gleich unter den Jeans angelassen und musste sich jetzt nur noch der übrigen Kleider entledigen.

Kathinka, Sarah und ich sahen ihm sprachlos dabei zu. Meine Güte, zog er sich das T-Shirt in Zeitlupe über den Kopf? Und wo kam die Musik her?

Sein ebenmäßiges Gesicht in Verbindung mit dem trainierten Oberkörper hätte jeden Künstler sofort dazu veranlasst, ihn in Öl zu malen, in Stein zu hauen oder in einer Oper mit zwölf Akten zu vertonen. Adam war berauschend schön. Zu schön, um wahr zu sein. Leider.

Ein Bellen brachte mich zurück in die Wirklichkeit.

»Buddy!« Kathinka ging auf einen mittelgroßen Hund zu, der argwöhnisch um Adam herumtänzelte und dabei wuffte und knurrte. »Buddy, aus! Lass Adam in Ruhe.«

Adam stand stocksteif da. »Ihr habt einen Werwolf?«

Kathinka, die Buddy mittlerweile auf den Arm genommen hatte, und Sarah lachten.

»Ach, Adam«, kicherte Kathinka, »du bist immer so witzig.«

Oh, ja. Witzig wie immer, dieser Adam. Mir wurde klar, dass Adam noch nie zuvor einen Vierbeiner gesehen hatte, zumindest nicht außerhalb eines Vampir-Schmachtfetzens. Ich erklärte beruhigend: »Das ist nur ein Hund.«

»Nur ein Hund?« Kathinka konnte die Worte kaum aussprechen, so sehr musste sie um Fassung ringen. »Das ist nicht irgendein dahergelaufener Köter, das ist eine Französische Bulldogge aus Weltsiegerverpaarung mit erstklassigen Papieren.«

Ach so. Dann hatte ich mich ja komplett geirrt, was den Hund betraf. Ich verschränkte die Arme vor der Brust und sah mit einem Schnauben zu, wie Kathinka die immer noch knurrende Allerweltsbulldogge mit Französischpapieren ins Haus brachte.

»Seltsam.« Kathinka kehrte zurück und legte ihre Hand auf Adams Arm. »Eigentlich ist Buddy zu Besuchern immer sehr freundlich.«

Adam sah sich nach mir um. »Vielleicht mag er mich einfach nicht. Der Major mag mich, glaube ich, auch nicht.«

»Ach, wie sollte man dich denn nicht mögen können?« Kathinkas Lachen klang so künstlich wie eine Tonbandaufnahme und sie zog Adam mit sich zu den Stufen, die ins Wasser führten.

»Also, Feli, erzähl doch mal.« Sarah klopfte auf die Liege neben sich. »Wie hast du Adam eigentlich aufgegabelt?«

»Mit einer Kuchengabel«, sagte ich. Sarah bedachte mich mit ihrem unechten Lächeln, passend für jede Gelegenheit. Lena hätte diesen Scherz sicherlich zu würdigen gewusst, und in diesem Moment fehlte sie mir sehr. Aber es half nichts, ich war allein in dieser Schlangengrube. Sollten sie ruhig glauben, ich wüsste nicht, was sie vorhatten. Sarah sollte mich ablenken, damit Kathinka ungestört Adam anbaggern konnte. Tja, einen Versuch war es sicher wert. Was sollte schon groß passieren? Kathinkas Verführungskünste würden vielleicht nicht auf Granit stoßen, aber doch auf Teig. Sie konnte ja nicht ahnen, dass sie den wahrscheinlich einzigen Jungen auf der Welt vor sich hatte, der garantiert nicht hormongesteuert war und sich deshalb auch kaum für dieses gut inszenierte Affentheater am Pool empfänglich zeigen dürfte.

Doch da fiel mir Adams Reaktion auf meinen Bikini-Scherz ein. Was, wenn er stärker auf Äußerlichkeiten achtete, als ich geglaubt hatte? Was, wenn Kathinka ihn mit ihrer Modelfigur doch beeindrucken würde? Konnte man sich denn heutzutage nicht einmal mehr auf einen Kuchen verlassen?

Innerlich brodelnd setzte ich mich zu Sarah. »Adam ist der Sohn einer guten Freundin meiner Mutter.« War es auch eine Lüge, wenn man jemanden anlog, der es nicht anders verdient hatte?

»Ah. Ihr kennt euch schon lange?« Sarah machte eine Blase mit ihrem Kaugummi.

»Wir haben uns eigentlich erst Samstag kennengelernt. Auf unserer Party. Ach, es war traumhaft. Ich werde nie vergessen, wie ich ihn das erste Mal sah.« Das war keine Lüge, der Bademantelauftritt würde für immer in meinem Gedächtnis bleiben.

Die Kaugummiblase platzte und Sarah sah mit zusammengezogenen Augenbrauen zum Pool. »Ist Adam ein Sportler, oder was?«

Offensichtlich ja. Statt hilflos herumzupaddeln, zog er eine Bahn nach der anderen und schoss wie ein Delfin durchs Wasser. Entweder war ich eine begnadete Schwimmlehrerin oder Wasser war einfach Adams Element.

Kathinka stand noch auf den Stufen und wirkte unschlüssig. Immer, wenn Adam nah genug war, rief sie ihm etwas zu, doch Adam ließ sich nicht beirren und glitt weiter dahin.

Sieben

Gegen achtzehn Uhr verließen wir das Bergmannsche Anwesen. Wie versprochen, rief ich Lena sofort an und erstattete ausführlich Bericht.

»Haha.« Lena lachte. »Da hat Kathinka aber blöd geguckt, was?«

Adam spazierte neben mir her, das Handtuch zusammengerollt um den Hals gelegt. Er war kaum aus dem Pool zu bekommen gewesen und ich hätte ihm wahrlich gegönnt, noch ein paar Schwimmrekorde aufzustellen, aber Sarahs Gesellschaft war unfassbar langweilig gewesen. Hätte ich ihrem hirnlosen Blabla über Jungs und Klamotten und Jungs noch länger zuhören müssen, hätte ich mich im Pool ertränkt.

Ich kicherte. »Ja. Kathinka hat sich irgendwann an den Rand gesetzt und vor sich hin geschmollt.«

»Schade, das hätte ich ja zu gern gesehen.«

»Komm doch das nächste Mal mit«, schlug ich vor.

Doch Lena stieß ein abwehrendes Wiehern aus. »Nein

danke, wenn ich diese Art von Spaß haben will, kann ich auch gleich zum Zahnarzt gehen.«

Ich legte auf, als wir zu Hause ankamen. Mein Plan war, eine Kleinigkeit zu essen, die Hausaufgaben zu ignorieren und ins Bett zu fallen. Mas Plan war, mir nichts zu essen zu geben, bis ich meine Hausaufgaben gemacht hatte. Das war die reinste Folter!

»Mann, ey!« Unentschlossen, ob ich durch Zuschlagen meiner Zimmertür meinem Standpunkt Nachdruck verleihen sollte, blieb ich im Türrahmen stehen. »Du kannst echt nerven.«

»Ja. Und ich habe noch nicht mal damit angefangen.« Ma ließ nicht locker. »Wer schwimmen kann, kann auch Vokabeln lernen.«

Adam, der diese Aussage scheinbar auf sich bezog, nickte pflichtbewusst. »Wir werden die Französischvokabeln durchgehen, versprochen.«

Der Major stimmte eine blecherne, aber wohltönende Version des Chansons *Non! Je ne regrette rien* an, und Ma sang, nicht ganz so wohltönend, den Refrain mit. War denn das zu fassen? Ich knurrte wütend und rettete mich in mein Zimmer.

»Wohlan«, sagte Adam, der mir gefolgt war, »sehen wir doch mal nach, was es heute zu lernen gibt.«

»… was es heute zu lernen gibt«, äffte ich ihn nach und warf mich auf mein Bett. »In meiner Schultasche ist das

Französischbuch. Vielleicht steht da ja was über Buddy drin.«

Adam zog das Buch hervor und blätterte darin herum. »Nein, hier steht nichts über diesen Hund.«

»Natürlich nicht«, meckerte ich schlecht gelaunt. Das fehlte noch, dass Kathinka oder ihr vornehmer Herr Hund in Schulbüchern vorkamen. Ich neigte nicht unbedingt dazu, meine Bücher vollzukritzeln, aber das würde in übelste Schmierereien ausarten.

Adam hatte nun die Seite mit den Vokabeln aufgeschlagen, setzte sich mit einer eleganten Drehung an meinen Schreibtisch und las laut vor. Sein Französisch klang wunderbar französisch. Ich stellte mir Adam beim Sonnenuntergang in Paris vor, wie er in einem kleinen Straßencafé saß, ein Baguette verspeiste und vorübereilende Passanten apart auf Adam-Art anlächelte.

Hatte ich bei dieser Vorstellung zuerst geschmunzelt, musste ich plötzlich schwer schlucken. Adam war erst in der Nacht zum Sonntag aufgetaucht, und dennoch kam es mir vor, als wäre er schon viel länger da. Den Major musste ich nun seit annähernd drei Jahren ertragen (wobei ich seine Marotte, regelmäßig bei der Hotline eines Staubsaugerherstellers anzurufen, nach wie vor besonders irritierend fand), und auch wenn ich es niemals zugeben würde, mochte ich ihn. Dennoch war er mir nicht einmal halb so sehr ans Herz gewachsen wie Adam in nur drei Tagen.

Als ich Adam das erste Mal in der Küche gesehen hatte, war er für mich ein schauerliches Teigdings gewesen, das es so schnell wie möglich loszuwerden galt. Doch jetzt war er Adam, Adam Prinz, ein Beinah-Junge mit eigener Persönlichkeit und einem schier überwältigenden Lächeln. Ich empfand eine ganze Reihe verwirrender und zum Teil widersprüchlicher Gefühle für ihn, über die ich mir selbst keine Rechenschaft ablegen wollte. Fest stand: Ich verbrachte meine Zeit gern in seiner Gesellschaft.

Doch bald würde es Adam nicht mehr geben und selbst die Tatsache, dass der Zauber ein paar Stunden vor seinem Erlöschen eine Warnung abgeben würde, machte es keinen Deut besser. Was sollte ich denn tun, wenn es so weit war? Adam die Hand schütteln, ihm für alles danken und ihm eine gute Reise ins Backwarenparadies wünschen? Das machte mich echt fertig und der Abend war gelaufen, auch ohne Französischvokabeln.

Der nächste Morgen war nicht unbedingt besser. Ich hatte ein wortkarges Frühstück hinter mich gebracht, skrupellos zwanzig Minuten geduscht und mich mit Adam auf den Weg zu Lena gemacht.

Im Gegensatz zu mir war sie bester Laune und flötete uns entgegen: »Ist das nicht ein herrlicher Tag?« Sie vollführte eine recht laienhafte Pirouette, bei der ihr der Rucksack von der Schulter glitt. Lachend hob sie ihn auf.

»Ich könnte die ganze Welt umarmen und jedem ein Lächeln schenken. Sogar dir, Adam.«

Adam zog eine Augenbraue hoch und erwiderte trocken: »Danke. Sehr großzügig.«

Lena gehörte eigentlich zu der Kategorie Morgenmuffel, der man stets mit äußerster Vorsicht begegnen sollte und die man an bestimmten Tagen am besten die ersten fünf Minuten gar nicht ansprach. Sie jetzt so fröhlich umhertänzeln zu sehen, verwirrte mich ziemlich. »Was ist denn in dich gefahren?«

»Gestern hat jemand angerufen«, singsangte Lena, zog ihr Handy aus der Tasche und schmiegte es an die Wange.

»Leon?«, mutmaßten Adam und ich gleichzeitig.

»Leon«, bestätigte Lena und zeigte mir zum Beweis eine Nummer auf dem Display. Während ich von ihr gezwungen wurde, die ausgesuchte Schönheit dieser Zahlenfolge zu bewundern, rief Adam ungehalten: »Was will der denn schon wieder?«

»Er hat gefragt«, antwortete Lena verblüfft, »ob ich nach der Schule mit ihm einen Cupcake essen gehe.«

»Ach, nicht Leon«, blaffte Adam verärgert und zeigte mit ausgestrecktem Arm an Lena vorbei, »sondern der da!«

Auf der anderen Straßenseite ging Leif den Bürgersteig entlang. Er trug Ohrstöpsel und bekam hoffentlich nicht viel von dem Aufruhr mit, den sein Auftauchen verursacht hatte.

»Meine Güte, Adam«, sagte ich und drückte seinen Arm herunter, mit dem er noch immer anklagend auf Leif zeigte. »Krieg dich mal wieder ein, ja?«

Lena schüttelte voller Unverständnis den Kopf. »Leif geht auf unsere Schule, da läuft man sich eben ab und zu über den Weg.«

Adam ließ Leif, der unbeirrt weiter in Richtung Schule schritt, nicht aus den Augen. Auch ich blickte Leif hinterher und versuchte mich zu erinnern, ob er uns vorher schon mal in Lenas Straße begegnet war. Verboten war es zumindest nicht, hier entlangzugehen, also zuckte ich nur mit den Schultern. »Reg dich ab, Adam.«

»Er schaut dich immer so komisch an«, beharrte Adam. »Das hat er auch im Emily's gemacht.«

»Im Emily's?« Ach ja, ich erinnerte mich an die anmutige Szene mit dem verschütteten Kakao. Da hatte Leif mich tatsächlich angestarrt. Allerdings mit einem nicht gerade freundlichen Gesichtsausdruck. »Ich glaube, da hätte er jeden wütend angeguckt, der gerade zufällig zur Tür reingekommen wäre.«

Adam runzelte die Stirn. »Aber als ich euch gestern von der Schule abgeholt habe, hat er dir auch hinterhergesehen. Und er sah überhaupt nicht wütend aus.«

»Oh, echt?« Ich erlaubte mir ein kleines Lächeln, wobei ich darauf bedacht war, dass Adam nichts davon mitbekam. Sein Beschützerinstinkt konnte manchmal groteske

Züge annehmen und ich wollte verhindern, dass er sich auf offener Straße mit Leif duellierte. Das fehlte noch, dass mein eifersüchtiger »Freund« mich zum Gespött der Zehner machte.

»Das gefällt mir gar nicht.« Adams Miene verfinsterte sich.

»Mmh«, machte in unbestimmt. Auch wenn Adam die Sache bestimmt falsch interpretierte, konnte ich nicht verhindern, dass aus meinem Lächeln ein Grinsen wurde. Es kam ja nicht übermäßig oft vor, dass mich ein Junge ansah. Schon gar nicht so ein hübscher Junge aus der Zehnten.

Lena tippte ungeduldig auf die Stelle an ihrem Handgelenk, an der sich eine Uhr befunden hätte, wenn Lena eine getragen hätte. »Wie wäre es, wenn wir uns beeilen? Wir kommen nämlich sonst zu spät.«

Adam ärgerte sich, weil ich Leif nicht als akute Bedrohung einstufte. Lena ärgerte sich, weil wir durch Leifs Auftauchen nicht dazu gekommen waren, uns intensiv mit Leons Anruf vom Vortag zu beschäftigen. Ich hingegen ärgerte mich, weil mir niemand gönnen wollte, auch mal angesehen zu werden.

So schritten wir jeder für sich verärgert nebeneinander her, bis wir die Schule erreichten. Da die erste Stunde tatsächlich schon begonnen hatte, befand sich niemand mehr auf dem Schulhof und der übliche Austausch von Zickigkeiten fiel bedauerlicherweise aus. Lena hatte offenbar Gefallen an der Stelle an ihrem Handgelenk gefunden, denn sie tippte abermals darauf und zischte etwas Unverständliches.

Ich verabschiedete mich mit einem Nicken von Adam und folgte Lena ins Schulgebäude.

Während sie auf der Treppe immer gleich mehrere Stufen auf einmal nahm, schlich ich nur langsam hinauf. Ich spürte ein leichtes Kribbeln in der Magengegend und kam scharfsinnig zu dem Schluss, dass es etwas mit einem gewissen äußerst gut aussehenden Zehntklässler zu tun haben musste. Innerlich schüttelte ich den Kopf über mich selbst und verbannte das aufregende Gefühl. Leif war uns lediglich auf dem Schulweg begegnet. Kein Grund, gleich die rosarote Brille auszupacken.

Was, wenn es Ma mit van Feldern genauso ging? Sie hatte beim Frühstück verdächtig beiläufig erwähnt, dass sie sich mit ihm in der Stadt auf einen Kaffee treffen wollte. Ich hatte dem kaum Bedeutung beigemessen, bis sie mir zwei Blusen zur Auswahl vor die Nase gehalten hatte. (Da beide einfarbig waren, konnte sie die unmöglich selbst gekauft haben.) Ich hatte zwei Ratschläge für sie. Erstens sollte sie die hellblaue Bluse tragen. Zweitens sollte sie sich van Unausstehlich aus dem Kopf schlagen.

Ma hatte sich seit der Pleite mit meinem Vater mit keinem Mann mehr getroffen. Mein Dad hatte uns sitzen gelassen, weil er nicht damit klarkam, dass Ma eine Hexe war. Zu dem Zeitpunkt war ich erst fünf Jahre alt gewesen, aber es tat heute noch genauso weh wie damals. Mich hatte er schließlich auch sitzen gelassen. Und das, obwohl alles dafür sprach, dass ich nach ihm kommen und keine magischen Fähigkeiten entwickeln würde. Ich wünschte mir nichts sehnlicher, als so stinknormal und durchschnittlich zu werden wie mein Vater.

Ich kaute auf meiner Unterlippe. Sollte ich Ma ihr Glück nicht einfach gönnen? Möglicherweise war es unfair von mir, ihr durch schlechtes Betragen alles zu vermasseln.

Es fiele mir sehr viel leichter, mich für Ma zu freuen, wenn ihr Verehrer nicht gerade van Blödmann wäre. Ich hatte van Feldern erst einmal gesehen, aber das reichte mir vollkommen, um ihn zu durchschauen. Bei unserer Begegnung hatte er es durch seine reine Anwesenheit geschafft, unsere wohltemperierte Küche auf sibirisches Niveau herabzukühlen. In gewisser Weise erinnerte er mich an einen Skorpion, der mit seiner schillernden Oberfläche von seinem Stachel ablenkte. Und Ma war die Beute.

Nun gut, wenn ich mich ernsthaft für sie freuen sollte, musste ich wohl noch etwas üben. Fürs Erste konnte es nicht schaden, sich ein wenig zusammenreißen. Zumindest könnte ich es versuchen, Ma zuliebe.

Die große Pause begann unspektakulär. Lena wollte mir noch in allen Einzelheiten vom Gespräch mit Leon berichten, also verzogen wir uns mit unseren Frühstücksbroten zu dem netten kleinen Geheimplatz auf dem alten Pausenhof.

Ich biss gerade von meinem mit Salatblättern verfeinerten Käsetoast ab, da stieß Lena mich kräftig an. Die Salatgarnitur ploppte zwischen den Toastscheiben hervor und klatschte auf meinen rechten Schuh. Na toll!

»Ey! Waff foll daff?« Vorwurfsvoll starrte ich Lena an, bis ich ihrem Blick über den kleinen Schulhof folgte. Leif und drei seiner Klassenkameraden standen auf der anderen Seite. Sie unterhielten sich und lachten über einen kleinen Jungen, der hingefallen war, benahmen sich also ganz normal.

»Wann hast du zuletzt einen Zehntklässler hier gesehen?«, fragte Lena mit gerunzelter Stirn.

Mein Käsetoast verlor ganz urplötzlich an Bedeutung. »Noch nie.«

»Boah, wie ätzend.«

»Hm?«

»Wenn die jetzt mitkriegen, wie gemütlich es hier ist, kommen die öfter, und schwups«, Lena schnippte mit den Fingern neben meinem Ohr, »ist unser super Geheimtipp salonfähig und es dauert nicht lange, bis auch Kathinka und Sarah sich mit ihren Aushilfszicken hier rumtreiben.«

Ich hätte ihr gern gesagt, dass sie übertrieb, doch leider lag das mit Kathinka und Sarah sehr nahe. Die waren schließlich immer dort, wo sich die angesagten Leute trafen. Mit Verbitterung dachte ich an den Tag zurück, an dem das Emily's zum neuen Treffpunkt der sozialen Elite unserer Schule aufgestiegen war. Inzwischen bekam man dort keinen gemütlichen Sofaplatz mehr, selbst als Stammgast. Dieses Schicksal durfte den kleinen Pausenhof auf keinen Fall ereilen! »Was wollen die denn hier?«

»Keine Ahnung.« Lena tat einen Augenblick lang so, als müsse sie konzentriert nachdenken, dann strahlte sie mich betont dümmlich an. »Vielleicht sind sie hier, weil Leif das wollte. Und vielleicht wollte Leif herkommen, weil du hier bist.«

»Und vielleicht bist du nicht ganz bei Trost.« Dümmlich konnte ich auch ganz gut.

»Nein, im Ernst. Mir wäre es gar nicht aufgefallen, wenn Adam vorhin nichts gesagt hätte. Seit Leifs Chemiebuch dich beinahe getroffen hätte, ist er dir verfallen.« Lena zog hoffnungsvoll die Scheiben ihres Brotes auseinander, warf einen Blick auf den angetrockneten Frischkäse und klappte die beiden Hälften mit einem Seufzer wieder zusammen. »Ein Schuldkomplex, wenn du mich fragst.«

Sicher, ein Schuldkomplex. Es tat echt gut, eine beste Freundin zu haben. »Und was, wenn er deinetwegen hier ist?«

»Nö«, sagte Lena mit hamstermäßig vollgestopften Wangen, »er guckt die ganze Zeit zu dir.«

Was? Ruckartig drehte ich meinen Kopf und tatsächlich trafen sich unsere Blicke. Leif lächelte mir zu und ich spürte wieder das Kribbeln in der Magengegend.

»Lass uns verschwinden«, sagte ich und packte mein Frühstück in die Dose, als ein »Uhhh« von Lena mich aufblicken ließ. Leif kam auf uns zu.

»Hi.« Er war beinahe so groß wie Adam und er war sportlich gebaut. Er stand nun direkt vor mir und strich auf eine selbstbewusst schüchterne Art sein dunkelblondes Haar zurück.

»Hi.« Nehmen wir an, ich hätte das gesagt. In Wahrheit hatte ich ein sehr eigenartiges Geräusch gemacht. Ich konnte nichts dagegen machen, ich musste ihn einfach anstarren. Leif hatte eine helle Haut und auf der Nase und den Wangen kleine Sommersprossen, die man erst entdeckte, wenn man ganz nahe vor ihm stand. Seine Wimpern waren wie die Augenbrauen dunkel, die Augen strahlten blau.

Sein Blick wanderte über mein Gesicht, er betrachtete meine Nase, dann meinen Mund. Nach ein paar Stunden, die vermutlich in Wahrheit Sekunden gewesen waren, riss er sich von dem Anblick los und sah mir direkt in die Augen. Meine Knie fühlten sich an wie Wackelpudding.

»Bist du öfter im Emily's?«, fragte er schließlich.

Der Laden gehört praktisch mir. »Manchmal.«

»Vielleicht können wir da ja mal was zusammen trinken?«

Ich liebeliebeliebe heiße Schokolade. »Vielleicht.«

»Nachher?«

Ein Date? Ist das ein Date? »Äh …«

»So um drei?«

Ich muss duschen, Haare waschen, mich umziehen, mit einem Staubsauger diskutieren … Könnte knapp werden. »Dann um drei.«

»Cool.« Leif drehte sich um, blieb nach wenigen Schritten stehen und wandte sich mir noch einmal lächelnd zu. »Feli? Du hast Salat auf dem Schuh.«

Acht

Der Unterricht zog sich wie ein geschmackloser Kaugummi. Lena war als Ratgeberin nicht zu gebrauchen. Das begriff ich, nachdem Leon sich zweimal zu ihr umgedreht und sie jedes Mal ein irres Glucksen ausgestoßen hatte.

Aber mir ging es ähnlich. Die Verabredung mit Leif versetzte mich in helle Aufregung, ich war total nervös und sehnte den Schulschluss herbei. In Gedanken durchsuchte ich meinen Kleiderschrank und legte ein paar Outfits bereit. Ich würde mich stilvoll kleiden, unauffällig aber dennoch sensationell. Meine Kleidung würde Leif verraten, dass er es mit einer klugen, witzigen Person zu tun hatte, einer Person, die vielseitig interessiert war, sich aber nicht so schnell hinters Licht führen ließ. Ich würde ein T-Shirt tragen.

Als es endlich nach der letzten Stunde läutete, konnte ich mir abschminken, auf Lena zu warten. Sie stand mit Leon mitten im Gang. Die beiden lachten und redeten miteinander und störten sich gar nicht daran, dass sich wahre Schülermassen an ihnen vorbeidrängten. Sie ignorierten sogar Sarah, die mit offenem Mund neben ihnen stand, bis Kathinka sich ihrer erbarmte und sie fortzog.

Vor dem Schultor ging Adam ungeduldig auf und ab. Entgegen seiner sonstigen Gewohnheit, mit diversen Schülerinnen über das Wetter zu parlieren, war er heute verkniffen und angespannt. Die umstehende Damenwelt wirkte enttäuscht.

»Ah!« Er kam mir entgegen. »Da bist du ja endlich. Wo bleibst du denn?«

»Ja, tut mir leid«, sagte ich kopfschüttelnd. »Ich wollte schon früher draußen sein, aber dann hab ich doch noch die letzte Stunde mitgemacht.«

Adam nahm mir den Rucksack ab, legte eine Hand auf meinen Rücken und schob mich vor sich her. »Lass uns schnell gehen, bevor wieder dieser Kerl aufkreuzt und sich mit dir unterhalten will.«

Vollkommen überrumpelt ließ ich mich ein gutes Stück von Adam schieben, bis ich meine Sinne wieder beisammen hatte.

»He! Warte mal … Hallo? Ich kann mich unterhalten, mit wem ich will!« Ich schüttelte seine Hand ab und machte einen Schritt von ihm weg.

Adam sog die Luft scharf durch die Nase ein. »Feli, dieser Leif gefällt mir nicht. Irgendetwas stimmt nicht mit ihm. Deshalb halte ich es für das Klügste, wenn du dich bis auf Weiteres von ihm fernhältst.«

Jetzt war es an mir, durch die Nase zu atmen. »Du hältst das für das Klügste?« Ich entriss Adam meinen Rucksack. »Damit du es weißt: *Dir* muss Leif gar nicht gefallen, sondern mir. Und mir gefällt er so gut, dass ich mich mit ihm treffen werde. Gleich heute!«

»Nein.«

»Geht's noch?«

»Okay. Ich komme mit.«

Das wurde ja immer schöner. »Vergiss es! Ich brauche keinen Aufpasserkuchen bei meinem Date.«

Ich war so aufgebracht, dass ich, obwohl Lena gar nicht dabei war, den Umweg durch ihre Straße nahm. Es war mein erstes Date, noch dazu mit einem echt süßen Jungen. Konnte Adam nicht jemand anders den Tag versauen? Dem Major vielleicht?

Wutentbrannt kam ich zu Hause an, stürmte am Major vorbei in mein Zimmer und schleuderte den Rucksack in die Ecke.

Ich zwang mich, tief durchzuatmen, stellte mich vor die Spiegeltür meines Kleiderschranks und sah mir selbst tief in die Augen. Was war denn nur mit Adam los? Sein Edward-Gehabe ging mir langsam mächtig auf den Keks. In Filmen mochte es romantisch sein, wenn ein starker

Beschützer auftauchte und der jungen Heldin in ausweglosen Situationen beistand. Ich hatte aber gar nicht vor, mich in Gefahr zu begeben, sondern wollte nur mit einem Jungen eine heiße Schokolade trinken. Einem süßen Jungen. Wenn das Café nicht zufällig von Außerirdischen angegriffen würde, müsste ich das gut alleine schaffen. Vorsichtshalber sah ich kurz aus dem Fenster und blickte in einen herrlich wolken- und Ufo-losen Himmel, wie geschaffen für ein erstes Date.

Ich hatte noch anderthalb Stunden Zeit, um mich fertig zu machen. Seufzend öffnete ich den Schrank und ein frischer Duft stieg mir versöhnlich in die Nase. Der Major kümmerte sich um unsere Wäsche. Er hätte locker jeden Bügelwettbewerb gewonnen und sortierte alles streng nach Farben auf millimetergenau ausgerichteten Stapeln.

Mein Lieblingsshirt war weiß und lag deshalb ganz oben. Ich nahm es heraus und hielt es wie bei einer Anprobe vor dem Spiegel an. Dazu würde ich eine dunkle Jeans tragen und meine neuen Schuhe mit dem flachen Absatz.

Ich legte das Shirt aufs Bett und griff nach der Bürste, die auf der Kommode lag. Sollte ich mir einen Zopf binden? Mein Blick fiel auf die Haarspangen, die ich in einer Glasschale aufbewahrte. Sie waren bunt, manche glitzerten sogar und eine hatte kleine Plastiksternchen an einem Bändchen, das bis zur Schulter reichte. Bisher hatte die mir sehr gut gefallen. Bisher war ich aber auch noch nicht mit einem Jungen aus der Zehnten verabredet gewesen.

Gleich neben der Schale mit den Spangen lag mein Lipgloss. Entschlossen trug ich ihn auf, betrachtete mich im Spiegel und wischte ihn ebenso entschlossen wieder ab. Das war ja total albern!

Um kurz nach halb drei verließ ich mein Zimmer frisch gekämmt und lipglosslos, in genau den Klamotten, die ich auch in der Schule getragen hatte.

Der Major war abgelenkt, weil er die Nachbarskatze durch einen Feldstecher beobachtete, und ich konnte mich ungehindert davonstehlen. Seit wir hier wohnten, notierte der Major akribisch in einer Kladde, in welchem Quadranten unseres Gartens die Katze ihr Geschäft erledigte. Er war davon überzeugt, dass sie das nur tat, um ihn zu ärgern. Ich war davon überzeugt, dass sie das nur tat, weil sie mal musste. Aber wie sollte man das einem Staubsauger beibringen, dessen Staubbeutel im Notfall gewechselt werden konnte?

Ich steckte etwas Geld ein und machte mich auf den Weg zum Emily's. Obwohl ich langsam ging, kam ich eine Viertelstunde zu früh an. Ich überlegte, ob ich draußen warten oder schon reingehen sollte, und da beides gleich doof war, ging ich hinein. Zu meiner Überraschung war Leif bereits da. Er saß auf einem mit kiwigrünem Stoff bezogenen Sofa und sah mir entgegen. Ich kannte dieses Sofa; es war ungeheuer bequem, aber wenn man nicht aufpasste, sank man tief zwischen den Sofakissen ein. Es ging das Gerücht um, Charly aus der Siebten sei verschwunden, nachdem er darauf gesessen hatte. Nun, egal wie lächerlich diese Geschichte auch sein mochte, ich hoffte, meine Mutter hatte nichts damit zu tun.

»Oh, bist du schon länger hier?« Ich zeigte auf das leere Glas, das vor Leif auf dem Tisch stand, und setzte mich in den Sessel gegenüber.

»Bin gleich nach der Schule hergekommen.« Leif hob wie zum Beweis seinen Rucksack hoch und ließ ihn wieder fallen.

Seine Frisur war nicht mehr ganz so gestylt wie am Vormittag, aber so gefiel er mir beinahe noch besser. Er bemerkte meinen Blick und strich sich lächelnd das Haar zurück.

»Heiße Schokolade?«

Er stand auf und ich tat, als würde mich seine gute Figur unbeeindruckt lassen.

»Gerne.«

Leif ging zur Theke, um die Getränke zu bestellen, und ich sah mich verstohlen im Café um. Weiter hinten saßen drei Mädchen aus den unteren Jahrgängen, die, wenn ich mich nicht sehr irrte, Spickzettel vorbereiteten und testeten, wo man sie am unauffälligsten unterbringen konnte. Gleich vorn am Eingang saß der komische Junge, dessen Namen sich niemand merken konnte, und hatte den Kopf über ein Buch gebeugt. Angestrengt versuchte ich zu erkennen, um welche Art von Lektüre es sich handelte, da summte Leifs Handy, das er auf dem Tisch liegen gelassen hatte. Er hatte eine Nachricht von einem gewissen Muncle bekommen. Ich bemerkte das nur zufällig, weil sich meine Augen wie von selbst auf das Display hefteten.

Leif balancierte die hohen Gläser auf den Untertassen zu unserem Tisch, stellte sie ab und schob eines zu mir. Er hatte auf beide eine Extraportion Sahne geben lassen, die mit Schokoraspeln und Kokosflocken bestreut war und langsam zerschmolz. Wäre ich mit Lena hier gewesen, hätte die Sahne genau drei Sekunden gehabt, bevor ich mit dem Löffel über sie hergefallen wäre. So allerdings gab ich mich kultiviert und naschte nur ein wenig.

Leif nahm sein Handy. Es war wohl keine wichtige Nachricht, denn nach einem kurzen Blick auf den Absender legte er es mit einem verärgerten Schnauben weg. Sofort war sein Lächeln wieder da, dieses ganz bestimmte Lächeln, das ein leichtes Kribbeln in meinem Magen verursachte. Waren das die Schmetterlinge, von denen man sich erzählte?

Wir zogen gleichzeitig die Strohhalme aus unseren Gläsern und leckten sie ab, nur um sie danach wieder zurück in die Sahne zu stecken. Leif sah mich grinsend an und ich konnte nicht anders, ich musste lachen. Sein Grinsen wurde breiter und er lachte mit. Es fühlte sich einfach großartig an, hier mit ihm zu sitzen.

»Erzähl mir von dir«, sagte er.

»Von mir?« Wenn ich die Dinge wegließ, die ich ihm unmöglich erzählen konnte, war ich wahrscheinlich das langweiligste Mädchen der Welt.

Leif sah mich an. »Naja, es ist doch immer ein guter Anfang, sich etwas voneinander zu erzählen. Du wohnst noch nicht lange hier, oder?«

Ein guter Anfang? Ich gab mir alle Mühe, mein Grinsen zu verbergen. »Seit anderthalb Jahren. Meine Ma musste aus beruflichen Gründen umziehen.« Das stimmte sogar und klang trotzdem ganz harmlos. Sehr gut!

»Was macht deine Ma?«

»Sie ist, äh, Inneneinrichterin.« Mann, ich musste mir dringend mal etwas anderes einfallen lassen. Während ich voller Unbehagen einen Weg suchte, das Thema zu wechseln, öffnete sich die Tür und Kathinka und Sarah schwebten herein, als gingen sie über einen roten Teppich.

Als sie erkannten, mit wem Leif da am Tisch saß, blieben sie wie vom Donner gerührt stehen.

»Oje«, murmelte Leif. »Da ist Kathinka Bergmann.«

Obwohl mir klar war, dass er Kathinka kennen musste, versetzte es mir einen Stich, als er ihren Namen aussprach. Kathinka und Sarah steuerten zielstrebig auf uns zu. Kathinka strafte Leif mit einem vernichtenden Blick, Sarah wandte sich mir zu. »Was machst *du* denn hier?«

»Wie bitte?« Da hätte ich auch gleich dem Major erklären können, wo ich hinwollte.

»Hallo, Kat«, sagte Leif sehr höflich. Moment mal, er nannte sie Kat? »Alles klar?«

Kathinka ließ sich nicht zu einer Erwiderung herab, sondern bedachte uns nur mit einem letzten abfälligen Blick und rauschte in Richtung Toilette davon. Sarah schien sich jedoch unglücklicherweise nicht so schnell verziehen zu wollen und ließ sich neben Leif auf das Sofa fallen.

In diesem Moment hoffte ich, dass alles stimmte, was man sich über das kiwigrüne Sofa erzählte, und dass Sarah mit einem einzigen Happs darin verschwand. Mein erstes Date, und diese eingebildeten Gänse mussten es mir verderben.

Sarahs Augen sprangen zwischen mir und Leif hin und her. »Was läuft hier eigentlich?«

»Wir trinken eine heiße Schokolade, wenn es dich nicht stört.« Leif nahm sein Glas und prostete Sarah zu.

Sarah lächelte kühl. »Du und Feli?«

Leif legte den Kopf schief. »Bis ihr hier angetanzt seid, war das so. Warum?«

Doch bevor er eine Antwort auf diese, wie ich fand, sehr berechtigte Frage bekommen konnte, klingelte sein Handy. Nach einem Blick auf das Display seufzte Leif und sah mich entschuldigend an. »Da muss ich drangehen, tut mir leid. Ich bin gleich wieder da, ja?«

Ich nickte, obwohl ich viel lieber den Kopf geschüttelt hätte. Mit einem entschuldigenden Schulterzucken stand Leif auf, klemmte sich das Handy ans Ohr und ging ein Stück von uns weg.

Na wunderbar. Ich konzentrierte mich auf meine heiße Schokolade, doch Sarah verstand das anscheinend als Einladung, das Wort nun an mich zu richten. »Weißt du, auf der Party war Leif ziemlich begeistert von Kat. Er ist ihr nicht von der Seite gewichen.«

Leif war auf dieser bescheuerten Poolparty gewesen?

Sarah lehnte sich vertraulich zu mir rüber. »Er hat sie sogar geküsst.«

Ich spürte, wie Leif mir durch das Café einen Blick zuwarf, doch ich erwiderte ihn nicht. Wenn ich je Schmetterlinge im Bauch gehabt hatte, so wurden sie in diesem Moment alle von einem fiesen, fetten Igel aufgespießt, der hereingetrampelt gekommen war.

Sarah sprach ungerührt weiter. »Feli, es tut mir wirklich leid, dass du es so erfährst. Aber Leif will Kat nur eifersüchtig machen. Und dass er dich dafür ausgesucht hat, ist sozusagen der Doppel-Clou.«

»Der was?«

»Der Doppel-Clou, Dummchen. Weil Leif versucht, Kat mit dem Mädchen eifersüchtig zu machen, auf deren Freund sie steht.«

Was? Ich versuchte vergeblich, dem wirren Gerede zu folgen.

Sarah war nicht zu bremsen. »Ich bin sicher, du hast längst geschnallt, dass es zwischen Kat und Adam gefunkt hat.«

»Ach ja? Wann soll das denn bitte gewesen sein?« Die Frage meinte ich ganz ernst, aber Sarah quasselte unbeirrt weiter.

»Leif will Kat also beweisen, dass er an der Spitze der Liebesnahrungskette steht.« Ihrem selbstgefälligen Gesichtsausdruck nach zu urteilen, klang das in ihren Ohren einleuchtend.

Leif sollte mich nur ausgenutzt haben? Nie im Leben!

»Du spinnst doch«, sagte ich und blickte Hilfe suchend zu Leif. Doch was ich dann sah, gab mir den Rest. Kathinka war aus der Toilette gekommen und stand vor Leif. Ziemlich nah, um genau zu sein. Sie hatte ihre Hand an seine Wange gelegt. Statt sie empört wegzuschlagen, hatte Leif sein Handy sinken lassen. Er schien sich in einer Art Starre zu befinden.

Ich sprang regelrecht aus dem Sessel. »Ich muss los.«

»Halt, warte!« Leif hatte sich nun anscheinend doch von Kats Anblick losreißen können und kam auf mich zu, aber ich hatte keine Lust, mich weiter vorführen zu lassen. Von einem heftigen Fluchtimpuls getrieben, verließ ich das Café.

Wie hatte ich nur so dämlich sein können? Wieso sollte sich Leif aus der Zehnten ausgerechnet für mich interessieren, wenn es Mädchen wie Kat und Sarah gab?

Ich hatte nur wenige Schritte gemacht, da stieß ich mit einer mir wohlbekannten, breiten Brust zusammen. Warum musste Adam immer so aus dem Nichts auftauchen? Einen Augenblick lang war ich entrüstet, weil er mir ganz offensichtlich gefolgt war, doch dann sah ich die Mischung aus Mitgefühl und Sorge auf seinem Gesicht.

»Wie war dein Date?«, fragte er ganz ohne Sarkasmus und ich spürte, wie ich innerlich zusammenbrach.

Ich kämpfte mit den Tränen. »Furchtbar.«

Adam wirkte auf einmal sehr wütend und für einen kurzen Moment fürchtete ich, dass er immer noch sauer auf mich war. Doch seine Augen waren auf jemanden hinter mir gerichtet. Ich warf einen Blick über die Schulter. Dort stand Leif vor dem Eingang vom Emily's und sah uns unverwandt an.

Ruckartig drehte ich meinen Kopf wieder nach vorn. »Lass uns gehen.«

Adam nickte, legte seinen Arm um mich und wir liefen wortlos die Straße hinunter. Seine Nähe gab mir Halt und ich atmete seinen inzwischen schon so vertrauten Duft ein. Zum Glück schien er mir die Gemeinheiten von vorhin verziehen zu haben. »Los! Sag schon, dass ich das verdient habe.«

Adam schüttelte den Kopf. »Das hat doch niemand verdient.«

»Aber es war fies von mir, dich Aufpasserkuchen zu nennen.«

»Schon gut. Du hast es ja nicht böse gemeint.«

Doch, das hatte ich. Ich hatte es gesagt, um ihn zu verletzten. Ich schlang meinen Arm um seine Taille und sein Griff verstärkte sich.

Adam erzählte mir, wie er nach unserem Streit zuerst durch die Stadt gelaufen war. Er hatte nicht gewusst, wohin mit sich, und war von heftigen Gefühlen übermannt worden, die ihm neu waren (was nicht verwunderlich war, immerhin gab es Adam erst seit vier Tagen und das war nun wirklich nicht genug Zeit, um die gesamte Empfindungspalette eines Teenagers durchzuhaben). Aber dann war er logisch an die Sache herangegangen und hatte sich schonungslos analysiert. Das Ergebnis präsentierte er mir nun mit leiser Stimme: »Ich denke, ich bin eifersüchtig.«

Ich musste schlucken. »Auf Leif?«

Adam blieb stehen und sah mir in die Augen. Er zögerte, während sein Blick über mein Gesicht wanderte und auf meinem Mund liegen blieb. Doch dann sah er wieder zur Seite. »Ich glaube, auf euch alle.«

Den restlichen Nachhauseweg legten wir schweigend zurück. Ich kam mir mit einem Mal so unfassbar oberflächlich und egoistisch vor. Ich regte mich auf, weil mein bekloopptes Date in einem Fiasko geendet war? Dabei hatten andere viel drängendere Probleme. Ich hatte in letzter Zeit immer häufiger vergessen, dass Adam kein normaler Mensch war. Sein Aussehen, sein Auftreten und die Art, wie seine Blicke gelegentlich meine Knie weich werden ließen – das alles hatte nicht mehr viel mit dem unbedarften Backprinzen in dem geblümten Bademantel zu tun. Adam hatte sich verändert. Aber die Tatsache blieb: Er war auf wundersame Weise in unser Leben getreten und würde eines Tages auch wieder daraus verschwinden.

Ma war nur kurz vor uns nach Hause gekommen. Das konnte ich deshalb mit Gewissheit sagen, weil der Major ihr soeben seinen Tagesablauf schilderte. Dass Ma dabei summte und einen verdächtig verklärten Gesichtsausdruck zur Schau stellte, bemerkte er nicht mal. »… muss hier von einer Annexion gesprochen werden.«

»Wovon?«, fragte ich und holte mir bei Ma meinen Begrüßungskuss ab.

»Einer widerrechtlichen Inbesitznahme fremden Territoriums«, wurde mir blechern erläutert.

»Hä?«

»Er spricht von der Katze«, sagte Ma.

»Ich spreche vom Feind«, berichtigte der Major und zeigte mir zum Beweis seine Aufzeichnungen. Ich warf einen kurzen Blick darauf und nickte anerkennend. Der Major hatte eine schöne Handschrift und auch seine Katzenskizzen waren nett anzusehen. Bis auf die, wo sie weggesprengt wurde.

Der Major rollte hinter Ma her und stellte die Forderung, dass sie ihm in der Katzenangelegenheit endlich freie Hand ließ. Ich zog Adam mit in mein Zimmer. Er setzte sich an meinen Schreibtisch, ich machte es mir auf dem Bett bequem. Ich freute mich nicht gerade auf das Gespräch, das ich mit Adam führen wollte, aber ich würde mir nie verzeihen, wenn ich es nicht täte. Außerdem war die Alternative, nämlich über Leif und Kathinka nachzudenken, auch nicht viel besser. Die Art, wie Leif sie angeschaut hatte, als sie so nah vor ihm stand, ging mir einfach nicht aus dem Sinn. War es nur dieses Schlange-Kaninchen-Ding gewesen, das ein Beutetier im Angesicht des Jägers erstarren ließ? Oder war Leif doch noch hinter Kathinka her? Aber warum sollte er sich dann mit mir treffen wollen?

Adam räusperte sich, weil ich schon eine ganze Weile

schweigend an die Decke gestarrt hatte. Ich schob alles beiseite, was mit Leif und Kathinka zu tun hatte, damit ich mich ausschließlich Adam widmen konnte. Nachdenklich musterte ich ihn. »Adam, wegen vorhin … Du hast Angst, oder?«

Adam antwortete nicht, sondern sprang auf und fing an, Liegestütze auf dem Boden zu machen. Ich beobachtete ihn dabei. Sein Gesicht, sein Körper, alles an ihm wirkte so vollkommen, dass es mir absurd erschien, dass es nicht für die Ewigkeit gemacht sein sollte.

Kurz bevor ich etwas so Idiotisches wie »Angst ist was ganz Menschliches« sagen konnte, klingelte es an der Haustür. Ich hörte, wie Ma öffnete.

Es war Lena, wie mir die Begrüßung verriet, und mir fiel ein Stein vom Herzen. Ihre Unterstützung konnte ich jetzt echt gut gebrauchen. Lena plauderte noch ein wenig mit Ma und kam anschließend, ohne anzuklopfen, in mein Zimmer.

»Stör ich?«

»Quatsch«, erwiderte ich, auch wenn Adams Miene etwas anderes sagte. Lena setzte sich zu mir aufs Bett. Ihre Wangen leuchteten rot und ihre Augen glänzten. Außerdem waren ihre Haare leicht verwuschelt. Allem Anschein nach war ihr Date mit Leon super gelaufen.

»Ich war eben im Emily's«, berichtete sie.

»Oh. Dann hast du es schon gehört?«

»Brühwarm und in allen Einzelheiten. Sarah hat es sich nicht nehmen lassen, mich zu informieren. Sie nennt es ›Das Feli-Desaster‹.« Die letzten Worte setzte Lena mit ihren Fingern in Anführungszeichen. »Sie meint, es wäre ja so jammerschade, dass Leif dich armes dummes Ding nur ausgenutzt hat, um Kathinka eins auszuwischen.«

Diese Giftspritze! »War das alles?«

»Sie hat noch was von einem Doppel-Clown gesagt, aber das hab ich nicht verstanden.«

Niedergeschlagen erläuterte ich ihr den Doppel-Clou, was Lena passend kommentierte: »Mist.«

Konnte man so sagen. »Wie war es mit Leon?«

»Genial.« Sie grinste ein paar Momente lang verträumt vor sich hin, riss sich dann jedoch rasch zusammen und beteuerte: »Aber ich habe ihn quasi sofort sitzen gelassen, um meiner besten Freundin in dieser schweren Stunde beizustehen.«

»Danke.«

»Gern geschehen.« Lena betrachtete Adam, der noch immer eifrig Liegestütze machte. »Trainierst du für den Ironman?«

Adam brachte sich in Sitzposition und zupfte sein T-Shirt zurecht. »Es ist wichtig, gut in Form zu sein.«

»Aha.« Lena kniff den Mund zusammen. »Und wem willst du gefallen, Muskelkuchen?«

Adams Blick zuckte zu mir, bevor er intensiv die Fingernägel seiner rechten Hand begutachtete. »Das ist meine Angelegenheit.«

Jeder durfte seine eigenen Angelegenheiten haben. Da war doch nichts dabei. Warum ich bei der Vorstellung, Adam könnte anderen Mädchen gefallen wollen, einen Stich verspürte, konnte ich mir nicht erklären.

Lena bekam das zum Glück nicht mit und konzentrierte sich weiter auf Adam. »Du bist ja mies drauf.«

»Falls du wissen willst, was mich verstimmt hat«, antwortete Adam und stand endlich wieder vom Boden auf. »Leif!«

»Ach, wir hatten einen Streit, weil ich mit Leif verabredet war und ich habe Adam Aufpasserkuchen genannt.«

Lena legte vorwurfsvoll die Stirn in Falten. »Feli! Ein bisschen mehr Taktgefühl, bitte, ja?«

»Schwamm drüber«, wollte Adam abwiegeln.

Doch Lena war noch nicht fertig. »Wenn du ihn wenigstens Securitygebäck genannt hättest.«

Adam verschränkte wütend die Arme vor der Brust und murmelte etwas, das vom erneuten Klingeln an der Haustür übertönt wurde.

»Was ist denn heute hier los?«, maulte der Major auf dem Weg in die Besenkammer, und Ma ging den Flur entlang, um zu öffnen. Ich wollte gerade unser Gespräch fortführen, da klopfte es an meiner Tür.

»Herein«, rief Lena.

Sie ließ ihren Mund gleich offen, Adams Miene umwölkte sich noch stärker und ich hörte einfach auf zu atmen, als ein zerknirscht wirkender Leif eintrat.

Irgendwie schaffte Lena es, Adam aus dem Zimmer zu lotsen, und dafür war ich ihr sehr dankbar. Noch auf dem Flur machte Adam seinem Ärger Luft, indem er mehrfach betonte, wie sehr er Leifs Anwesenheit in meinem Zimmer missbilligte.

Es war mir ein Rätsel, warum Regel Nummer eins ausgerechnet heute nicht galt. Ich stand von meinem Bett auf und schritt so aufrecht wie möglich zum Schreibtisch hinüber. Leif sollte bloß nicht denken, diese Doppel-Clown-Sache würde mich auch nur im Mindesten berühren.

Aus sicherer Entfernung musterte ich ihn. Er trug seinen Rucksack nur über einer Schulter und hatte beide Hände tief in den Taschen seiner Jeans vergraben. Ich musste zugeben, dass es sehr lässig wirkte, wie er so dastand und sich interessiert in meinem Zimmer umsah. In meinem unaufgeräumten Zimmer. Es hatte doch niemand ahnen können, dass es hier gerade heute wie in einem Taubenschlag zugehen würde.

Ich kniff die Augen zusammen. War das etwa die neueste Ausgabe der *Kesselwirtschaft heute*, da auf meinem Nachttisch? Ma musste sie am Vormittag dort hingelegt haben. Als Leif danach griff und die Titelseite überflog, war ich mit drei Schritten bei ihm und nahm sie ihm weg.

»Deshalb gibt es Regeln in diesem Haus«, zischte ich und warf die Zeitschrift so heftig von mir, dass sie unter dem Bett landete. Da Leif mich irritiert ansah, fragte ich rasch: »Was willst du hier?«

»Feli, es tut mir leid, was da vorhin passiert ist«, sagte er zerknirscht.

»Ach, du meinst das Feli-Desaster?« Ich lachte auf, bedauerlicherweise eine Spur zu künstlich. Nach anderen Menschen wurden Straßen benannt, nach mir Katastrophen. »So nennt Sarah das zumindest.«

»Vergiss Sarah. Sie ist eine hinterhältige Ziege.«

»Und was ist mit Kathinka? Soll ich die auch vergessen?« Echt jetzt? Machte ich gerade einem Jungen nach dem ersten Date eine Eifersuchtsszene? Ich atmete tief ein und zwang mich, ruhig zu klingen. »Leif, wenn du auf Kathinka stehst, ist das absolut okay.«

Gestern wäre es das auch wirklich gewesen. Heute tat es ein bisschen weh, aber ich würde darüber hinwegkommen.

»Bis zur Poolparty dachte ich, dass ich Kat mag«, gab Leif zu. »Aber zwei Stunden Kathinka-Show haben mir echt gereicht. Sie und Sarah sind ja nicht zum Aushalten.«

Ich wollte es nicht, ich kämpfte richtig dagegen an, aber ich musste grinsen. »Was soll ich erst sagen? Die beiden sind in meiner Klasse.«

Leif sah mir tief in die Augen und es kostete mich sehr

viel Kraft, nicht laut zu seufzen. Bevor ich jedoch stolz auf mich sein konnte, hörte ich mich sagen: »Deine Haare gefallen mir viel besser, wenn sie ein bisschen verwuschelt sind.«

Leif strich sich die dunkelblonden Strähnen zurück. »Echt?«

»Klar.«

»Bist du mit Adam zusammen?«

Die Frage kam vollkommen unvermittelt und ich konnte nicht gleich darauf antworten. Leif stand nun ganz nah vor mir. Er lächelte noch immer und berührte wie zufällig meine Hand, was all die totgeglaubten Schmetterlinge reanimierte, die mit ihren Flügelschlägen nun den fiesen, fetten Igel verjagten.

»Nein. Wir haben das nur erzählt, weil Kathinka und Sarah nicht glauben wollten, dass ich je einen Freund abbekommen würde.« Ging es noch peinlicher? In Leifs Gegenwart schienen die unpassenden Geständnisse nur so aus mir herauszupurzeln.

»Was? Wieso wollten sie das denn nicht glauben?« Leif lachte und ich hätte schwören können, ein wenig Erleichterung herauszuhören.

»Weil ...«

Ein Pochen an meiner Tür ließ mich zusammenfahren. Lena kam herein und sagte: »Feli, ich mach mich jetzt auf. Tschüs.«

»Leif kann dich begleiten«, schlug Adam, der nun halb im Zimmer stand, vor.

»Quatsch!« Lena drängelte sich an Adam vorbei und sagte im Fortgehen: »Übrigens soll ich dir ausrichten, dass es nicht halb so bequem in eurer Besenkammer ist, wie du es dir vielleicht vorstellst.«

»Eure Besenkammer?« Leif machte Adams Feindseligkeit scheinbar nicht das Geringste aus. Im Gegenteil, er rückte sogar noch ein Stück näher an mich heran. Die beiden schienen eine ungesunde Vorliebe für Blickduelle entwickelt zu haben.

»Äh, ja. Ma renoviert die gerade.« Mit einem entschuldigenden Lächeln befreite ich mich von Leifs Hand, die wie von selbst auf meiner Schulter gelandet war, ging auf Adam zu und schob ihn vor mir her auf den Flur. Kaum hatte ich die Tür hinter uns zugezogen, flüsterte ich gereizt: »Adam, was soll das?«

»Hast du diese Doppel-Clou-Geschichte etwa schon vergessen?«, erwiderte Adam, ebenfalls flüsternd. Seine grünbraunen Augen blitzten und er fuhr sich mit beiden Händen durch die Haare. Ich hatte ihn noch nie so aufgebracht gesehen, auch wenn er sich Mühe gab, sich zu beherrschen.

»Nein. Aber ich bin gerade dabei«, zischte ich, »sie aus der Welt zu schaffen.«

Ich ließ Adam stehen und kehrte in mein Zimmer

zurück. Leif war noch immer da, wo ich ihn zurückgelassen hatte. Er machte den Eindruck, als ob er sich mit einem Schlag unwohl fühlte. Das konnte ich gut nachvollziehen, Adam nervte total.

»Ich gehe jetzt besser nach Hause«, sagte Leif.

Tja, das war enttäuschend, aber nicht überraschend. Adam hatte sich glücklicherweise inzwischen aus dem Flur verzogen und ich brachte Leif zur Tür. Bevor er hinausging, fragte er: »Gibst du mir deine Nummer, Feli?«

Alle Nummern, die ich besaß!

Ich hatte ihm gerade die ersten vier Zahlen diktiert, da hielt ein protziger schwarzer Schlitten vor unserem Haus und Markus van Schleimbacke stieg aus.

»Gut, dass wir eine Besenkammer haben«, rief ich in Richtung Küche. Ein blechernes Jaulen ertönte und Ma steckte den Kopf aus der Tür.

»Was habt ihr denn nur mit eurer Besenkammer?«, fragte Leif. Schnell sagte ich ihm die restlichen Ziffern an, damit er sie eintippen konnte. Als Leif sein Handy in die Tasche stecken wollte ließ er es beinahe fallen, so sehr zuckte er beim Anblick van Felderns zusammen. Wer wollte ihm das verübeln? Van Feldern hatte sich bei der Auswahl seiner Garderobe selbst übertroffen. Ein silbergrauer Anzug, Krawatte, Hemd und Schuhe in Schwarz, genauso wie der Hut auf seinem dunkelroten Haar. Er sah aus wie ein Schauspieler aus einem Gangsterfilm in der Drehpause. Seine eisblauen Augen hatten nur einen flüchtigen Blick für uns übrig.

»Guten Tag, Kinder«, sagte er und ging an uns vorbei auf meine vor Glück strahlende Ma zu.

»Ja, klar! Kommen Sie ruhig herein, fühlen Sie sich ganz wie zu Hause«, sagte ich unnötigerweise und rief mir zähneknirschend mein Vorhaben ins Gedächtnis, nett zu ihm zu sein. »Nett, nett, nett!«, zwitscherte ich.

»Du hörst von mir«, sagte Leif und ging mit langen Schritten eilig davon.

Neun

Ich lag im Bett und starrte durch die Dunkelheit an die Zimmerdecke. Um Viertel nach zehn hatte ich es aufgegeben, alle fünf Minuten auf mein Handy zu schauen. Ich hatte es sogar geschüttelt, um auf diese Weise den technischen Defekt zu beheben, der höchstwahrscheinlich dafür verantwortlich war, dass ich noch keine Nachricht von Leif erhalten hatte. Oder hatte ich ihm eine falsche Nummer gesagt? So ein Zahlendreher war schnell passiert, besonders wenn ein ungehobelter Mitbewohner durch sein Verhalten nervte.

Ich seufzte. Adam konnte es nicht verbergen: Leif war ein rotes Tuch für ihn. Adam hatte mir noch Vorhaltungen gemacht, nachdem Leif gegangen war. Er hielt ihn für gefährlich und wollte einfach nicht verstehen, warum ich ihm nicht misstraute.

Adams Beschützerinstinkt war zwar ganz süß und konnte manchmal richtig praktisch sein, doch jetzt gerade hätte ich gut darauf verzichten können. Selbst

Jacob hatte sich irgendwann höflich zurückgezogen, als klar war, dass Bella und Edward zusammengehörten. Obwohl sich Adam in einem solchen Szenario vermutlich eher für Edward hielt. Ich wollte jedenfalls nicht Trottel-Bella sein, die irgendjemandem falsche Hoffnungen machte.

Das war eine ziemlich knifflige Situation. Leif war mir ein Rätsel, ich durchschaute ihn nicht ganz und in seiner Gegenwart war ich irgendwie nicht zurechnungsfähig. Doch auch wenn ich ein bisschen Angst davor hatte, wollte ich am liebsten so viel Zeit wie möglich mit ihm verbringen. Auf der anderen Seite mochte ich Adam unglaublich gern. Und keiner konnte sagen, wie viel Zeit ihm überhaupt noch blieb.

Ich schluckte gegen den Kloß an, der sich hartnäckig in meinem Hals hielt. Die Vorstellung, dass sich Adam eines Tages in Luft oder Teig oder was auch immer auflösen würde, kam mir immer abwegiger vor. Leider hatte Ma mir schon längst alle Hoffnungen genommen, Adam mit dem Persönlichkeitspulver des Majors am Leben halten zu können. Dieses Pulver funktionierte nur bei strombetriebenen Gegenständen.

Mir fiel ein alter Film ein, den ich vor ewigen Zeiten zusammengekauert hinter einem Sofakissenschutzschild mit Ma gesehen hatte. Darin hatte ein wahnsinniger Wissenschaftler ein Monster aus Leichenteilen zusammengenäht. Um es zum Leben zu erwecken, hatte er eine Apparatur auf dem Dach seiner Burg gebaut, die bei Gewitter einen Blitz einfangen konnte. Die so gewonnene Energie entlud sich in die Kreatur, die daraufhin ihren ersten Atemzug tat.

Ma hatte mich später, als ich mich deshalb vorm Einschlafen gefürchtet hatte, damit getröstet, dass es nur ein dummer Film gewesen sei. Und das hatte mich beruhigt. Jetzt hingegen wünschte ich mir inbrünstig eine solche Apparatur herbei. Vielleicht sollten wir Adam beim nächsten Gewitter versuchsweise an eine Eiche binden und ihm einen Golfschläger in die Hand drücken. Auf jeden Fall musste ich die Zeit, die Adam noch blieb, möglichst sinnvoll nutzen. Ich würde ihm noch ein paar Dinge zeigen, die ihm garantiert Spaß machten.

Über der Frage, wie zum Kuckuck ich eine Ballonfahrt organisieren konnte, schlief ich ein.

Mit einem fröhlichen »Guten Morgen!« schlitterte ich auf Socken in die Küche. Mein gut gelaunter Auftritt am Frühstückstisch irritierte meine Mutter offenbar, denn sie fühlte mir besorgt die Stirn. Ich gab ihr einen Begrüßungskuss und hielt Adam, der wie üblich frisch geduscht und werbeplakattauglich am Tisch saß, vom Aufstehen ab. »Bleib sitzen, ich kann meinen Stuhl selbst zurückziehen.«

»Wie schön, dass es dir heute Morgen so gut geht«, sagte der Major mit einem Schnauzbartzittern. »Ich hatte schon Sorge, dass du Kummer hast.«

»Quatsch«, sagte ich schnell und setzte mich. Der Major sollte seine Nase bloß aus meinem zugegebenermaßen konfusen Liebesleben heraushalten. Deshalb wendete ich meinen Spezialtrick an. »Hast du die Zeitung schon gelesen oder …«

Der Major packte die Zeitung postwendend unter lautem Geraschel zusammen und rollte eilig damit aus der Küche. Ich grinste triumphierend; er fiel doch wahrhaftig jedes Mal darauf herein.

Zufrieden schnappte ich mir ein Brötchen, schnitt es auf und pulte das Innere heraus. »Ma, was hältst du davon, wenn wir heute einen richtig gemütlichen Familienabend machen?«

»Oh, eigentlich …« Ma fing meinen Blick auf und zögerte, was mich zu der kryptischen Erklärung verleitete: »Es gibt Dinge, die kann man verschieben. Andere eben nicht.«

Ma verstand sofort. »Du hast Recht.« Sie zog ihr kleines schwarzes Büchlein aus der Tasche, in dem sie alle ihre Termine notierte, fuhr mit dem Finger über eine Seite und nickte mir zu. »Das ist eine gute Idee, mein Engel. Ich mache Pizza und Salat und wir schauen uns einen Film zusammen an.«

Ich strahlte über das ganze Gesicht. »Wie findest du das, Adam?«

»Ein Familienabend?« Adam konnte sein Grinsen nicht verbergen. »Wir werden aber nicht gemeinsam Socken stricken, oder?«

»Wieso?« Ich ließ mir meine Freude nicht verderben. »Hast du was Besseres vor?«

Adam tat, als hole er ebenfalls einen Terminkalender hervor, blätterte ein paar imaginäre Seiten um und schenkte mir ein bezauberndes Adamlächeln. »Nein. Ich wäre frei.«

Ich nahm ihm den nicht vorhandenen Terminkalender aus der Hand und warf ihn mir über die Schulter. »Du wirst sehen, so ein Familienabend macht richtig Spaß!« Und die blöde Leif-Geschichte war vergessen.

Beschwingt machte ich mich im Badezimmer fertig. Meine Haare waren ebenfalls bester Laune und lagen fantastisch, weshalb ich den Pickel auf meiner Stirn mit stoischer Gelassenheit hinnahm. Mein Lieblingsshirt tat das Übrige und ich verließ in Adams Begleitung das Haus. In den letzten beiden Stunden hatten wir Sportunterricht und Adam trug meine Sporttasche, die er hin und her schwang. Er freute sich wohl mehr auf den Familienabend, als er zugeben wollte. Mein geheimer »Zeit mit Adam nutzen«-Plan schien aufzugehen.

»Ma ist eine ganz hervorragende Pizzabäckerin. Ich

hoffe, du magst Tomaten und Oliven. Und Oregano.« Mir lief schon das Wasser im Munde zusammen.

»Oregano?« Adam runzelte die Stirn. »Was ist das?«

»Ein Gewürz. Du wirst es lieben«, versicherte ich ihm und winkte Lena zu, die schon draußen stand und auf uns wartete. Lena winkte mit der linken Hand zurück, weil sie mit der rechten ihr Handy ans Ohr hielt. Wie sich herausstellte, telefonierte sie mit Leon, was mich daran erinnerte, dass ich von Leif noch immer keine Nachricht erhalten hatte. Nicht dass ich eine wollte, immerhin hatte ich mich dafür entschieden, heute Abend etwas mit Adam zu unternehmen, aber das hieß noch lange nicht, dass er mir keine schicken musste. Ach, Leif war furchtbar kompliziert.

Das Telefonat dauerte bis zur Schule an, Lena kicherte albern und sagte so geheimnisvolle Sachen wie »du weißt schon, was« und »du weißt doch, warum«. Dass Adam und ich das nicht wussten, störte sie kein bisschen.

Lena legte erst auf, als sie bereits Sichtkontakt zu Leon hatte. Oh, Mann! Es hatte sie echt voll erwischt. Ich beschloss, das gut zu finden, denn auf diese Weise hatte ich mehr Zeit für Adam und die Umsetzung meines Plans.

Wir verabschiedeten uns von Adam und betraten den Schulhof. Alles war wie immer. Jedenfalls auf den ersten Blick. Doch schnell wurde klar, wie sehr ich mich da getäuscht hatte. Melissa kam mit einer kleinen Gruppe Aushilfszicken auf uns zu. Sie verschränkte die Arme vor der Brust und funkelte mich böse an.

»Können wir helfen?« Lena machte einen Schritt auf Melissa zu.

»Pfff.« Melissa legte den Kopf in den Nacken und führte den Tross Aushilfszicken in Richtung Eingang davon.

Lena sah ihnen hinterher. »Was war das denn?«

»Keine Ahnung.« Die hatte ich ehrlich nicht, und so konnte ich Lena nur ratlos anschauen.

»Ah. Mir scheint, gleich wird Licht ins Dunkel gebracht«, sagte Lena mit einem Blick über meine Schulter.

Ich drehte mich um. Kathinka und Sarah waren im Anmarsch. Mit angehaltenem Atem wappnete ich mich für etwaige Gehässigkeiten, doch die beiden defilierten wortlos an uns vorbei, als wären wir Luft für sie.

»Ist das jetzt gut?«, fragte ich misstrauisch.

Lena zuckte mit den Schultern. »Wenn die das bis zum Abi durchziehen, ist es auf jeden Fall gut.«

Da war etwas im Busch und ich war gar nicht scharf darauf herauszufinden, was.

Lena und ich blieben während der Pausen an unserem Geheimplatz vollkommen unbehelligt. Was auch immer Kathinka, Sarah und die Aushilfszicken erreichen wollten indem sie uns komplett ignorierten, sie bescherten uns einen der ruhigsten Schultage seit Langem.

Leif sah ich nur einmal kurz auf der großen Treppe. Lena und ich gingen gerade runter, Leif mit ein paar seiner Klassenkameraden hinauf. Sie waren in ein Gespräch über einen soeben geschriebenen Mathetest vertieft und eigentlich hatte ich nicht erwartet, dass Leif mich überhaupt bemerken würde, aber als wir auf gleicher Höhe waren, zwinkerte er mir zu.

Ich fiel nur deshalb nicht die Stufen hinunter, weil vor mir ein paar jüngere Schüler liefen. Die motzten, weil sie annahmen, dass wir sie schubsen wollten, doch Lena beachtete sie gar nicht. »Falls du schon nach einem Weihnachtsgeschenk für Leif suchst, ich glaube, sein Haargel ist alle.«

Ja, mir war auch aufgefallen, dass er sein Haar nicht wie gewöhnlich zugekleistert hatte. Weil ich gesagt hatte, er gefiele mir so besser?

Ach, am liebsten hätte ich mich umgedreht und wäre ihm hinterhergelaufen, aber mein Entschluss stand fest. Leif hatte viele Freunde, Adam hatte nur Ma und mich. Und einen durchgeknallten Staubsauger. Außerdem war der Ball weiterhin auf Leifs Spielhälfte: Er hatte meine Nummer und konnte mir jederzeit eine Nachricht schicken. Was mich wieder zu der Frage führte, warum er es noch nicht getan hatte.

Betrübt trabte ich neben Lena zur Sporthalle.

»Wie kann man nur so behämmert sein, uns in der

siebten und achten Stunde Sport in den Stundenplan zu knallen?«, beklagte sich Lena.

»Solange wir nicht in den Park müssen ...« In diesem Halbjahr stand Volleyball als Schwerpunktsportart auf dem Unterrichtsplan, wir würden die Halle also nicht verlassen müssen und peinliches Rumgejogge im Park blieb uns erspart.

Würde Sportbekleidung benotet werden, hätten Kathinka und Sarah eine glatte Eins verdient. Es bestand kein Zweifel, dass ihre Klamotten windkanalgetestet, hitzebeständig und atmungsaktiv waren. Und absolut nicht dafür gedacht, mit Schweiß in Berührung zu kommen.

Lena war in Sport recht gut und auch ich zeigte eine solide Leistung, wie mir unsere Lehrerin oft bescheinigte.

Nach dem Aufwärmen wählten vier der besten Sportler, darunter Leon, ihre Mannschaften für ein Volleyballturnier aus. Dieses Auswahlritual unterlag einer strengen Hierarchie, steckte voller taktischer Kniffe und ging mit viel Gejohle einher, das die Gegner demotivieren sollte. Bei mir funktionierte das ganz hervorragend.

Das würde noch ein Weilchen so gehen und ich hatte mich gerade entspannt neben Lena gesetzt, da rief Leon ihren Namen. Lena sprang begeistert auf und lief zu ihrer Mannschaft. Ich sah ihr hinterher und musste grinsen, als sie versuchte, ihre Freudensprünge als Aufwärmübung zu tarnen.

»Tja! So schnell ist man abgeschrieben«, sagte Sarah, die sich mit Kathinka angepirscht hatte. Die beiden ließen sich rechts und links von mir nieder. »Wie habt ihr das gemacht?«

Ich blickte verständnislos zwischen ihnen hin und her, bis Kathinka präzisierte: »Wie habt ihr es angestellt, dass die Jungs euch nachlaufen?«

»Was sollen wir schon angestellt haben? Das ist ja total lächerlich!« Ich wollte aufstehen, doch Sarah hielt mich am Arm fest.

»Lächerlich ist es wohl eher, wenn ein Traumtyp wie Adam auf dich steht. Und voll lächerlich, wenn Leon mich«, Sarah deutete mit beiden Händen und aufgerissenen Augen auf sich selbst, »für eine wie Lena stehen lässt.«

Kathinka nickte zustimmend. »Von Leif wollen wir gar nicht erst sprechen.«

»Ihr habt doch echt 'nen Knall!« Diesmal hinderte mich Sarah nicht am Aufstehen.

»Das geht nicht mit rechten Dingen zu«, zischte sie.

Als jemand, der sich sehr gut mit Dingen auskannte, die nicht mit rechten Dingen zugingen, konnte ich nur betreten den Kopf schütteln. »Leon hat sich eben in Lena verliebt. Komm klar damit, Sarah.«

»Ha!« Sarah stand nun ebenfalls auf. Sie machte einen Schritt auf mich zu und sagte mit drohendem Unterton:

»Bevor ich das glaube, glaube ich noch eher, dass ihr die Jungs verhext habt.«

Mein Mund stand offen und ich war vor Schreck wie versteinert, bis Lenas Stimme zu mir durchdrang. »Feli! Kommst du jetzt endlich? Du bist in meiner Mannschaft.«

Wir hatten zwar nicht jedes Spiel gewonnen, aber LeLe hatten sich als Spitzenteam am Netz erwiesen. Auch ich hatte ein paar ganz gute Einzelaktionen gebracht, wie Leon mich wissen ließ. Besonders meine Schmetterbälle lobte er. Die waren mir deshalb so leichtgefallen, weil ich einfach nur auf Kathinka oder Sarah gezielt hatte, doch das behielt ich für mich. Ihr Quieken, mit dem sie sich jedes Mal vor dem Ball in Sicherheit brachten, war mir Lohn genug.

Lena wollte noch ein wenig mit Leon abhängen (das war ihr genauer Wortlaut), deshalb ging ich allein von der Turnhalle über den Schulhof. Ein paar Zehntklässler standen noch herum und ich erwischte mich dabei, wie meine Augen nach Leif suchten. Er stand mit zwei Klassenkameradinnen da und lachte über etwas, das sie sagten. Sie waren beide hübsch, so hübsch, dass es mich störte. Leif strich sich durch die Haare, scheinbar seine bevorzugte Geste, um das weibliche Geschlecht zu beeindrucken.

Ich bemerkte erst, dass ich stehen geblieben war, als er mich entdeckte und mir zuwinkte.

»Feli!« Er wollte sich an den Mädchen vorbeischieben, stolperte aber über einen Rucksack, was lautes Gelächter zur Folge hatte. Leif fragte, wem das dämliche Teil gehörte, und bückte sich danach.

»Das ist meiner«, bekannte sich eines der Mädchen schuldig. »Und weil du ihn schmutzig gemacht hast, musst du mich jetzt auf einen Kaffee im Emily's einladen.«

Ich drehte mich ruckartig um und verließ hastig den Schulhof. Die Vorstellung, dass Leif mit ihr ins Emily's ging, gefiel mir ganz und gar nicht. Aber ich würde mir nicht die Blöße geben, ihm das zu zeigen. Außerdem hatte ich ja eigene Pläne, die zufälligerweise auch einen gut aussehenden jungen Mann beinhalteten.

Zehn

Adam kam am Schultor auf mich zu und nahm meine Sporttasche, die ich ihm gern überließ. Er grinste, weil ich vom Sport noch ganz rote Wangen hatte, und ich prahlte ein wenig mit meinen guten Einzelaktionen. Wir plauderten und Adam schaffte es, dass ich mich besser fühlte, bis wir zu Hause ankamen und ich van Felderns Protzkarre am Straßenrand erblickte. Das wurde ja langsam zur Gewohnheit!

Verstimmt ging ich den Flur entlang. Der Major berichtete mir durch die nur einen Spaltbreit geöffnete Tür zur Besenkammer, dass sich van Feldern nunmehr seit zwölfhundert Uhr in der Küche aufhalte, was wiederum bedeute, dass er, der Major, sich seit zwölfhundert Uhr in der Besenkammer befinde. Die Verärgerung des alten Staubsaugers war meiner Meinung nach vollkommen angemessen.

»Hallo, Ma«, sagte ich und betrat die Küche. Ma umarmte mich. Sie sah immer so glücklich aus, wenn van

Feldern in der Nähe war. Warum hatte er auf den Rest von uns nur eine so vollkommen gegenteilige Wirkung?

Ich zwang mich, ihm ein Lächeln zu schenken, was Ma sichtlich freute.

»Feli, mein Engel. Wie war es in der Schule?«

»Feli hatte ein paar gute Einzelaktionen«, antwortete Adam an meiner Stelle, woraufhin van Feldern lachte.

»So habe ich es auch immer gehalten. Lieber alles selbst erledigen, dann weiß man, dass es gelingt«, schleimte er.

Sein dunkelgrauer Nadelstreifenanzug saß tadellos, dazu trug er Hemd und Krawatte in einem tiefdunklen, changierenden Weinrot. Aber auch Ma war elegant gekleidet. Ihre weiße, tailliert geschnittene Bluse passte toll zu den dunkelblauen Jeans.

Mir schwante Übles. »Ein bisschen overstyled für Pizza, findest du nicht, Ma?«

»Pizza?«, horchte van Feldern auf.

Ich stellte sofort unmissverständlich klar: »Ein Familienabend.«

Van Feldern zog die Augenbrauen hoch und bedachte mich mit einem falschen Lächeln.

Ma schien das nicht bemerkt zu haben. »Das war wirklich unhöflich, Feli.«

Großartig! Wenn ich van Feldern weiter die kalte Schulter zeigte, würde Ma den ganzen restlichen Tag sauer auf mich sein. Doch wenn ich mich bei ihm entschuldigte, bestand die Gefahr, dass Ma van Überflüssig als Wiedergutmachung zum Familienabend einlud.

Ich klemmte vorsichtshalber die Zunge zwischen die Zähne, um bei Bedarf fest daraufbeißen zu können, da sagte van Feldern: »Ein Familienabend! Das ist wundervoll. Sie haben bestimmt noch einiges vorzubereiten, Stella. Ich kann Felicitas gut verstehen, dabei störe ich doch nur.«

Van Taktgefühl erhob sich. Ma warf mir einen vorwurfsvollen Blick zu, begleitete van Feldern zur Tür und verabschiedete sich von ihm. Der Major stieß die Besenkammer auf, als sei darin in der Zwischenzeit die Luft knapp geworden. Ungeachtet der Tatsache, dass der Major technisch gesehen gar nicht atmen musste, japste er mit in die Seiten gestemmten Händen. Auf diese Weise wollte er sicherstellen, dass Ma ihn nicht den ganzen Abend in der Kammer zurücklassen würde. Und wie so oft hatte er auch jetzt Erfolg damit, denn bei seinem Anblick verflog Mas Ärger sichtlich und sie sagte: »Ach, ihr habt Recht. Was wäre das für ein Familienabend, wenn einer von uns in der Besenkammer stehen müsste.«

»Genau«, bekräftigte ich und gab dem alten Staubsauger einen Knuff, den er ohne Beschwerde einsteckte.

Das Schöne an unseren Familienabenden ist, dass sie schon vor dem eigentlichen Abend beginnen. So fanden wir uns alle in unseren gemütlichsten Schlabberklamotten in der Küche ein, um gemeinsam das Essen vorzubereiten. (Adam trug eine meiner ausgeleierten Jogginghosen, deren Hosenbeine ihm nur bis zur Hälfte der Waden reichten. Dennoch sah er natürlich aus, als käme er direkt von einem Pariser Laufsteg.) Ma wendete beim Kochen nie Magie an, da das immer einen ekligen Nachgeschmack verursachte. Sie stellte die Zutaten für den Hefeteig auf die Arbeitsplatte und sofort schnappte sich Adam die Mehltüte. Er öffnete sie und schnupperte daran, was ihm eine weiße Nasenspitze bescherte. Das tat seinem Enthusiasmus keinen Abbruch und er bat: »Darf ich den Teig machen?«

Unter Mas Anleitung maß er die Mengen ab, gab sie auf die mit Mehl bestäubte Arbeitsfläche und knetete alles kräftig durch. Die Muskeln an seinen Armen waren wie für diese Aufgabe gemacht, er zeigte auch nach zehn Minuten keine Ermüdungserscheinungen und ließ erst von dem Teigklumpen ab, als Ma ein kariertes Geschirrhandtuch darüberbreitete.

Sie erklärte Adam, dass der Hefeteig nun zwei Stunden ruhen müsse, wie in jeder anderen Küche auch. In der Zwischenzeit köchelte Ma aus jeder Menge Tomaten und frischen Kräutern eine leckere Soße, die später auf den Teig kommen würde. Adam, auf dessen Wange noch immer eine Mehlspur war, und ich schnitten die Zutaten für den Belag und den Salat klein. Der Major bemängelte, dass die Paprikastreifen alle unterschiedliche Maße hatten, und machte am Beispiel einer Tomate deutlich, was Präzisionsschneiden war, zeigte sich aber ansonsten sehr zufrieden damit, an seinem Platz in der Küche stehen zu dürfen.

Ma gab Adams Quengeln nach und überließ es ihm, den Teig auszurollen. Er tat es mit solcher Hingabe und Stolz, dass ich schon befürchtete, der Teig würde anschließend als Kunstwerk ins Museum gebracht, statt auf unseren Tellern zu landen. Schließlich belegten wir ihn aber doch gemeinsam und Adam schob das Backblech in den vorgeheizten Ofen. Ma mischte uns drei große Gläser Apfelschorle und wir setzten uns gemütlich an den Tisch.

»Welchen Film wollen wir uns ansehen?«, fragte ich und unterdrückte ein Kohlensäurebäuerchen. Ich hütete mich davor, die Glitzer-Edward-Filme vorzuschlagen. Adam hatte sich bereits mehr als genug von dem Vampir mit den leichten Stalker-Tendenzen abgeguckt.

»Eine Komödie«, sagte Ma.

»Eine Dokumentation«, schlug Adam vor.

Der Major war Feuer und Flamme. »Eine Dokumentation über die strategischen Manöver der bedeutendsten Feldherren der Historie.«

Wie ich zufällig wusste, war er im Besitz einer solchen DVD, und ich lehnte entschieden ab. Kurz darauf riefen wir alle durcheinander, unsere Vorschläge wurden immer alberner und zu guter Letzt beschlossen wir, den Abend bei Pizza und Apfelschorle in der Küche zu verbringen.

»Hm«, machte Adam genüsslich, als er ein Stück Pizza abbiss. Ich hatte also nicht zu viel versprochen, die Pizza schmeckte ihm.

Wir hauten kräftig rein und der Major unterhielt uns mit Geschichten aus der Zeit, als er noch meiner Großmutter Magda gehört hatte und Ma ein kleines Mädchen gewesen war.

»... und mit neun war Stella das erste Mal verliebt.« Ma räusperte sich übertrieben laut, ließ den Major aber weitererzählen. »Er hieß Antonio. Der Sohn eines Zirkusartisten.«

»Sein Vater war kein Artist, er war Zauberer«, fiel Ma ihm ins Wort und lächelte bei der Erinnerung. »Zumindest glaubte ich damals, ›Der Große Francesco‹ sei ein wirklicher Zauberer. Und auch Antonio hatte mit seinen zwölf Jahren schon eine ganze Reihe Tricks auf Lager. Obendrein war er unwiderstehlich attraktiv und hatte etwas verführerisch Geheimnisvolles an sich.«

»Was Stella für geheimnisvoll hielt, entpuppte sich jedoch rasch als billige Vertuschung«, fuhr der Major fort. »Nicht ein Funke echter Magie steckte in diesem Francesco, geschweige denn in seinem Sohn.«

»Ach«, seufzte Ma und zog entschuldigend die Schultern hoch. »Ich hatte mich einfach zu sehr gefreut, endlich jemanden zu treffen, dem ich verraten konnte, was meine Mutter war und was ich eines Tages auch sein würde: eine echte Hexe. Zum allerersten Mal kein Versteckspiel.«

»Hast du vor ihm gezaubert?«, fragte ich ungläubig und schob mir ein Salatblatt in den Mund.

»Nein!« Mas entschiedenes Kopfschütteln wurde unter den strengen Blicken des Majors zu einem Nicken. »Na gut, ein kleines bisschen, aus Versehen. Ich hatte ja damals noch keine richtigen Hexenkräfte. Wie du weißt, mein Engel, entfaltet sich die Magie erst nach dem fünfzehnten Geburtstag voll und ganz. Aber da ich in einem echten Hexenhaushalt aufgewachsen bin, ist meine Gabe schon davor immer wieder aufgeflackert.«

Ma lächelte mich über den Tisch hinweg an, doch ich ignorierte die Bemerkung geflissentlich. Lalala, das hatte alles nichts mit mir zu tun, bei mir flackerte rein gar nichts auf.

Zum Glück erzählte der Major eifrig weiter: »Sie hat Antonios Hund Karlos ein paar Plapper-Leckerlis gegeben, woraufhin der Hund für eine Stunde sprechen konnte.«

»Sprechen?« Ma lachte auf. »Wie sich herausstellte, träumte Karlos von einer Karriere als Opernsänger und schmetterte eine Stunde lang Arien.« Ernster fügte sie hinzu: »Er war gar nicht mal schlecht. Die Zirkusleute witterten das Geschäft ihres Lebens und die Diskussion darüber, wem Karlos eigentlich gehörte, endete in einer schlimmen Schlägerei, in die bald die meisten Zirkusmitglieder verwickelt waren.«

»Magda hatte alle Hände voll zu tun, das wieder hinzubiegen, hat es aber wie immer geschafft«, sagte der Major voller Anerkennung. »Es gab nichts, was sie nicht konnte. Eine große Hexe war sie, eine wirklich große Hexe.«

Ich war nur selten zu Besuch bei Magda gewesen, weil sie hartnäckig versucht hatte, mir die Hexerei näherzubringen (und weil mir der Major damals schon auf den Wecker gegangen war). Dennoch wusste ich, dass Großmutter überaus talentiert gewesen war und unter ihresgleichen hohes Ansehen genossen hatte.

Adam entschuldigte sich und ging zur Toilette. Ich nutzte die kleine Unterbrechung und fragte Ma: »Hätte Großmutter es geschafft, Adam für immer lebendig zu machen?«

Ma verzog traurig das Gesicht. »Glaub mir, ich habe die letzten Tage so sehr darüber gegrübelt und mich genau das immer wieder gefragt. Aber selbst meine Mutter hätte Strom benutzen müssen. Und wir können Adam ja schlecht nur auf Verdacht einen elektrischen Schlag verpassen, der ihn genauso gut umbringen könnte.«

»Oh, bitte nicht«, sagte Adam, der beim Hereinkommen nur den letzten Satz gehört hatte.

»Quatsch«, ich winkte ab. »Wir haben nur darüber nachgedacht, wie wir dich am Leben erhalten können.«

»Am besten, indem ihr mich nicht mit einem Stromschlag tötet.«

»Das wäre ein Anfang.« Ma reichte dem Major unsere Teller und der machte sich an den Abwasch. Auch wenn es bei anderen Leuten eher unüblich war, einen Staubsauger als Geschirrspüler zu benutzen, musste der Major sich mit seinen Fähigkeiten wahrlich nicht verstecken. Er konnte in atemberaubender Geschwindigkeit das Geschirr blitzblank spülen, trocknete fix ab und räumte anschließend alles dorthin, wo es hingehörte.

»Ach, Major, du bist einfach unbezahlbar«, lobte meine Mutter, als der Major einen Teller in das Abwaschwasser tauchte.

»Seht es ein«, gab der Major blechern von sich, »ich bin unersetzlich.«

»Ich weiß nicht«, sagte Adam und fühlte mit dem Finger die Temperatur des Spülwassers. »Es könnte ein bisschen heißer sein. Findest du nicht?«

Ich konnte nicht sagen, ob Adam den Major absichtlich hatte provozieren wollen oder nur einen Glückstreffer gelandet hatte, zumindest war der alte Staubsauger außer sich. Noch nie hatte es jemand gewagt, ihm in Haushaltsfragen reinzuquatschen, und sogleich entflammte ein Streitgespräch, das auf beiden Seiten nicht ganz sachlich geführt wurde.

Zuerst versuchten Ma und ich noch zu schlichten, doch

es war absolut zwecklos und wir verzogen uns aus der Küche. Der Weg zum Wohnzimmer führte uns am Arbeitszimmer vorbei und Ma blieb gedankenverloren davor stehen. »Ich frage mich die ganze Zeit, ob ich etwas übersehen habe.«

Neugierig folgte ich ihr ins Arbeitszimmer. Sie nahm eine der »Backprinz«-Packungen, die den Unfall überlebt hatten, und begann, die Liste mit den Inhaltsstoffen zu studieren. Sie murmelte vor sich hin und ich nahm ihr die Packung ab.

»Okay. Das ist eine lange Liste«, sagte ich und überflog die vielen klein gedruckten Worte. Da war von Mehl, Stärke, Sojaproteinen, Zucker und Maltodextrinen die Rede. Davon hatte ich wenigstens schon mal gehört. Für den Rest wäre ein Lebensmittelchemiker zur Erläuterung erforderlich gewesen. Gesund war das Zeug sicher nicht.

»Jede einzelne Zutat könnte es gewesen sein. Oder eine ganz bestimmte Kombination von verschiedenen Inhaltsstoffen.« Ma wirkte resigniert. »Verhext noch mal, irgendetwas entgeht mir hier. Es kann doch einfach nicht sein, dass in meinem Haus etwas zum Leben erwacht und das nichts mit meiner Magie zu tun haben soll!«

»Das Persönlichkeitspulver«, erinnerte ich sie. Das war ganz eindeutig ihre Magie.

»Das Pulver allein kann es nicht gewesen sein. Außerdem sind Adam und der Major einfach zu verschieden. Irgendetwas in diesem verflixten Zeug …«

»Wie sollen wir das denn bloß herausfinden?« Enttäuscht wollte ich ihr die Packung reichen, als mein Blick auf etwas anderes fiel. Elektrisiert starrte ich auf die winzige Zahlenreihe auf der Unterseite. »Ma! Adam sieht genauso aus wie der Junge auf der Packung und Adam besteht aus den Zutaten, die auf der Packung angegeben sind.«

»Das weiß ich doch, mein Engel.« Ma tätschelte mir nachsichtig den Kopf, als hätte ich gerade den Zusammenhang zwischen dem Lichtschalter und der Deckenlampe kapiert.

Ungeduldig hielt ich ihr die Packung vor die Nase und tippte auf das Mindesthaltbarkeitsdatum. »Hier! Wenn alle Zutaten bis zu diesem Tag haltbar sind, dann ist auch Adam bis zu diesem Tag …« Ich brachte den Satz nicht zu Ende. Bisher hatte mich die ständige Ungewissheit fertiggemacht. (Manchmal hatte ich Adam regelrecht angestarrt und nach Anzeichen von Auflösung gesucht. Gestern Abend hatte ich einen Hauch von Mehl auf der Arbeitsplatte entdeckt und sofort eine Panikattacke erlitten. Wie sich herausgestellt hatte, stammte das Mehl von Mas nachmittäglicher Zaubertrankproduktion. Sie hatte mir trotzdem versprechen müssen, mich nie wieder so zu erschrecken.) Doch jetzt lag die

Endgültigkeit des Datums wie ein bitterer Geschmack auf meiner Zunge.

Ma griff nach der Packung und las mit vorgeschobenem Kinn das eingestanzte Datum. »Das ist gut. Das ist sehr gut«, sagte sie mit zusammengekniffenen Augen. »Wir sprechen hier von mehreren Monaten.«

»Mehrere Monate? So lange wird es Adam also noch geben?« Mein Herz machte einen Sprung. »Aber ... das Persönlichkeitspulver ...«

Spätestens nach drei Wochen war es so weit und der Major benötigte eine neue Portion Pulver. Was, wenn Adams Zutaten sich noch hielten, aber die Magie ihn verließ? Wenn er ohne das Pulver zu einer leeren Teighülle wurde? Eine Pizza Calzone ohne Füllung? Ein Kuchenzombie?

»Nein!« Ma dachte kurz nach und schüttelte dann mit Bestimmtheit den Kopf. »Den Major und Adam unterscheidet etwas sehr Wesentliches. Der Major ist ein Gegenstand und der Zauber hat ihn streng genommen nie zum Leben erweckt, sondern hält ihn nur am Laufen. Wohingegen Adam atmet und isst und sogar einen Bart bekommt.«

Meine Fingerspitzen begannen vor Aufregung zu kribbeln. »Du hast Recht. Wir müssen es ihm sofort sagen!«

Ich wollte aus dem Arbeitszimmer laufen, doch Ma hielt mich zurück. »Das ist keine gute Idee, mein Engel.«

»Aber Ma«, protestierte ich, »Adam muss wissen, dass er noch Zeit hat.«

»Wir müssen das für uns behalten, Feli. Was sollte Adam dieses Datum bringen?« Nun wedelte Ma mit der Packung vor meiner Nase herum. »Im schlimmsten Fall wäre es wie ein Countdown für ihn.« Sie ließ die Packung sinken und sah mich mit einem traurigen Lächeln an. »Wir alle haben ein solches Datum. Würdest du deines wissen wollen?«

Würde ich? Lena und ich hatten mal über einen interessanten Effekt gesprochen. Man freute sich immer wie wahnsinnig auf die Ferien und auf alles, was man dann endlich tun und vor allem nicht tun würde. Jedoch ärgerte man sich in der zweiten Hälfte der Ferien, dass die erste Hälfte schon rum war, und in den letzten Tagen fühlte man sich elend und dachte nur noch daran, dass man bald wieder zur Schule musste. Auf diese Weise verdarb man sich selbst die Zeit. Wenn sich das bei etwas so Banalem wie den Schulferien grässlich anfühlte, wie musste es dann erst sein, das eigene Ablaufdatum zu kennen?

Ich nickte langsam. »Dann bleibt es unser Geheimnis.«

»Versprochen?«

Ich blies meine Wangen auf. Auch wenn ich keine echte Hexe war, wusste ich, wie ernst Hexen ein Versprechen nahmen. Es war absolut bindend. »Versprochen.«

Ma öffnete den Mund, um noch etwas zu sagen, da

bemerkten wir Adam, der im Türrahmen lehnte. Seine Augen waren auf die Verpackung gerichtet, die ihn beziehungsweise jemanden, der aussah wie er, inmitten von Sprühsahnebuchstaben zeigte. Ich sah die Gänsehaut, die über seine Arme lief, während er das Bild betrachtete.

Wie zwei ertappte Taschendiebe versuchten Ma und ich, uns die Backprinz-Packung gegenseitig zuzuschieben, bis Ma sie beherzt in einen Karton warf und diesen gut verschloss.

»Was treibt ihr denn hier?«, fragte Adam belustigt.

Wenn man unter keinen Umständen Misstrauen erregen will, sollte man folgende Verhaltensweisen vermeiden: Plappern, nervöses Lachen und fluchtartiges Auseinanderlaufen. Nun, Ma und ich verstießen gegen jede Einzelne dieser Regeln und liefen plappernd und nervös lachend an einem verwirrt dreinblickenden Adam vorbei aus dem Arbeitszimmer.

Wann war ich eigentlich das letzte Mal ins Bett gegangen und gleich eingeschlafen? Ich konnte mich nicht daran erinnern. Heute war so viel passiert und ich musste mit so vielen neuen Informationen fertigwerden. Um Ordnung in meine Gedanken zu bringen, legte ich sie auf einem Schreibtisch ab, der nur in meinem Kopf existierte. Der Tisch war übersät mit Schriftstücken und der Stapel »Unerledigt« türmte sich bis in den Himmel. Außerdem wühlten sich immer wieder Kathinka und Sarah durch die Papierschichten und schrien: »Ihr habt die Jungs verhext.«

Sie hatten ja keinen Schimmer. Keinen Schimmer, wie nah sie der Wahrheit gekommen waren. Zumindest, was Adam betraf.

Leif war da eine ganz andere Geschichte. Es machte mich wütend, dass Kathinka und Sarah mit ihrer blöden Bemerkung meine eigenen Zweifel befeuert hatten. Aber auf einmal kam es mir selbst total unwahrscheinlich vor, dass ein cooler Junge aus der Zehnten ausgerechnet an mir interessiert sein sollte. Allein an unserer Schule gab es so viele andere Mädchen, die viel hübscher und interessanter waren als ich. Ich dachte an die Rucksackbesitzerin von heute Mittag, die Leif ziemlich eindeutig angeflirtet hatte. Waren sie nach der Schule noch zusammen ins Emily's gegangen? Bei dem Gedanken verwandelten sich die Schmetterlinge in meinem Bauch in einen wütenden Wespenschwarm.

Entschlossen schob ich Leif, Kathinka und Sarah zurück auf den »Unerledigt«-Stapel. Schließlich gab es da noch ein anderes drängendes Thema: Adam. Beim Gedanken daran, dass er mehr als nur ein paar Tage hatte, seufzte ich erleichtert. Ma hatte von einigen Monaten gesprochen. Soviel ich wusste, konnte ein Mindesthaltbarkeitsdatum einen Zeitraum von bis zu zwei Jahren umfassen.

Das war ziemlich viel, oder? Im Übrigen war das Mindesthaltbarkeitsdatum kein Verfallsdatum und somit nicht in Stein gemeißelt. Wenn Adam sich gesund ernährte, Sport trieb und schwere Unfälle vermied, hatte er noch Zeit. Genug Zeit für Ma, nach einem Weg zu suchen, um Adam haltbar zu machen. *Um Adams Leben zu verlängern*, verbesserte ich mich selbst.

Und noch etwas anderes hatte sich nun verändert. Adams Lebenserwartung war rapide in die Höhe geschnellt und mein Plan, jede Minute mit ihm zu nutzen, war somit überflüssig geworden. Ich konnte mich nun auch wieder auf andere Dinge konzentrieren. Wie zum Beispiel Leif. Mist, der wollte einfach nicht auf seinem Stapel bleiben.

Wieso hatte er sich immer noch nicht bei mir gemeldet? Hatte das etwas mit dem Rucksackmädchen zu tun?

Ich warf mich herum. Andererseits war sie nicht erst seit gestern in seiner Klasse. Wenn er sie gut fand, hätte er bestimmt schon längst etwas unternommen. Oder?

Warum hatte ich mir bloß nicht von Leif auch seine Nummer geben lassen? Verärgert kaute ich auf meiner Unterlippe herum. Wenigstens, und mit diesem Trost kuschelte ich mich in mein Kissen, hatte ich ihm auf diese Weise noch keine Eifersuchts-Nachricht schicken können, die ich jetzt garantiert bereuen müsste.

Elf

Auf dem Weg zur Schule wirkte Adam in sich gekehrt. Schon beim Frühstück hatte er kaum gesprochen und selbst den Major ignoriert, der sich nun wirklich alle Mühe gegeben hatte, ihm die Schmach mit dem Abwasch vom Vorabend heimzuzahlen.

»Stimmt etwas nicht?« Ich blieb stehen. Adam machte noch zwei Schritte, dann drehte er sich zu mir um. Er fuhr sich mit den Händen von hinten über den Kopf und brachte damit seine Haare dazu, wie ein Hahnenkamm zu stehen. Hätte ich Haarspray dabeigehabt, hätte ich eine ganze Flasche versprüht, um dieses Meisterwerk der Frisierkunst zu konservieren. Fasziniert trat ich auf Adam zu und wollte nach seinen Haaren greifen, doch er umfasste mein Handgelenk und hielt es fest. Erst jetzt fiel mir auf, dass seine Augen leicht gerötet waren.

»Feli«, sagte er ernst. »Kann ich dich was fragen? Und du gibst mir eine ehrliche Antwort?«

»Natürlich.«

»Über was hast du mit deiner Mutter gesprochen? Gestern, im Arbeitszimmer?«

Ich starrte ihn überrumpelt an. »Über … über nichts Besonderes.«

»Ihr habt von einem Geheimnis gesprochen.«

»Ein Geheimnis ist ein Geheimnis«, erklärte ich und schüttelte energisch seine Hand ab, »weil es geheim ist.« Da war das Plappern.

»Du hast gesagt, du antwortest ehrlich. Wie kannst du dann ein Geheimnis vor mir haben?«

»Unsinn! Man ist doch nicht unehrlich, nur weil man nicht alles erzählt.« Das nervöse Lachen setzt ein.

»Aber es ging dabei um mich.«

»Wie kommst du denn darauf?« Jetzt kam die Flucht. Ich ließ Adam stehen und wollte weiterlaufen.

Adam dachte jedoch gar nicht daran, so leicht aufzugeben, und verstellte mir den Weg. »Ihr habt etwas herausgefunden. Etwas, das mit der Backmischung zu tun hat.«

»Und?« Noch hatte ich den Bereich der Ehrlichkeit nicht verlassen.

»Und wenn es um die Backmischung geht, geht es um mich.« Adams Stimme hatte nun einen vorwurfsvollen Ton angenommen.

»Nicht alles dreht sich nur um dich, Adam.« Tja. Das war nicht gelogen. Trotzdem fühlte ich mich sehr unwohl und konnte seinem Blick nicht standhalten. »Ich würde nie etwas tun, das dich verletzen könnte.«

Adam seufzte und nahm mich in den Arm. Ich fühlte seinen warmen, festen Körper, seinen Atem auf meiner Haut.

»Das weiß ich doch, Feli.« Er schob mich ein Stück von sich, hob mit seinem Finger mein Kinn an und sah mir tief in die Augen. »Du bist der wichtigste Mensch in meinem Leben. Deshalb vertraue ich dir.«

Eine Menge widersprüchlicher Gefühle prasselte auf mich ein. Um nicht doch noch einzuknicken, drehte ich mich weg und sagte leise: »Das kannst du.«

»Dann hilf mir herauszufinden, warum es mich gibt.«

Dieser Wunsch war absolut verständlich. Und es würde nicht gehen das Versprechen verstoßen, das ich Ma gegeben hatte, wenn ich Adam ein bisschen unter die Arme griff. »Du bist in guter Gesellschaft. Diese Frage hat schon zu allen Zeiten Philosophen beschäftigt.« Von denen war zwar niemand ein Kuchen gewesen, soviel ich wusste, aber ich schenkte es mir, das laut zu sagen.

»Darüber muss ich unbedingt alles in Erfahrung bringen.« Adam wirkte entschlossen und wie elektrisiert. Aber, fiel mir auf, dieser Tatendrangschub äußerte sich ganz anders als noch vor ein paar Tagen. Adam war ruhig und bestimmt und irgendwie … erwachsener.

»Hast du eine Ahnung, wie viel darüber nachgedacht und geschrieben wurde?«, wandte ich ein.

»Nein«, gab Adam ehrlich zu, ohne sich durch meine Äußerung verunsichern zu lassen. »Aber ich werde alles darüber lesen.«

Obwohl ich nicht davon ausging, dass Adam eine befriedigende Antwort finden würde, erklärte ich mich bereit, ihm zu helfen.

Internet gab es bei uns zu Hause nicht, weil der Empfang durch den Major empfindlich gestört wurde (bei unseren Nachbarn übrigens auch, aber die schoben das glücklicherweise auf die unfähige Telefongesellschaft und starteten etwa alle drei Monate eine Unterschriftenaktion für den Ausbau der Leitungen). Bei Lena würden uns entweder ihr kleiner Bruder oder Leon bei der Recherche stören, wahrscheinlich sogar beide. Blieb also nur eine Möglichkeit. »Wir könnten in der Leihbücherei anfangen. Weißt du, was das ist?«

»Lass mich raten: Dort kann man Bücher ausleihen?«

»Naja, nicht einfach so. Man muss einen Ausweis beantragen.« Ich wollte gerade vorschlagen, dass Adam das übernehmen konnte, während ich in der Schule war. Doch dann fiel mir ein, dass er über keinerlei Papiere verfügte, die ihn zum Beantragen von irgendwas berechtigten. Zum Glück hatte ich einen Büchereiausweis. »Da können wir nach der Schule hingehen.«

»Super.« Adam grinste mich an und ich war mir sicher, dass meine Körpertemperatur dabei um mindestens ein halbes Grad anstieg. Er bemerkte nicht, dass ich schnell woanders hinguckte, und sagte: »Danke, Feli. Das bedeutet mir sehr viel.«

»Jaja«, nuschelte ich über meine Gewissensbisse hinweg. Das war ja, als würde ich Adam bei der Suche nach einem Puzzlestück helfen, das ich selbst in der Tasche hatte. Quatsch!, ermahnte ich mich selbst. Dieses Puzzlestück würde ihm rein gar nichts bringen. Adam blickte mich fragend an und ich winkte ab. »Ich habe nur über den Ferieneffekt nachgedacht.«

Vor Lenas Haus stand Leon mit seinem Mountainbike. Innerlich tat ich einen Wutschrei; ich wollte so gern mit Lena über alles sprechen, und Leon war dabei ungefähr genauso nützlich wie ein Markus van Feldern beim Familienabend.

»Hi«, grüßte Leon. Adam gab ihm die Hand und erkundigte sich neugierig nach dem Fahrrad. Leon kam natürlich nicht auf die Idee, dass Adam noch nie ein Fahrrad aus der Nähe gesehen hatte, und erläuterte ihm die technischen Vorzüge seines hochwertigen Markenrades. Er bot sogar an, Adam eine Runde fahren zu lassen.

»Du bist schon ewig nicht mehr gefahren, Adam«, mahnte ich.

Doch Leon schüttelte den Kopf. »Na und? Fahrradfahren verlernt man nicht.«

Ahnungslos überließ er Adam das Rad, der sich sofort auf den Sattel schwang. Schlingernd fuhr er die Straße hinunter und musste sich immer wieder mit den Füßen abstützen. Ich hörte Leon murmeln: »… es sei denn, man war schon früher ein miserabler Fahrradfahrer.«

Adam verfügte offenbar über einen ausgezeichneten Gleichgewichtssinn und meisterte das Fahren schnell; als Lena endlich aus dem Haus kam, hatte er bereits Tour-de-France-Niveau erreicht und schoss freihändig die Straße hoch und runter.

Lena begrüßte erst Leon mit einem schüchternen Kuss auf die Wange, dann wandte sie sich an mich. »Wie war der Familienabend?«

»Klasse. Wir haben einiges herausgefunden«, sagte ich möglichst geheimnisvoll, um Lenas Interesse zu wecken. »Das erzähle ich dir nachher.«

»Aber nicht nach der Schule«, mischte sich Leon ein. »Da wollen wir im Emily's was trinken.«

Na toll. Musste ich jetzt Leon fragen, wenn ich einen Termin bei Lena wollte? Geknickt sagte ich: »Oh. Ist auch nicht so wichtig.«

»Ihr könnt ja mitkommen«, schlug Lena vor.

Mit einem Blick auf Leons nach unten gezogene Mundwinkel antwortete ich schnell: »Ach, nee. Geht ihr mal lieber allein.«

Wir liefen hinter Adam her, der gar nicht daran dachte, das Mountainbike wieder rauszurücken. Er traute sich bereits Zickzackmanöver auf nur einem Rad zu und sprang vom Bordstein, als hätte er nie etwas anderes getan. Leon beobachtete ihn mit zusammengezogenen Augenbrauen und ich ging jede Wette ein, dass er das später selbst ausprobieren würde.

Der Freitag begann mit einer Doppelstunde Physik. Unser Lehrer war ein großer Fan der Learning-by-Doing-Methode und so saßen wir vor Versuchsaufbauten, die wie kleine Wippen vom Kinderspielplatz aussahen und uns das Hebelgesetz näherbringen sollten. Tatsächlich verstand ich zum ersten Mal, was es mit der Hebelwirkung auf sich hatte. Bevor meine neu entdeckte Faszination für physikalische Gesetze jedoch in wahre Leidenschaft ausufern konnte, zerstörte Leon kichernd meinen Aufbau.

Lena war ganz begeistert davon, mit ihrer besten Freundin und ihrem Freund (ja, jetzt war es offiziell!) eine Arbeitsgruppe zu bilden. Für mich hieß das allerdings, alles allein zu machen und das Herumgeturtel der beiden schweigend ertragen zu müssen. Wenn es einen Rekord für entnervtes Augenrollen gab, so hatte ich ihn bestimmt schon locker gebrochen.

Das Läuten erlöste mich keine Sekunde zu früh und ich eilte verärgert aus dem Physikraum. Sollten doch Lena und Leon unseren Versuch abbauen, dann konnten sie wenigstens einmal einen Blick darauf werfen.

Ich floh rasch über den Gang. Auf keinen Fall wollte ich jetzt Kathinka oder Sarah in die Arme laufen. Zügig bog ich um die nächste Ecke und prallte gegen einen breiten Oberkörper.

»Feli.« Leif grinste und hielt meinen Rucksack davon ab, mir von der Schulter zu rutschen. »Ich war gerade auf dem Weg zu dir.«

Ich blickte überrascht zu ihm auf. Seine dunkelblonden Haare waren verwuschelt und ich fragte mich unwillkürlich, ob das Rucksackmädchen dafür verantwortlich war. Meine Güte, ich musste mich echt mal in den Griff bekommen.

»Ich hatte Physik«, klärte ich ihn geistreich auf.

»Ich weiß.«

Er wusste das? Ein Kribbeln breitete sich in meinem Magen aus. Leif machte es noch schlimmer, indem er sich mit dem Arm an der Wand abstützte und sich leicht zu mir hinunterbeugte. »Eigentlich wollte ich dich nur fragen, was du nachher machst.«

Während ich noch an meiner Antwort feilte, damit sie aus mehr als dem Wörtchen »Äh« bestand, schwebten Sarah und Kathinka den Flur entlang auf uns zu. Sarah mochte eine gute Schauspielerin sein, aber sie gab eine fürchterlich miese Spionin ab. Sie kniete sich neben uns hin und band den Schnürsenkel ihrer Ballerinas ohne Schnürsenkel.

»Hey«, rief Leif Kathinka hinterher, die so tat, als hätte sie uns nicht gesehen. »Kannst du dein Hündchen bitte anleinen?«

»Sehr witzig«, zischte Sarah und richtete sich auf. Sie strich sich eine Strähne hinters Ohr und zeigte nicht die winzigste Spur von Verlegenheit. »Du solltest dich lieber nicht mit Felicitas abgeben, Leif. Sie hat sonst womöglich einen schlechten Einfluss auf dich.«

»Ach, tatsächlich?«, fragte Leif und lächelte mich an.

»Allerdings.« Sarah spitzte die Lippen, was sie noch ein bisschen überheblicher aussehen ließ. »Überleg doch mal: Hättest du vor zwei Wochen überhaupt gewusst, wer Feli ist? Oder ist sie dir erst nach dem letzten Wochenende aufgefallen? Als du ganz plötzlich das Interesse an Kat verloren hast?«

Leif runzelte die Stirn und auch ich war verwirrt. Worauf wollte Sarah hinaus?

»Ich hab doch Recht, oder?« Sarah lächelte siegessicher. Mir fiel auf, dass sie meinem Blick auswich und sich ganz auf Leif konzentrierte. »Seit diesem Wochenende ist Adam auf einmal da und weicht nicht von Felis Seite, Leon läuft Lena hinterher und, wie ich herausgefunden habe, hat auch Felis Mutter ganz plötzlich häufiger Herrenbesuch.«

Mir fiel alles aus dem Gesicht. Die Zurückweisung durch Leon schien Sarah doch heftiger getroffen zu haben, als ich angenommen hatte. Ganz offensichtlich hatte sie ein krankes Interesse an mir, meiner Familie und meinen Freunden entwickelt. Sie wusste sogar von van Schleimi! Ließ sie unser Haus etwa beschatten? Ich musste den Major in Zukunft davon abhalten, die Nachbarskatze durchs Küchenfenster zu beobachten. Nicht auszumalen, wenn Sarahs Privatdetektiv Fotos von ihm schoss.

Ich riss mich sehr zusammen, um nicht schrill zu keifen. »Spionierst du etwa meiner Mutter nach?«

»Man hört so einiges«, gab Sarah zurück.

»Richtig. Und ich höre gerade den größten Mist aller Zeiten. Du hast doch echt einen Knall.«

Doch Sarah war noch nicht fertig. Sie fasste in einer vertraulichen Geste nach Leifs Arm. »Kapierst du nicht? Feli will sich an uns rächen, weil Kat sie nicht auf die Party eingeladen hat. Deswegen hat sie euch Jungs«, sie senkte dramatisch die Stimme, »verhext.«

Ich hatte ihren Ausführungen bisher eher fassungslos gelauscht, doch jetzt glaubte ich, von einer dicken Eisschicht umgeben zu sein. Ich konnte mich nicht rühren und bekam nicht mal richtig Luft. Leifs Gesicht wurde hart, doch er fing sich schnell und sagte laut: »Und,

Kathinka, bring das Hündchen zum Tierarzt. Ihr solltet dringend Fieber messen lassen.«

Er wartete nicht, bis Kathinka sich eine Antwort überlegt hatte, nahm meine Hand und zog mich hinter sich her zum Ausgang. Wir kamen an zwei seiner Kumpels vorbei, die Leif im Vorbeigehen boxten und »Nicht schlecht, Mann!« riefen, das »Mann« mit drei A ausgesprochen. Er steckte die Hiebe wortlos ein.

Von mir aus hätten wir noch ewig so weiterlaufen können, nur weg von Sarah und ihren verrückten Anschuldigungen, die leider, zumindest in einer Hinsicht, genau ins Schwarze trafen. Ich verdrängte Sarah aus meinen Gedanken und genoss Leifs Duft in meiner Nase, seine breiten Schultern vor meinen Augen, seine Stimme, wenn er »Können wir mal durch, bitte?« sagte und unabhängig davon, ob wir es konnten oder nicht, einfach mit mir weiterlief.

Wir verzogen uns auf den kleinen Schulhof und mischten uns unter die Fünftklässler. Sein Blick wanderte über mein Gesicht, bis er auf meinem Mund liegen blieb. In seinen Augen war etwas, das ich nicht deuten konnte. Ich wünschte, ich hätte vorher einen kleinen Spiegelcheck gemacht und drehte mich verunsichert weg.

»Feli, bist du sauer auf mich, oder so?«

»Ich? Nö. Warum das denn?« Weil du mir immer noch keine Nachricht geschickt hast? Weil du mit einem anderen Mädchen Kaffeetrinken gehst? Weil du Sarah dazu bringst, die Scheiterhaufen anzuzünden? Ich winkte ab. »Quatsch.«

»Gut.« Leif klang erleichtert. »Ich dachte nur, weil du gestern so abgehauen bist.«

»Gestern?« Ich tat, als müsste ich scharf nachdenken.

»Ja, nach der achten ...« Leif unterbrach sich und drehte mich an den Schultern wieder zu sich. »Ich wollte dich gestern schon fragen, ob du noch einmal mit mir ins Emily's gehst. Ein zweiter Versuch, sozusagen.«

Ich schluckte eine spitze Bemerkung über seine gestrige Verabredung hinunter und sagte kühl: »Da hätte ich sowieso nicht gekonnt. Familienabend.«

Leif senkte den Blick. »Mit Adam?«

»Natürlich.«

»Und heute? Ist da wieder Familienabend?«

Ich fragte mich, ob Leif das letzte Wort absichtlich so gelangweilt ausgesprochen hatte. »Nein.«

»Dann hast du Zeit für mich?«

»Eigentlich ...« Eigentlich wollte ich in der Bücherei nach einem philosophischen Denkansatz suchen, der das Vorhandensein eines lebenden Kuchens erklärte. Das klang aber selbst in meinem Kopf so bescheuert, dass ich es auf keinen Fall laut aussprechen konnte.

Leifs Hände lagen noch immer auf meinen Schultern und er ließ mich nicht aus den Augen. Die Härchen auf meinen Armen stellten sich auf und meine Beine, die sich nicht entscheiden konnten, ob sie einen Schritt vor oder zurück machen wollten, wurden weich.

»Also sehen wir uns um drei?«

Mein Kopf nickte von allein.

Mit einem herablassenden Augenrollen ließ ich die jubelnden Fünftklässler an mir vorbeistürmen. Jeden Freitag nach Schulschluss führten die sich auf, als ob sie auf unbestimmte Zeit von der Schulpflicht befreit worden wären. Selbstverständlich freute ich mich auch auf das Wochenende, besonders, da ich eine Verabredung mit Leif hatte, jedoch tat ich es insgeheim und voller Würde.

Lena war in ihrem Leonversum verschollen und ich verließ ohne sie das Schulgelände. Ich sah mich nach Adam um und entdeckte ihn. Er war in ein Gespräch mit Kathinka und Sarah vertieft. Diese Schlangen ließen doch wirklich keine Gelegenheit aus, um für Unfrieden zu sorgen. Gaben sie Adam jetzt auch den gut gemeinten Hinweis, sich von mir fernzuhalten, da ich eine Hexe sei?

Mich überlief ein eiskalter Schauer, als mir klar wurde, dass Adam mit seiner Wahrheitsliebe eventuell etwas erzählen könnte, das Ma und mich verdächtig machen würde. Schließlich antwortete er auf Fragen immer sehr ehrlich, und Kathinka Bergmanns Verhörmethoden waren legendär – eine schlechte Kombination.

Meine Spionagefähigkeiten waren viel ausgereifter als Sarahs und so gelang es mir, mich der Gruppe unbemerkt zu nähern und eine Weile zu lauschen.

»… und macht es dir nichts aus, dass Feli sich Leif an den Hals wirft?«, fragte Kathinka gerade.

»An den Hals?«, wunderte sich Adam, der zu meinem Entzücken immer noch alles wortwörtlich auffasste.

»Sie macht ihm schöne Augen«, erklärte Sarah ungeduldig.

»Sie hat schöne Augen«, stellte Adam klar.

»Bist du denn kein bisschen eifersüchtig?«, bohrte Kathinka weiter.

Und Sarah fügte hinzu: »Sie betrügt dich, Adam.«

»So würde ich es nicht nennen.« Ich gab meine Deckung auf und gesellte mich zu ihnen. Kathinka und Sarah verschränkten gleichzeitig die Arme vor der Brust, Adam lächelte mich an. »Adam und ich haben uns getrennt und sind nun gute Freunde.«

Sarah verzog den Mund, als hätte sie in eine Zitrone gebissen. »Klar. Und in welchem Kino läuft der Film?«

»Das Leben ist doch kein Film, Sarah«, gab Adam zu bedenken, obwohl er dabei etwas ernüchtert dreinblickte. Ich für meinen Teil hatte jedenfalls genug von dieser Unterhaltung und zog ihn mit mir.

Ich spürte Kathinkas und Sarahs Blicke im Rücken, drehte mich aber nicht um, bis wir an der Ecke abbogen.

Sollten sie doch Gift und Galle spucken, Adam konnten sie jedenfalls nicht dazu bringen, sich von mir abzuwenden. Davon war ich zumindest überzeugt, bis er auf unser Vorhaben zu sprechen kam.

»Sollen wir erst zu Hause was essen oder wollen wir gleich Bücher ausleihen?«

»Ähm. Adam, ich …«, stammelte ich vor mich hin. Ich fühlte mich total mies, doch dann rief ich mir ins Gedächtnis, dass Adam lang genug leben würde, um alle Büchereien im Umkreis von hundert Kilometern zu besuchen. »Würde es dir etwas ausmachen, das auf morgen zu verschieben?«

Adam blieb stehen. Er war etwas blass geworden und wirkte niedergeschlagen. »Stimmt es, was Kat und Sarah sagen?«

»Dass ich mich Leif an den Hals werfe?« Mein Lachen endete abrupt, als Adam mich scharf von der Seite ansah.

Er beschleunigte seine Schritte und mir fiel auf, dass er die Hände zu Fäusten geballt hatte. »Bist du in Leif verliebt, Feli?«

»In … in Leif?«, stotterte ich und versuchte, mit Adam Schritt zu halten. Ich hatte mit Lena sprechen wollen, weil ich mir selbst nicht darüber im Klaren war. Leif gefiel mir unglaublich gut, er war clever, gab immer die richtigen Antworten und sah obendrein richtig gut aus. Wenn ich in seiner Nähe war, konnte ich meist nicht klar denken und dennoch wollte ich nirgendwo anders sein.

Okay. Jetzt ergab mein merkwürdiges Verhalten endlich einen Sinn. Ich war verliebt.

Adam blieb abermals stehen und drehte sich ruckartig zu mir um. Er verschränkte die Arme vor der Brust, wobei er Sarahs und Kathinkas Pose perfekt imitierte, und blickte mir direkt in die Augen. »Und … und wenn du mich auf andere Weise kennengelernt hättest, hättest du dich dann auch in mich verlieben können?«

Ui. Ich dachte an die ersten Stunden zurück, die Adam bei uns verbracht hatte. Es wäre gelogen, wenn ich behauptete, seine Anwesenheit hätte mich kaltgelassen. Er war (im wahrsten Sinne des Wortes) der fleischgewordene Traum aller Teeniemädchen. Mein Herz machte immer einen kleinen Satz, wenn er mich mit seinem Wahnsinnslächeln ansah, und wenn er seinen Arm um mich legte, fühlte ich mich zufrieden und sicher. Ich genoss seine Gegenwart und liebte es, mich mit ihm über alles Mögliche zu unterhalten. Wüsste ich nicht, dass er das Produkt eines unvorstellbaren magischen Zufalls war … Aber ich wusste es nun einmal.

Meine Antwort auf seine Frage war ein entschuldigendes Schnaufen.

Adam holte tief Luft und betrachtete seine Schuhe. Für seine nächste Frage musste er zweimal Anlauf nehmen. »Versprichst du, morgen mit mir Bücher auszuleihen?«

Ich ergriff Adams Hand, und nachdem ich ihm einen kleinen Stups verpasst hatte, schlenderten wir nebeneinander her. »Morgen ist Samstag, da können wir uns gar nicht früh genug von zu Hause verkrümeln.«

»Wieso?«

»Ach«, sagte ich belustigt, »das ist ja dein erster Samstag bei uns.«

Ich war froh, dass wir das Thema gewechselt hatten, und berichtete Adam auf dem Weg nach Hause von den Putzsamstagen, die der Major bei uns eingeführt hatte. »Und wenn du nicht Gefahr laufen willst, selbst von oben bis unten gewischmoppt zu werden, solltest du dem Major an Putzsamstagen besser aus dem Weg gehen.«

Das war mir nämlich einmal passiert, und der Major hatte sich damit rausreden wollen, ich hätte so angestaubt gewirkt. Lächerlich!

Zwölf

Adam wollte vom Major wissen, ob er sich schon einmal gefragt hatte, warum es ihn gab. (Viel spannender fand ich die Frage, warum es ihn ausgerechnet bei *uns* gab.) Zwischen den beiden entflammte sofort eine angeregte Diskussion. Der alte Staubsauger war ganz begeistert darüber, Adam mit den Denkansätzen des griechischen Philosophen Sokrates vertraut machen zu können.

Ich hatte mich in aller Ruhe frisch gemacht, verabschiedete mich von den beiden, die ungewohnt friedlich ins Gespräch vertieft in der Küche hockten, und ging zum Emily's. Diesmal sah ich Leif schon von Weitem. Er stand vor dem Eingang und tippte etwas in sein Smartphone.

Okay, ich musste ihn doch noch einmal fragen, ob er meine Nummer richtig abgespeichert hatte; anderen Leuten schien er ja durchaus Nachrichten zu schicken.

Allerdings, und das beruhigte mich ein wenig, sah er ziemlich genervt aus, während er das Handy wegsteckte.

Als er mich entdeckte, lächelte er aber schon wieder. Er gab mir ein Zeichen, stehen zu bleiben, und lief über die Straße auf mich zu.

»Hi«, sagte er, als er bei mir angekommen war. Er grinste verlegen und deutete hinter sich. »Ziemlich voll da drin. Deine Freundin ist auch da.«

Ich sah an ihm vorbei zu Leons Mountainbike und erinnerte mich an dessen enttäuschten Blick, als Lena mir vorgeschlagen hatte, ebenfalls ins Emily's zu kommen. Leon wollte Lena für sich allein haben und das konnte ich ihm nicht mal verdenken. Mit einem Schulterzucken fragte ich: »Wollen wir woandershin?«

Leif nickte und wir gingen nebeneinander her die Straße hinunter. Im Plauderton fragte er: »Wo ist Adam?«

»Zu Hause«, sagte ich.

»Ah.« Leif bemühte sich um einen gelassenen Gesichtsausdruck, doch der wollte ihm nicht recht gelingen. »Wie lange wohnt er eigentlich noch bei euch?«

»Oh. Erst sollten es nur ein paar Tage sein, aber so, wie es jetzt aussieht, wird er noch eine ganze Weile bleiben.« Ich strahlte Leif an, der natürlich keine Ahnung hatte, was daran so fantastisch war. Er nickte schließlich und sagte nichts weiter dazu. Sein Handy piepte und er blieb stehen, um eine Nachricht einzutippen.

So langsam machte ich mir ernsthaft Sorgen, weil er mir noch keine einzige geschrieben hatte; offenbar konnte er nicht mal zehn Minuten darauf verzichten, eine Nachricht zu verschicken.

Ich ging langsam weiter und kurz darauf holte Leif mich ein.

Wir liefen an unserer Schule vorbei in den Park und spazierten zwischen den gepflegten Grünflächen umher, bis wir an einer Bank Halt machten und uns hinsetzten. Leif streckte die Beine aus und berührte mein Knie leicht mit seinem.

Ich atmete tief ein. Das Licht der Nachmittagssonne betupfte alles mit einem goldenen Schimmer. Wieso hatte ich eigentlich noch nie bemerkt, wie wunderschön es in diesem Park war? Die Vögel sangen und der Duft von frisch gemähtem Gras wurde mir von einer lauen Brise in die Nase geweht. Es war traumhaft und ich hätte noch ewig mit Leif auf dieser Bank sitzen können.

Wir plauderten über Dinge, die wir mochten. Ich erfuhr, dass Leif ein Computerfreak und ein großer Fan von Videospielen war, sich sehnlichst einen Hund wünschte (schade, hätte er sich einen Staubsauger gewünscht, hätte ich aushelfen können) und zum Frühstück unter keinen Umständen auf Erdbeermarmelade verzichten wollte.

Dann sprachen wir über die Schule und Leif erzählte, dass Mathe sein Lieblingsfach sei. Ich machte mit einem verhaltenen Würgegeräusch deutlich, dass ich das ganz anders sah.

»Das kann am Lehrer liegen«, überlegte Leif. »Wenn der den Stoff nicht richtig rüberbringt, dann macht es einfach nicht klick.«

»Klick macht es bei mir nur, wenn ich nach der Stunde den Verschluss am Rucksack zumache.«

Leif lachte. »Wir können ja mal zusammen üben.«

»Klasse!« Auf gar keinen Fall! Das fehlte mir noch, mich vor Leif als Dorftrottel zu outen. »Ich bin ganz gut in Geschichte. Und ich liebe Biologie.«

»Biologie?« Leif wiederholte das Wort, als hätte er es zum ersten Mal gehört. Ha, er hatte also auch eine Schwachstelle.

Zufrieden setzte ich noch einen obendrauf: »Und mein Deutschlehrer meint, ich sei die geborene Schriftstellerin.«

»Ist das so?« Leif grinste.

Das war tatsächlich so und hing höchstwahrscheinlich damit zusammen, dass ich schon früh gelernt hatte, für alle mysteriösen Vorkommnisse in meiner Familie wortreiche Erklärungen zu finden. Sollte ich wirklich mal ein Buch schreiben, müsste ich es dem Major widmen. Das war ich ihm schuldig.

Leifs Grinsen wurde zu einem Lächeln, das mir die Beine weggezogen hätte, wenn ich nicht schon gesessen hätte. Er legte seine Hand ganz sacht auf meine. »Weißt du … ich find's gut, dass du anders bist, Feli.«

»Ich bin anders?« Unwillkürlich zog ich meine Hand

unter seiner hervor. Natürlich war ich anders, aber bis eben hatte ich gedacht, es vor Leif gut verborgen zu haben. »Wie meinst du das?«

»Du bist nicht so …« Leif dachte einen Moment lang nach, bevor er weitersprach. »Du bist nicht so auf Äußerlichkeiten fixiert.«

Ah! Erleichterung machte sich in mir breit und ich grinste, bis mir auffiel, dass man seine Worte auch wunderbar als Beleidigung auffassen konnte. »Ey! Ich habe drei verschiedene T-Shirts anprobiert, bevor ich das Haus verlassen habe.«

»Das meine ich nicht. Du siehst immer toll aus.« Er machte eine Pause, in der mir das Kompliment so richtig schön zu Kopf steigen konnte. »Du bist nicht so oberflächlich. Nimm Kat, zum Beispiel.«

»Nimm du sie«, wehrte ich ab.

Leif lachte. »Sie ist wie ein verwöhntes Kind, das glaubt, alle müssten tun, was es will.«

»Das liegt daran, dass immer alle tun, was sie will.«

»Ja, aber du nicht. Und das gefällt mir so an dir.« Leif sah mir tief in die Augen. Er hatte sich meine Hand wieder genommen und seine Finger mit meinen verschränkt. Er hatte schöne, kräftige Hände.

Ich sah ihn an und mir schossen tausend Dinge durch den Kopf, von denen ich nicht eines greifen konnte. Das Einzige, was mir noch wichtig vorkam, war Leif, und ich spürte, wie sich mein Gesicht seinem entgegenneigte. Auch er kam immer näher, beinah berührten sich unsere Lippen, ich schloss die Augen … da ließ das Piepen seines Handys uns zusammenfahren.

Leif zog sich ruckartig zurück und holte sein Handy hervor. Ernüchtert warf ich einen Blick auf das Display und erkannte den Absender. Muncle hatte ein echt gutes Gespür für echt schlechtes Timing.

Wer war das denn bloß? Eine Freundin? Besonders weiblich klang Muncle ja nicht. Jemand aus seiner Klasse? Aber in der Schule wurde niemand so genannt, zumindest hatte ich den Namen bisher noch nicht aufgeschnappt.

Leif stand auf und ging ein Stück weg, bevor er die Nachricht las. Wie schon vorm Emily's wirkte er aufgebracht. Er schrieb keine Antwort, sondern starrte das Handy einfach nur an. Einen Moment lang wirkte er fast so, als wolle er es von sich werfen.

»Schlechte Nachrichten?«, erkundigte ich mich vorsichtig.

Leif drehte sich zu mir um. »Feli, ich muss weg. Schlimm, wenn ich dich nicht nach Hause bringe?«

»Quatsch.« Ich erhob mich und wies mit dem Kinn auf die Schule. »Ich gehe den Weg jeden Tag. Ich finde schon allein zurück.«

»Gut.« Leif war mit zwei Schritten bei mir, nahm mich in seine Arme und sagte leise: »Ich meld mich morgen, okay?«

Er gab mir einen sanften Kuss auf die Wange, drehte sich um und ging davon. Ich sah ihm nach und legte meine Hand auf die Stelle, die er mit seinen Lippen berührt hatte.

Außer Bonbon-Tim im Kindergarten hatte mich noch nie ein Junge geküsst, und dessen Küsse hatte ich mir immer sofort vom Gesicht geschrubbt. (Bonbon-Tim hatte eigentlich immer etwas Süßes im Mund gehabt und ständig war ihm klebrige Spucke über das Kinn gelaufen. Leider hatte Bonbon-Tim mich gemocht und mir immer, wenn ich nicht aufpasste, einen Kuss aufgedrückt. Das war immer so richtig eklig gewesen, und als wir damals weggezogen sind, habe ich vor Glück geweint.)

Diesen Kuss jedoch wollte ich am liebsten nie wieder abwaschen. Er ging mir unter die Haut. Mir wurde ganz warm und gleichzeitig hatte ich eine Gänsehaut auf den Armen.

Leif war schon lange verschwunden, da stand ich noch immer mit der Hand an der Wange vor der Bank.

Das durch Leifs Kuss verursachte Hochgefühl hielt bis zur Haustür an. Kaum hatte ich die jedoch aufgeschlossen, rollte mir auch schon der Major entgegen. »Felicitas. Endlich!«

»Ich bin nicht zu spät«, behauptete ich trotz völliger Unkenntnis der Uhrzeit.

»Wo bist du gewesen?«, hakte der Major nach.

»Ich war …« Ich schüttelte den Kopf. Der Staubsauger war nun wirklich der Letzte, dem ich von meinem Treffen mit Leif erzählen wollte. »Das geht dich gar nichts an.«

Der Major machte mit einem Schnauzbartzittern seinem Unmut Luft und ließ mich vorbei, damit ich die Küche betreten konnte. Sie war leer.

»Wo sind denn Ma und Adam?«

»Stella wurde heute Nachmittag zu einem dringenden Notfall gerufen.« Der Major folgte mir in die Küche. »In einem Waschsalon sind drei Waschmaschinen …« – an dieser Stelle unterbrach er sich kurz, um leise in sich hineinzuglucksen – »… durchgedreht. Sie haben nach dem Besitzer geschnappt und anscheinend versucht, ihn in seinem Büro einzusperren und ihn dort unter Wasser zu setzen.«

»Klingt ja super«, sagte ich gelangweilt und nahm mir ein Glas aus dem Schrank.

»Eine Schutzgeldsache, wenn du mich fragst«, spekulierte der alte Staubsauger. »Das Viertel, in dem sich das zugetragen hat, ist fest in Jimys Hand.«

»Jimy?« Ich goss mir Apfelsaft ein.

»Jimy mit der weißen Weste.«

»Ach so, der Jimy.« Ohne abzusetzen, trank ich das Glas aus. Ich hatte keinen blassen Dunst, von wem der Major da sprach, aber wenn sich jemand schon den Beinamen

»mit der weißen Weste gab«, hatte er ganz gewiss keine. »Wer hat Ma gerufen?«

»Jimy.«

»Das ist aber sehr anständig von ihm«, überlegte ich laut. Vielleicht hatte ich mich bezüglich seines Namens geirrt.

Doch der Major schüttelte den Eimerkopf. »Jimy ist nicht gerade ein begabter Magier. Ich würde meinen Korkenzieher darauf verwetten, dass ihm die Sache ein wenig aus dem Ruder gelaufen ist und sie für mehr Aufsehen gesorgt hat, als ihm lieb war.«

»Dann sollte er sich lieber ›Jimy mit den dummen Ideen‹ nennen.« Das klang nach einer anstrengenden Angelegenheit. Ma würde mit den aggressiven Waschmaschinen, dem Salonbetreiber und eventuellen Zeugen alle Hände voll zu tun haben. Es war auch nicht auszuschließen, dass sie sich noch diesen Jimy vorknöpfen und wahrscheinlich erst sehr spät nach Hause kommen würde. Enttäuscht stellte ich das leere Glas neben der Spüle ab. Eigentlich hatte ich mit Ma über Leif sprechen wollen und wieder mal hatte mir die dämliche Magie einen Strich durch die Rechnung gemacht. »Und Adam? Wo ist er?«

»Stella hat ihn mitgenommen«, sagte der Major betrübt. »Mich hat sie nicht mal gefragt.«

»Sei nicht traurig, Major. Wenn Ma könnte, würde sie dich immer zu ihren Spezialfällen mitnehmen.«

»Ich bin doch nicht traurig!« Der Major kniff den Kritzelbart zusammen. »Emotionen haben nicht mal eine zweitrangige Bedeutung. Hier geht es darum, Potenzial auszuschöpfen, und mir will einfach nicht einleuchten, warum Stella sich auf Adam verlässt, wenn sie in mir doch einen viel besseren Berater hätte.«

»Klar. Niemand kann dir das Wasser reichen, wenn es um Strategie und Führung geht.« Und um Besserwisserei. Aber das sagte ich nicht laut.

Der Major blähte den oberen Teil seines Staubbeutels auf und es folgte ein Exkurs über die Nützlichkeit eines verlässlichen, klugen und vielseitigen Haushaltsgeräts, wie er es war. Ich war schon drauf und dran, meine nett gemeinten Worte zurückzunehmen, da klingelte es. Wer auch immer das sein mochte, ich war ihm zu tiefstem Dank verpflichtet. Ich wartete, bis der nörgelnde Major in der Besenkammer verschwunden war, und öffnete die Haustür.

»Leif?« Mit ihm hätte ich am wenigsten gerechnet und deshalb starrte ich ihn verblüfft an. Sofort dachte ich an unsere letzte Begegnung, die gerade mal eine halbe Stunde her war und die der Major mit seinem Gewäsch von Jimy aus meinem Kopf verdrängt hatte. Ich wurde knallrot.

»Stör ich?«, fragte Leif.

»Quatsch!« Ich ignorierte das Geräusch aus der Besenkammer, griff nach Leifs Arm und zog ihn so begeistert herein, dass ihm sein Rucksack beinahe von der Schulter rutschte.

Wir gingen in mein Zimmer und Leif sah sich wie beim ersten Mal interessiert um. Erleichtert stellte ich fest, dass der Major in der Zwischenzeit aufgeräumt hatte. Eigentlich mochte ich es nicht, wenn er allein in meinem Zimmer war und mit seinem übertriebenen Ordnungssinn alle meine Sachen durcheinanderbrachte. (Letztes Jahr hatte ich herausgefunden, dass er alles katalogisierte und regelmäßige Inventuren durchführte. Den Zahn hatte ich ihm schnell gezogen!) Aber jetzt war ich ihm dafür dankbar. Beim Umziehen am Morgen hatte ich meine Unterwäsche einfach auf den Boden fallen lassen, das wäre vor Leif ziemlich peinlich geworden. Vor allem, da diese ganz spezielle Unterwäsche noch aus meiner kurzen, aber intensiven *One Direction*-Phase stammte und über und über mit Harrys Gesicht bedruckt war. Ich musste sie gaaanz dringend entsorgen.

Leif wandte sich mir zu. »Feli, das mit vorhin, das tut mir wirklich leid. Ich wollte ….«

»Ach!« Ich winkte lässig ab, obwohl ich mich insgeheim schon fragte, weshalb Leif so plötzlich doch Zeit für mich hatte. Nicht, dass ich mich beschwerte. »Kein Ding. Willst du was trinken?«

»Gerne«, sagte Leif und lächelte mich an.

Auf dem Weg in die Küche kam ich an der Besenkammer vorbei, die sich sofort einen Spaltbreit öffnete, damit mich die zusammengekniffenen Augenovale des Majors vorwurfsvoll fixieren konnten. »Ich kann nicht gutheißen, dass du Besuch empfängst, wenn Stella nicht da ist.«

»Jaja.« Ma und ich hatten darüber gesprochen und waren zu dem Schluss gekommen, dass ich nun in einem Alter war, in dem man sich auf mich verlassen konnte. (Ich hatte mir jeden Kommentar verkniffen. In unserem Haushalt gab es eine Hexe und einen sprechenden Staubsauger. Wie gut, dass man sich auf *mich* verlassen konnte.) Besuch war unter bestimmten Voraussetzungen hin und wieder okay. »Regel Nummer eins wurde abgespeckt.«

»Aber nicht abgeschafft«, beharrte der Major.

Ich zuckte mit den Schultern, füllte in der Küche zwei Gläser und kehrte in mein Zimmer zurück.

Leif stand vor meiner Kommode und betrachtete die Glasschale mit den Haarspangen. Er nahm die mit den kindischen Plastiksternchen heraus und hielt sie mir entgegen. »Hübsch.«

»Äh … danke.« Wo war ein Loch im Boden, wenn man es brauchte? Ich wäre mit Anlauf hineingesprungen. Ohne mir etwas anmerken zu lassen, reichte ich Leif auf möglichst erwachsene Art ein Glas. »Ich hoffe, du magst Apfelsaft.«

»Klar.« Er trank einen Schluck, legte die Spange zurück

und ging zum Schreibtisch. Dort verschaffte er sich einen Überblick über meine Schulbücher und griff nach dem Mathebuch. »Mein Angebot steht. Wenn ich dir etwas erklären soll, musst du es nur sagen.«

Wunderbar! Das hätte durchaus ein romantischer Augenblick werden können und nun hatte ich Hochzweis Gesicht vor Augen. Ich schüttelte mich unwillkürlich und Leif lachte. »So schlimm?«

»Nein, ich will jetzt nur nicht an die Schule denken.« Immerhin war Wochenende. Und immerhin hatte Leif mir vorhin einen Kuss auf die Wange gegeben. In meinem Kopf war jetzt ehrlich kein Platz für Mathe.

»Gut.« Leif stellte das Glas ab und vergrub seine Hände tief in den hinteren Hosentaschen. Er sah zum Anbeißen aus und ich musste mich schwer zusammenreißen, um mich ihm nicht an den Hals zu werfen, wie Kathinka und Sarah es nannten.

Leif bemerkte meinen Blick und wurde ernst. Er sah mich ein paar Momente lang nur an und murmelte dann: »Es ist wirklich verrückt. Ich hab dich erst vor ein paar Tagen richtig kennengelernt und trotzdem ...«, er zögerte, »... würde ich seitdem am liebsten so viel Zeit wie möglich mit dir verbringen.«

Ich spürte, wie sich meine Wangen rot färbten. Meine Knie wurden weich und ich stützte mich unauffällig an der Kommode ab. Weil ich nicht Gefahr laufen wollte, etwas schrecklich Dämliches zu antworten, sagte ich sicherheitshalber gar nichts.

Leif kam auf mich zu und sein warmer Duft vernebelte mir zusätzlich die angeschlagenen Sinne. Er zögerte und sagte dann schnell: »Es ist nur … alles so schrecklich kompliziert.«

»Aha.« Was war daran denn kompliziert? Er war ein Junge, ich ein Mädchen. Praktischerweise lebten wir sogar in derselben Stadt, und wenn sich in den nächsten Tagen keine verheerende Naturkatastrophe ereignen würde, liefen die Dinge doch ganz prima. Oder hatte Leif vielleicht eine Freundin, von der ich nichts wusste? »Liegt es am Rucksackmädchen? Bist du mit ihr zusammen?«

»Rucksackmädchen?« Leif zog die Augenbrauen zusammen. »Nein, ich bin mit niemandem zusammen.«

Gut. Das wäre also geklärt. Ich versuchte vergeblich, zu verbergen, wie sehr ich mich darüber freute.

»Ich musste unbedingt noch einmal vorbeikommen. Ich wollte dir erklären, warum ich mich vorhin so aus dem Staub gemacht habe …«

Leif sah auf einmal gar nicht mehr selbstsicher aus, sondern fast so nervös, wie ich mich fühlte. Lag das etwa an mir? Mein Herz machte einen Sprung, als er die Hand ausstreckte und mir damit sanft über den Unterarm strich. Ich hatte mal davon gehört, dass man Tapire in Trance streicheln konnte. Es war mir sehr unwahrscheinlich vorgekommen, aber damals hatte ich auch nicht gewusst, dass ich ganz offensichtlich ein Tapir war.

»Ich … ich wollte nur sichergehen, dass du nicht sauer auf mich bist. Das könnte ich nämlich nicht aushalten.« Leif starrte auf meinen Mund und mir stockte der Atem. Ein Tapir kurz vorm Hyperventilieren. Hervorragend!

Unendlich langsam, so langsam, dass man die Bewegung gar nicht sah, beugte er sich zu mir hinunter. Das Blut rauschte in meinen Ohren und von meinem Bauch aus lief ein Kribbeln durch meinen ganzen Körper.

Doch plötzlich war der Moment vorbei, Leif richtete sich abrupt auf und ich starrte verwirrt auf seine Brust, die sich schnell hob und senkte.

Er fuhr sich durchs Haar und räusperte sich. »Es tut mir leid … ich muss los. Aber können wir uns morgen treffen?«

»Morgen Vormittag gehe ich mit Adam in die Bücherei, aber danach habe ich Zeit.« Meine Stimme hörte sich seltsam kratzig an.

Leif trat einen Schritt zurück und sein Gesichtsausdruck war mit einem Mal unergründlich. Er biss sich auf die Unterlippe, fing sich aber rasch. »Ich ruf dich an.«

»Anrufen! Super!« Wie Bitte? Anrufen? Hatte ich vielleicht schlimmen Mundgeruch, oder warum wollte er mich nicht küssen?

Ich brachte ihn zur Tür. Leif sah mich ernst an, hob die

Hand und strich mir eine Strähne aus dem Gesicht. Zum Glück war ich in den letzten Tagen zu so etwas wie einer Schmetterlingsfachfrau geworden, denn sonst hätte mich der in meinem Magen entfesselte Schwarm glatt von den Füßen gerissen.

Wir standen eine Weile schweigend da und ich nahm das leise Rütteln aus der Besenkammer kaum wahr. Erst als Leif verwundert an mir vorbei zur Kammer schaute, fand ich in die Wirklichkeit zurück. Was trieb dieser Staubsauger denn schon wieder?

Ich verabschiedete mich von Leif und schloss die Haustür hinter ihm. Sofort sprang die Besenkammer auf und der Major kam herausgeschossen. Er fuchtelte wild mit der Wischmopphand und quiekte: »Ich hätte es keine Sekunde länger ausgehalten. Da drin ist eine Spinne.« Er spie das letzte Wort voller Abscheu aus, doch mein Mitleid hielt sich in Grenzen.

»Echt?« In meinem Kopf ging gerade alles drunter und drüber und ich hatte wirklich andere Sorgen.

»Eine ganz dicke, große. Ich glaube, ich habe ihr Netz im Gesicht.« Er wischte angewidert über seinen Eimerkopf. »Du musst auf der Stelle etwas dagegen unternehmen.«

»Ich mag Spinnen.« Tat ich nicht. Ich behauptete das nur, weil der Major sie nicht mochte. Er hatte sogar regelrechte Angst vor ihnen. Reichlich albern für einen Staubsauger, wenn man mich fragte. »Stell dich nicht so an.«

»Ich stelle mich nicht an«, behauptete er und rollte hinter mir her in mein Zimmer, wobei er sich von oben bis unten mit seinen Wischmoppfransen abfegte.

Ich ließ mich auf mein Bett fallen. Im Zimmer roch es noch immer leicht nach Leif, ein berauschender Duft mit einer wunderbar holzigen Note. Leider teilte der Major meine Leidenschaft für diesen Geruch nicht und riss das Fenster zum Lüften auf.

»Nervensäge«, murmelte ich.

Der Major hielt seinen Eimerkopf schnuppernd in die frische Abendluft. (Mir konnte er nichts vormachen, er hielt Ausschau nach der Nachbarskatze. Dafür sprach auch das enttäuschte Schnauzbartzittern, mit dem er sich angesichts des katzenfreien Gartens zu mir umdrehte.) »Stella wollte die *Kesselwirtschaft heute* haben. Ich konnte sie aber nicht finden. Wo hast du sie hingetan?«

»Ah.« Mit einem Arm auf dem Boden abgestützt, hing ich kopfüber vom Bett. Ich erspähte die Zeitschrift in der Dunkelheit und angelte danach. »Tadaa! Da ist sie.«

Der Major verharrte auf seinem Platz und starrte das zerlesene Exemplar an. Ich wedelte damit, doch der Major blieb regungslos.

»Hast du nicht gesagt, du hättest sie gesucht?«, fragte ich ungeduldig und machte es mir wieder auf dem Bett bequem.

»Ja, hab ich«, sagte der Major. Mit einem Ruck löste er

sich aus seiner Starre. »Und unter dem Bett habe ich zuerst nachgesehen.«

Mit dem nasalen Tonfall einer Hochwohlgeborenen, die ihr unzuverlässiges Personal rügt, bemerkte ich: »Wohl nicht gründlich genug, wie es scheint.«

»Unfug!« Bei seiner Staubsaugerehre gepackt, schnappte sich der Major die Zeitschrift und strich über die zerknitterte Titelseite. »Steht etwas Interessantes drin?«

»Woher soll ich das wissen?« Magie und Mathe hatten einiges gemeinsam. Beide fingen mit M an und beide ließen mich absolut kalt. »Ich hab sie nicht gelesen.«

»Sie war so gut wie neu, als Stella sie dir hingelegt hat.«

»Ein Knick in der Seite hat keinerlei Einfluss auf den Inhalt«, ließ ich den Major wissen. Der Staubsauger schüttelte den Kopf und rollte hinaus.

Endlich war ich allein und konnte mir noch einmal die Szene mit Leif ins Gedächtnis rufen. Wobei *einmal* leicht untertrieben war. Leif war einfach … wow. Ich war mir sicher, dass er schon wieder kurz davor gewesen war, mich zu küssen. Das Rucksackmädchen konnte einpacken!

Ich seufzte versonnen, doch dann meldete sich eine unbequeme Wahrheit in meinem Hinterkopf. Genau, er war kurz davor gewesen. Aber dann war er zurückgezuckt. Ich musste dringend ins Bad und das mit dem Mundgeruch checken.

Erst nachdem ich unser Gespräch mit angemessenem

Pulsklopfen in allen Einzelheiten analysiert hatte, fiel mir etwas auf: Leif hatte mir gar nicht erklärt, warum er vorhin im Park so schnell verschwinden musste.

Ma und Adam kehrten erst nach zehn Uhr zurück. Ma sah erschöpft aus, ihre Frisur war zerzaust und ihre Bluse mit den aufgestickten Blumen war an den Ärmeln nass. In Adams Haar und auf seinen Schultern glitzerten noch Schaumreste und seine Jeans war am linken Oberschenkel zerrissen. Trotzdem lachten beide auf dem Weg in die Küche.

»Ich brauche jetzt erst mal eine Tasse Tee«, verkündete Ma, und Adam schloss sich an.

Ich nahm ihr den Teekessel aus der Hand. »Ich mach das.«

»Danke, mein Engel.« Ma setzte sich neben Adam an den Tisch und erzählte von ihrer nicht ganz ungefährlichen Begegnung mit den Waschmaschinen. »Eine von ihnen, das war wohl die Anführerin, hat sich mit wild schnappender Ladeluke auf Adam gestürzt.«

»Im Schleudergang«, ergänzte Adam.

Ma kicherte. »Sie hat vor Wut regelrecht geschäumt.«

»Aber außer meinem Hosenbein hat sie nichts von mir erwischt. Du hast mich zum Glück rechtzeitig gewarnt, Stella.«

»O ja, wir geben ein gutes Team ab, Adam.«

Ich musste bei der Vorstellung einer bissigen und Schaum spuckenden Waschmaschine grinsen, bis mein Blick auf den Major fiel. Sein Kritzelbart war eine zusammengepresste, gerade Linie, und seine Augenovale blickten beleidigt drein. Er drehte sich um, rollte aus der Küche und ich hörte, wie er die Besenkammertür geräuschvoll hinter sich zuwarf. Seufzend nahm ich ein leeres Einmachglas von der Küchenzeile und ging hinter dem Major her. Ich klopfte an, die Tür öffnete sich ein wenig und blinzelnde Ovale schauten mich fragend an.

»Ja, bitte?«

Das Glas zur Erklärung hochhaltend, bückte ich mich am Major vorbei und zog den Tritt heran, der noch aus der Zeit stammte, als ich nicht bis zum Waschbecken gereicht hatte.

»Also? Wo steckt das Monster?«, fragte ich und sah mich im Halbdunkel der schmalen Kammer um.

Der Major leuchtete mit einer Taschenlampe die Decke aus und deutete auf ein Netz, in dem sich eine filigrane Zitterspinne aufhielt. Ihre Versuche, mich mit heftigen Schwingbewegungen einzuschüchtern, liefen ins Leere, und so befand sie sich kurz darauf in meinem Glas auf dem Weg ins Freie.

Dreizehn

Meine zarten Gefühle der Verbundenheit mit dem Major wurden bereits am nächsten Morgen auf eine harte Probe gestellt. Um null achthundert Uhr begann der Putzsamstag mit Klappern und Scheppern und der Arie *Questa o quella* aus der Oper *Rigoletto*, vorgetragen von einem zweifellos lebensmüden Staubsauger.

Mit einem unterdrückten Wutschrei schwang ich mich aus dem Bett, stampfte zur Tür und riss sie auf. Zornig brüllte ich den Flur hinunter: »Vollkommen übergeschnappt?«

Die Badezimmertür öffnete sich und Adam streckte sich genüsslich. Sein dunkles Haar war vom Wasser schwarz und hing ihm in die Stirn. Er trug ein Handtuch um die Hüften geschlungen, ein zweites lag zusammengerollt auf seinen breiten Schultern. Er tupfte sich damit die Rasierschaumreste von der Wange und lehnte sich gegen den Türrahmen. »Gut geschlafen, Feli?«

Statt wie ich erbost zu sein, wiegte er den Kopf zum

Gesang des Staubsaugers und summte mit. Fassungslos starrte ich ihn an.

»Am Major ist ein Tenor verloren gegangen«, bemerkte Adam gut gelaunt und ließ seine Augen von meinem Gesicht über mein Schlafshirt bis hinunter zu meinen nackten Beinen wandern. Dort verharrten sie. Ich trat verunsichert von einem Fuß auf den anderen, sprang schließlich zurück in mein Zimmer und schlug mit einem Knurren die Tür zu.

Es war zum Aus-der-Haut-Fahren! Aus Erfahrung wusste ich, dass der Major sich nicht einmal warm gesungen hatte. Er war ein großer Fan von Pavarotti und konnte dessen gesamtes Repertoire intonieren. Es kam nicht oft vor, dass er an Putzsamstagen sang, aber wenn, dann hörte er erst Stunden später wieder auf. (Meine Hoffnung auf Mistgabel schwingende Nachbarn mit festen Lynchabsichten hatte Ma durch magisch versiegelte Fenster und Außenwände zunichtegemacht. Innerhalb des Hauses funktionierte das zwar nicht, weil der gleiche Zauber den Major lahmgelegt hätte. Doch draußen war kein Pieps zu hören und ich dachte regelmäßig darüber nach, in den Garten zu ziehen.) Weiterschlafen konnte ich abhaken. Schon allein, weil mich Adams Anblick beschäftigte. Wieso sah dieser Kerl nur so umwerfend aus? Und warum hatte er mich so herausfordernd angeschaut? Adam direkt vor der Nase zu haben, war wie eine strikte

Diätkur, die man ausgerechnet in einem Süßwarenladen machen musste.

Meine Lust aufs Frühstück war mir gründlich vergangen. Ich wartete, bis das Bad endlich frei wurde, und ging duschen. Kalt. Eiskalt.

Als ich um Viertel nach neun aus meinem Zimmer trat, wartete Adam bereits im Flur. Der Major hatte sich inzwischen auf bekannte Musicals verlegt und Adam summte die Melodie gedankenverloren mit. Ich konnte es nicht fassen. »Sag bloß, das gefällt dir?«

»Dir etwa nicht?«

»Nicht hier, nicht um diese Uhrzeit.« Mit der Absicht, meine Tasche mit Handy und Büchereiausweis vom Garderobenhaken zu nehmen, trat ich an Adam vorbei. Der verstand das jedoch als Aufforderung zum Tanz, griff nach meiner Hand und wirbelte mich schwungvoll herum. Überrumpelt sah ich zu ihm auf. »Adam! Was soll …«

Er grinste, legte die andere Hand an meine Taille und vollführte eine schnelle Folge von Schritten und Drehungen, während ich wie ein nasser Waschlappen in seinen Armen hing.

»Adam!«, protestierte ich erneut, auch wenn ich sehr dabei lachen musste. Aus Mangel an Alternativen überließ ich mich seiner Führung und wir schwebten, begleitet von blechernem Gesang, durch den Flur ins Wohnzimmer. Der Major beendete sein Lied mit einem lang gezogenen Ton und Adam hielt mich noch einen Augenblick fest. Ich hatte schon einmal an einem regnerischen Nachmittag eine Tanzsendung angesehen, hätte aber nie erwartet, dass das so viel Spaß machte. »Mann, du kannst ja richtig tanzen.«

Er drückte meine Hand, bevor er sie freigab. »Du aber auch.«

»Trotzdem«, ich richtete meine Haare, »wir sollten den Major nicht ermutigen, öfter zu singen.« Schon allein, weil dieser Tanz mich atemlos gemacht hatte. Adams Art zu führen war so kompromisslos und sicher, dass selbst ich, die nicht einen Tanzschritt beherrschte, auf jedem Märchenball eine gute Figur gemacht hätte.

»Die Bücherei hat um diese Zeit noch geschlossen«, sagte ich, als wir endlich draußen waren. »Was hältst du davon, wenn wir erst mal im Emily's eine heiße Schokolade trinken?«

»Gute Idee!« Adam streckte mir eine Hand entgegen. Ich betrachtete seine langen, kräftigen Finger und plötzlich tauchte in meinem Kopf wieder die Szene von vorhin auf, als er halbnackt an der Badezimmertür gelehnt hatte. Die Wassertröpfchen auf seiner glatten Haut hatten sich nicht darum geschert, ob er echt war oder nicht, und hatten wie bei jedem anderen Menschen auch kleine, glänzende Rinnsale gebildet.

»Was ist, Feli? Geht es dir nicht gut?«

Adams besorgte Frage riss mich aus meinen Gedanken und ich beeilte mich zu sagen: »Doch, doch, alles gut. Aber es wird nicht wieder getanzt, okay?«

Adam verbeugte sich wie ein Kavalier vor einer feinen Dame und sagte: »Wie Ihr wünscht, Milady.« Er richtete sich wieder auf. »Aber meinen Arm darf ich zum Geleit anbieten?«

»Mein Herr, Ihr seid doof«, sagte ich und griff lachend nach seiner Hand. Dennoch sah ich mich verstohlen um. Irgendwie wollte ich nicht, dass Leif mich so mit Adam sah.

Adam bemerkte nichts von meinen Bedenken. Er zog mich sanft mit sich und ich folgte ihm.

Wir hatten keine zehn Schritte getan, da klingelte mein Handy. Ich nahm es aus der Tasche und sah auf das Display. »Nanu? Es ist noch nicht mal halb zehn und Lena ist wach?« Das war ungewöhnlich und ich nahm neugierig ab.

Lena hielt sich nicht mit Smalltalk auf. »Wo steckst du gerade?«

Ich berichtete ihr von unserem Plan, ins Emily's zu gehen. Sie sagte, sie sei in zwei Minuten da, und legte auf.

Super! Ich freute mich riesig auf Lena. In letzter Zeit hatten wir uns nicht so häufig wie sonst gesehen, da es nun Jungs in unserem Leben gab, die alles durcheinanderbrachten. Lena fehlte mir schrecklich.

Aus den Augenwinkeln betrachtete ich Adam nachdenklich. Ich war mir zwar nicht ganz sicher, was da zwischen uns war, aber eines wusste ich mit Gewissheit: Er konnte Leif nicht ausstehen. Ich wollte seine Gefühle nicht verletzen und würde deshalb in seiner Gegenwart nicht über Leif sprechen, obwohl ich förmlich darauf brannte, Lena von den beiden Beinahe-Küssen und alldem zu erzählen.

Das Emily's hatte gerade erst geöffnet und Adam und ich waren die ersten Gäste. Wir belegten sofort das vanillegelbe Sofa mit den kuscheligen Kissen. (Ich hatte keine Ahnung wie es sich anfühlte auf Wolken zu sitzen, aber es konnte unmöglich bequemer sein als dieses Sofa. Deshalb war es eigentlich immer besetzt und es erfüllte mich mit Genugtuung, es in Beschlag zu nehmen.) Wir hatten unsere Getränke noch nicht bekommen, da stiefelte Lena herein. Sie stand verloren in der Tür und sah sich verschlafen um. Ich winkte ihr und sie näherte sich uns gähnend.

»Guten Morgen, Lena«, sagte Adam und erhob sich leicht.

»Hallo, Kuchen«, antwortete sie und nahm uns gegenüber in einem Sessel Platz. Es dauerte eine Weile, bis sie die richtige Sitzposition gefunden hatte, und sie verzog missmutig den Mund.

Mit einem Blick auf ihren verwuschelten Zopf fragte ich grinsend: »Bist du aus dem Bett gefallen?«

»So ähnlich«, antwortete Lena und unterdrückte ein erneutes Gähnen, während sie Adam mit gerunzelter Stirn betrachtete. »Und wie geht es dir? Noch alles fit?«

Adam sah an sich herunter und nickte. »Danke. Ich fühle mich sehr gut.« Dann zwinkerte er mir zu. »Ein Tänzchen am Morgen vertreibt Kummer und Sorgen.«

»Hä?« Lena machte mit den Händen das Time-out-Zeichen. »Wer tanzt hier mit wem? Und warum?«

Bevor Adam darauf antworten konnte, ergriff ich eilig das Wort. »Adam hat mir ein paar Tanzschritte gezeigt. Das ist alles.«

»Tanzschritte?« Lena tippte sich an die Stirn. »Es ist Samstagmorgen. Habt ihr nichts Besseres zu tun?«

»Nicht, wenn man einen ausgesprochen talentierten singenden Staubsauger hat.« Adam stand auf, um unsere Getränke holen.

Mir fiel ein, dass ich noch gar nicht dazu gekommen war, Lena von Mas Theorie zu erzählen, und brachte sie schnell auf den neuesten Stand. »… und stell dir vor, das Mindesthaltbarkeitsdatum ist noch Monate entfernt.«

»Wow!« Lena nahm Adam, der an der Theke stand und mit Emily quatschte, kritisch in Augenschein. »Dann ist er ja so etwas wie ein Kuchen-Methusalem.«

Adam kam zurück und hatte für jeden von uns eine heiße Schokolade mit Sahne dabei. Lena und ich bekamen außerdem jeweils einen saftigen Schokocupcake, Adam hatte sich für einen appetitlichen Blaubeermuffin entschieden.

»Worüber redet ihr?«, fragte er. Ich zuckte zusammen und bedeutete Lena, den Mund zu halten.

»Über gar nichts. Über das Wetter«, stammelte sie wenig glaubhaft. Ich seufzte. Wenn Adam bisher noch nicht misstrauisch gewesen war, dann war er es jetzt ganz bestimmt. Insgeheim verfluchte ich die Tatsache, dass ich Ma versprochen hatte, unsere Entdeckung vor ihm geheim zu halten. Aber versprochen war versprochen. Und im Grunde meines Herzens wusste ich, dass sie Recht hatte.

Während Adam sich demonstrativ seinem Muffin widmete, stocherte Lena mit dem Strohhalm in ihrem Glas herum. Ich kannte sie lange genug, um zu wissen, dass sie dringend etwas loswerden wollte und nicht recht wusste, wo sie anfangen sollte. Ich fragte sie direkt: »Und was macht dir zu schaffen?«

»Mist. Hast du schon gehört, was Kathinka und Sarah überall herumerzählen?«

»Lass mich raten«, sagte ich betont gelangweilt und zerteilte meinen Cupcake fachgerecht mit der Gabel. »Dass wir Hexen sind?«

»Nicht wir. Du. Du ganz allein.« Lena stupste ihren Cupcake lustlos an.

»Diese fiesen …«

»Das ist sehr schlau von den beiden.« Adam hatte sein Blaubeertörtchen verzehrt, beugte sich vor und wischte die Finger an einer Serviette ab. »Sie trennen ihr Opfer von der Herde. Clever, wirklich clever.«

»Erstens bin ich kein Opfer, ja?«, knurrte ich. »Und zweitens trennen sie mich von überhaupt niemandem.«

Ich sah Lena an, die sogleich entschieden den Kopf schüttelte. »Quatsch! Wenn die uns trennen wollen, müssen sie schon früher aufstehen. Noch früher als ich heute.« Sie bot Adam die Hälfte ihres Cupcakes an und der ließ sich nicht lange bitten. »Und drittens sind die nicht clever. Kein bisschen. Sie glauben nämlich ernsthaft, dass du«, sie wies in meine Richtung, »im Besitz eines Zaubertranks bist und dass jeder Junge, der davon trinkt, zu einem Herzzombie wird.«

»Die spinnen doch.« Da blieb mir echt die Spucke weg. Das war ja wohl eine vollkommen absurde Geschichte. Zumindest wäre sie das, wenn meine Ma nicht zufällig eine Hexe wäre. Ich hatte zwar nichts mit Zaubertränken am Hut, doch die außer Rand und Band geratene Fantasie zweier verwöhnter Gören mit Langeweile konnte mir trotzdem gefährlich werden. Und meiner Ma. Und dem Major. Und Adam.

Mir war, als hätte ich einen Schlag in die Magengrube bekommen.

»Mach dir keine Sorgen, Feli.« Adam legte seine Hand

auf meinen Rücken und ich spürt die Wärme zwischen den Schulterblättern. »Die beiden machen sich nur selbst lächerlich, weil sie an so etwas wie «, er betonte das Wort, »*Magie* glauben. Melissa und die anderen ziehen da jetzt mit, aber auf Dauer werden auch sie einsehen, wie unglaubwürdig das alles ist. In ein, zwei Wochen wird es ihnen selbst peinlich sein und niemand spricht mehr darüber, du wirst sehen.« Beschwichtigend fügte er hinzu: »Nimm es Kat und Sarah nicht übel, das sind die Hormone, die da mit ihnen durchgehen.«

»Ach ja?« Ich sah Adam an und versuchte einzuschätzen, wie wertvoll der Rat eines sieben Tage alten Kuchens zum Thema pubertierende Mädchen sein mochte.

»Das denke ich auch.« Lena schob mit der Gabel die Schokokrümel auf ihrem hellblauen Teller zusammen. »Die sind schrecklich eifersüchtig auf dich, Feli. Kathinka ist scharf auf Adam und wollte vorher was von Leif. Sie muss jetzt verdauen, dass die Jungs lieber mit dir abhängen.«

»Wenn …« Ich berichtigte mich rasch. »Falls ich jemals einen Zaubertrank zubereiten würde, dann keinen, der Herzzombies macht, sondern einen, der diesen fiesen Ziegen mal gründlich das Hirn aufräumt.«

Lena kicherte. »Doppelte Dosis, bitte. Deren Hirn muss erst mal auf eine vernünftige Größe aufquellen.«

Ich sah Lena an und musste lächeln. Es gab auf der Welt

ganz sicher keine bessere Freundin als sie und ich konnte mich glücklich schätzen, sie zu haben. Lena wusste von Ma, dem Major und all dem Magiezeug in meinem Leben. Wenn jemand Grund dazu gehabt hätte, mich Hexe zu nennen oder mir aus dem Weg zu gehen, dann sie. Aber Lena hielt zu mir, unerschütterlich. Ich könnte es Kathinka und Sarah nie verzeihen, wenn Ma ihretwegen beschließen würde, in eine andere Stadt zu ziehen, und ich Lena deshalb verlieren würde. Es kam mir vor, als wären Lena und ich schon seit einer Ewigkeit befreundet und wüssten alles voneinander. Apropos: »Warum bist du denn schon so früh wach? Schläfst du an Wochenenden nicht gewöhnlich bis mittags?«

»Ich habe das mal ausgerechnet«, begann Lena und schlürfte Sahne mit dem Strohhalm. »Ich will, nur weil ich jetzt einen Freund habe, meine beste Freundin nicht vernachlässigen. Wenn ich samstags früher aufstehe, dann habe ich mehr Zeit und niemand muss auf mich verzichten.« Sie leckte den Strohhalm ab und strahlte uns mit einem Sahnebärtchen an.

»Ich bin gerührt.« Das war ich ehrlich, immerhin wusste ich, wie gern Lena ausschlief.

Sie rieb sich unternehmungslustig die Hände. »Und? Was stellen wir an diesem taufrischen Samstagmorgen noch an?«

»Wir gehen in die Leihbücherei«, sagte Adam.

»Cool.« Sie sah zwischen Adam und mir hin und her, tat das noch ein paar Mal, bevor sie ermattet in ihrem Sessel zusammensank. »Ach nee. Ihr meint das ernst? Kommt schon, Leute, es ist Samstag und ich bin extra aufgestanden.«

Trotz Lenas Gezeter machten wir uns eine halbe Stunde später zur Leihbücherei auf. Diese lag an der Hauptstraße hinter dem Park und war in einem altehrwürdigen Gebäude untergebracht. Adam blieb davor stehen und las vor, was auf der blank polierten Messingtafel am Eingang stand: » *Ein Buch ist ein Schlüssel, die Tür bist du. Schwinge auf, so oft und weit du kannst.*«

»Adam.« Lena stellte sich neben ihn. »Da drin gibt es haufenweise Bücher. Du musst nicht hier draußen stehen und alberne Sinnsprüche lesen.«

»Wenigstens lese ich ab und zu etwas«, sagte Adam trocken und Lena sah mich mit hochgezogenen Augenbrauen an. Anscheinend war ihr auch aufgefallen, dass Adam sich verändert hatte. Er zog die Tür auf und ließ uns mit einer leichten Verbeugung den Vortritt. »Es wäre ein Fehler, die Möglichkeit, Wissen zu erlangen, auszuschlagen.« Charmant aber kompromisslos wies er uns den Weg.

»Kein so großer Fehler, wie samstags vor zwölf Uhr aufzustehen.« Lena ging kopfschüttelnd an Adam vorbei und betrat vor uns das Foyer. Auf einem schlichten Empfangstresen stapelten sich Bücher, die am Rücken mit roten, gelben und blauen Aufklebern versehen waren. Sie wurden von einer Frau sortiert, die uns interessiert musterte und unentschlossen wirkte, ob sie lächeln oder eine strenge Bibliothekarinnenmiene aufsetzen sollte. Nach Adams freundlicher Begrüßung nickte sie uns wenigstens wohlwollend zu. Lena nutzte die Gunst der Stunde und erkundigte sich nach dem Aufbewahrungsort der philosophischen Werke. Wir wurden ins zweite Stockwerk geschickt.

»War ja klar«, maulte Lena und stapfte zur Treppe. »Dein Philosophiekram ist ganz oben.«

Wir folgten Lena die Treppe mit den breiten Steinstufen hinauf. Der Handlauf war abgegriffen, worüber selbst unzählige Schichten tannengrünen Lacks nicht hinwegtäuschen konnten. Die Luft im oberen Stockwerk war muffig, roch nach altem Papier und trug die schwache Note von Schweiß in sich. Das störte Adam jedoch nicht. Er war von der schieren Anzahl der Bücher ganz berauscht und verschwand sofort zwischen den hohen Regalen.

Lena setzte sich an einen der Tische, legte den Kopf auf die Arme und gab ein lautes Schnarchgeräusch von sich. »Erschieß mich. Das ist voll ätzend hier.«

»Unsinn«, kam Adams Stimme hinter einem Regal hervor. »Hier wimmelt es nur so von Gedanken, Ideen und klugen Einsichten.«

»Ja, da kann jeder Vergnügungspark einpacken.« Lena hob den Kopf und deutete mit einer theatralischen Handbewegung auf die anderen, unbesetzten Tische. »Unbegreiflich, dass wir die Einzigen hier sind.«

Ich setzte mich neben sie. »Das liegt bestimmt daran, dass die Bücherei gerade erst aufgemacht hat.«

»Oder daran«, vermutete Adam, der sich der Stimme nach nun viel weiter hinten aufhielt, »dass Samstag ist.«

»Oder daran, dass es eine Bücherei ist.« Lena sah mich mit verzweifelter Miene an. »Wir werden hier drinnen vor Langeweile sterben und man wird uns erst in hundert Jahren entdecken. Mumifiziert.«

»Du bist zu pessimistisch«, sagte jemand direkt hinter mir und ich wirbelte auf meinem Stuhl herum. Leif nahm seinen Rucksack ab und setzte sich zu uns. Sein dunkelblondes Haar fiel ihm locker in die Stirn und ich fragte mich, ob Leif es jetzt länger stylen musste, damit es so hinreißend ungestylt aussah. Er versicherte ernst: »Ich kann Erste Hilfe leisten.«

»Was machst du denn hier?«, nahm Lena mir das Fragen ab.

»Ich brauche ein paar Bücher«, antwortete Leif. Er bemerkte Lenas skeptischen Blick und gab zu: »Und Feli hat mir gestern verraten, dass ihr heute herkommen würdet.«

Er streckte seine Hand aus und berührte meine Fingerspitzen mit seinen. Sofort jagte ein Kribbeln durch meinen Körper und ich hätte fast vergessen, dass ich mich in einer öffentlichen Bücherei befand. Aber nur fast, denn aus den Augenwinkeln sah ich Adam, der mit einem Arm voller Bücher zwischen zwei Regalen hervortrat.

Er knallte die Bücher auf die Tischplatte und hätte Leifs Arm darunter begraben, wenn der ihn nicht in der letzten Sekunde zurückgezogen hätte. Adam setzte sich nicht zu uns, sondern blieb stehen und starrte Leif mit einem eisigen Ausdruck an.

»Mobiltelefone sind hier drin nicht erlaubt«, sagte er und deutete auf das Handy, das Leif in der Hand hielt.

Leif ignorierte Adams offene Feindseligkeit, schob sein Handy lässig in die Hosentasche und fischte ein stoffgebundenes Büchlein aus Adams Stapel. »Ah. Sokrates.«

Adam beugte sich vor und riss ihm das Buch aus der Hand. »Wenn du ein Buch suchst, hier gibt es genug. Deshalb bist du doch sicher hier, oder?«

»Auch«, antwortete Leif. Er lehnte sich auf seinem Stuhl zurück und sah zu Adam hoch. »Feli und ich sind verabredet. Ich dachte, ich hole sie hier ab.«

Adam verharrte kurz in seiner Position, richtete sich dann wieder auf und wandte sich an mich. »Stimmt das?«

Das war ja fabelhaft. Ich hatte Adam versprochen, mit ihm in die Bücherei zu gehen, und da waren wir jetzt auch. Und mit Leif wollte ich später etwas unternehmen.

Dass er schon so früh auftauchte, damit hatte ich doch nicht rechnen können. Warum also beschlich mich jetzt das Gefühl, etwas falsch gemacht zu haben?

»Adam, das ist eine öffentliche Bücherei«, erklärte Lena und schob ein paar Bücher weg, die vom Stapel in ihre Richtung gerutscht waren. »Ob es dir passt oder nicht, Leif darf sich hier aufhalten.«

»Dann soll er das auch machen.« Adam schnaubte und sammelte die Bücher ein. »Feli, ich habe gefunden, was ich wollte. Lass uns gehen.«

»Äh …« Ich sah Leif an. Er war meinetwegen hergekommen und ich fand es unhöflich, ihn einfach so zurückzulassen. Was sprach denn dagegen, den restlichen Vormittag zu viert zu verbringen?

Zögerlich unterbreitete ich diesen Vorschlag und lächelte Adam aufmunternd an.

Einen kurzen Moment passierte gar nichts. Adam, der Leif vorher nicht aus den Augen gelassen hatte, richtete seinen Blick nun auf mich. Ich fühlte mich wie ein gemeiner Verräter und hätte am liebsten unter dem Tisch Schutz gesucht. Doch ich blieb so aufrecht wie möglich sitzen und wartete ab.

Adam nickte, warf Leif das stoffgebundene Buch zu, legte die restlichen Bücher zurück auf den Tisch und ging wortlos zur Treppe.

»Adam«, ich sprang auf und lief ihm hinterher. Er war

bereits zwei Stufen hinabgestiegen, weshalb ich zum ersten Mal nicht zu ihm aufschauen musste.

Auf seinem Gesicht lagen Ärger und Wut, aber in seinen Augen erkannte ich tiefe Enttäuschung. Ich streckte die Hand aus, wollte ihn an der Schulter berühren, doch er trat eine weitere Stufe hinunter und brachte mit diesem kleinen Schritt eine riesige Distanz zwischen uns.

»Was kommt jetzt?«, fragte er ungewohnt kühl. »Willst du mir erklären, warum du mir nicht hilfst, obwohl du es versprochen hast? Oder warum du dich lieber mit Leif triffst?«

»Das ist doch Unsinn. Nur weil Leif auch hier ist, bedeutet das nicht …«

»Doch!«, unterbrach Adam. »Genau das bedeutet es. Es heißt, dass Leif dir wichtiger ist. Es ist dir egal, wie ich mich fühle. Wahrscheinlich glaubst du nicht einmal, dass ich Gefühle habe.«

»Hör auf, so etwas zu sagen.« Meine Wangen brannten, als hätte ich zwei saftige Ohrfeigen eingesteckt.

»Ich habe Gefühle, Feli«, er tippte sich an die Brust. »Begreifst du das nicht?«

»Natürlich«, flüsterte ich matt. Noch immer starrte ich auf die Stelle an seinem Brustkorb, hinter der sich bei einem normalen Menschen das Herz befand. Und bei Adam?

Lena hatte vor ein paar Tagen vorgeschlagen, Adam zu

überreden, sich mit einem Messer einen kleinen Schnitt am Finger zuzufügen. Sie wollte unbedingt herausfinden, ob Blut oder Milch aus der Wunde tropfen würde. Ich hatte das entsetzt abgelehnt und ihr verboten, Adam davon zu erzählen. Für mich stand fest, dass Adam bluten würde. Warum fragte ich mich jetzt, ob er wirklich ein Herz hatte?

»Dann verstehe ich noch weniger, wie du mich so verletzen kannst.«

»Das ist das Letzte, was ich will.« Wacklig stieg ich eine Stufe hinunter.

»Dann sei ehrlich zu mir«, sagte Adam ernst. »Was ist das für ein Geheimnis, über das du mit Stella gesprochen hast?«

»Ich kann es dir nicht sagen.«

Adams Blick ließ die Zeit gefrieren. Mir kam es vor, als würde ich das Bild auf der Backprinz-Packung anschauen, so ausdruckslos und kalt war sein Gesicht. Schließlich nickte Adam. Er stieg ohne Abschied oder Eile die Treppe hinunter und ich hörte das Hallen seiner Schritte, als er durch das noch immer menschenleere Foyer auf den Ausgang zuging.

Ich rechnete damit, vornüberzukippen und die Treppe hinunterzufallen, da stand Leif neben mir und legte mir tröstend den Arm um die Schultern. »Geht's?«

»Klar!« Alles war super. Kein Problem. Ich hatte nur gerade Adam wehgetan. Mir war zum Heulen zumute.

»Lass ihn. Er beruhigt sich schon wieder.« Leif zog mich fester an sich. »Hm … Adam ist schwer in dich verliebt, Feli.«

»Quatsch«, meldete sich Lena, die auf das Treppengeländer gestützt die Szene verfolgt hatte. »Das geht doch gar nicht.«

»Warum nicht?«, wollte Leif überrascht wissen.

»Weil Adam … weil er …« Lena fand keine befriedigende Antwort und fummelte verlegen an ihrem zerzausten Zopf herum.

Adam, in mich verliebt? Mein Kopf fühlte sich an wie eine Badewanne, bei der jemand den Stöpsel gezogen hatte; meine Gedanken überschlugen sich in einem Strudel, bis nur noch Leere übrig war.

Vierzehn

Die Büchereiangestellte wunderte sich nicht allzu sehr darüber, dass wir ohne Bücher aus dem oberen Stockwerk zurückkehrten, und verabschiedete uns mit einem knappen Nicken. Wir verließen das altehrwürdige Gebäude und ich blinzelte gegen das Sonnenlicht. Der Lärm der Straße kam mir lauter vor als sonst und ich beeilte mich, die nächste Seitenstraße zu erreichen. Unwillkürlich hielt ich Ausschau nach Adam und rechnete fast damit, dass er an der nächsten Ecke stand und auf mich wartete.

Ich wusste, dass ich ihn in mehr als einer Hinsicht enttäuscht hatte. Ich hatte ihm nicht gesagt, was Ma und ich herausgefunden hatten. Aber das war doch nur zu seinem Besten! Die Vorstellung, dass Adam ein Haltbarkeitsdatum hatte wie ein gewöhnliches Lebensmittel, drehte mir den Magen um. Wie würde es erst Adam gehen, wenn er davon erfuhr? Ein Ferieneffekt-Super-GAU. Nein, es war richtig gewesen, ihm diese Information vorzuenthalten.

Aber das war natürlich nicht der einzige Grund für Adams Reaktion. Warum war es nur so schwer, mit ihm und Leif etwas gemeinsam zu unternehmen? Was, wenn Leif Recht hatte und Adam wirklich etwas für mich empfand? Ich erinnerte mich an die Unterhaltung, die wir am Tag zuvor geführt hatten. Da hatte Adam mich gefragt, ob ich mich in ihn hätte verlieben können, wenn wir uns auf andere Weise kennengelernt hätten. Auf andere Weise … Adam war kein Mensch, auch wenn er so aussah, sich so anhörte und sich jede Berührung von ihm warm und echt anfühlte. Adam war ein Beinah-Junge, und ganz gleich, wie oft ich kurz davor war, das zu vergessen, verlieben könnte ich mich nicht in ihn.

Oder?

»Feli?«

Ich war so in Gedanken versunken, dass Leifs Stimme nur langsam zu mir durchdrang. Er stand vor mir und sah mich besorgt an. »Fehlt dir was? Du bist ein bisschen blass im Gesicht.«

»Nein«, wehrte ich ab. »Mir fehlt nichts.«

Außer Adam. Aber der blieb verschwunden und ich seufzte niedergeschlagen.

Leif schlug vor, ein wenig im Park spazieren zu gehen, was für Lena das Signal war, sich zu verabschieden. »Macht's gut, ihr beiden.«

»Ciao«, sagte Leif, und falls er ursprünglich vorgehabt

hatte, seine Freude über Lenas Abgang zu verbergen, gelang ihm das nur mäßig.

Das tolle Wetter hatte einige Menschen ins Freie gelockt und so mussten wir im Park eine Weile gehen, bis wir eine leere Bank fanden. Leif nahm im Gehen seinen Rucksack ab, wischte kurz über die Sitzfläche der Bank und ließ sich darauf nieder. Mit der rechten Hand klopfte er neben sich und lächelte mich an. »Komm her.«

Ich setzte mich dazu und Leif legte seinen rechten Arm hinter mir auf die Rückenlehne. Wie gern hätte ich mich an ihn gekuschelt, meinen Kopf auf seine Brust gelegt und eventuell ein klein wenig auf sein T-Shirt gesabbert, aber ich riss mich zusammen. Stattdessen begnügte ich mich damit, unauffällig ein winziges Stück näher an ihn heranzurücken. Dass das eine nur bedingt gute Entscheidung gewesen war, stellte sich im nächsten Augenblick heraus.

Das Quietschen einer Fahrradbremse in unmittelbarer Nähe ließ mich zusammenzucken. Direkt vor unserer Bank stand Sarah mit ihrem Fahrrad. Der sandige Boden hinter ihr zeigte kurze, tiefe Bremsspuren. Sarah starrte uns an, wir starrten zurück. Es war eine dieser Situationen, die viel länger dauerten, als sie sollten.

»Diese Bank ist besetzt«, sagte Leif.

»Ich fahre zu Kat«, gab Sarah zurück.

»Aha.« Leif blieb entspannt sitzen, während ich den

Drang verspürte, ans andere Ende der Bank zu rutschen, damit Sarah endlich aufhörte, uns anzuschauen.

»Es macht dir also nichts aus, dich weiterhin mit Feli blicken zu lassen?« Sarah musterte mich abschätzig von oben bis unten. Wenn sie damit bezweckte, dass ich mich unwohl fühlte, so hatte sie ihr Ziel erreicht. Und zwar in Rekordzeit.

»Nö.« Leif zwinkerte mir zu. »Es macht mir eher Probleme, mit dir gesehen zu werden. Könntest du jetzt bitte weiterfahren?«

»Wollte ich sowieso gerade«, schnauzte Sarah und richtete den Lenker ihres Fahrrads aus. Sie stellte den rechten Fuß auf die Pedale, doch bevor sie losfuhr, sagte sie noch zuckersüß: »Ach, und grüß deinen Onkel von meinem Vater. Die beiden haben eine so gute Geschäftsbeziehung. Wäre doch schade, wenn es nicht so bleibt.«

Leif und ich schauten Sarah hinterher. Sie hielt rücksichtslos auf ein paar Spaziergänger zu, die sich links und rechts auf die Grünflächen retten mussten. Leif murmelte: »Der wird sich riesig freuen.«

»Sarah kennt deine Familie?« Bis zu diesem Augenblick hatte ich nicht einmal in Betracht gezogen, dass Leif eine Familie hatte, und es wurmte mich, dass Sarah sie kannte und ich nicht.

»Die Werbeagentur ihres Vaters arbeitet hin und wieder für meinen Onkel.«

»Ah.« Daher rührte also Sarahs Affinität zu eingängigen Schlagworten. Ich dachte da besonders an das legendäre Feli-Desaster und den nicht minder bemerkenswerten Herzzombie. Das Talent war ihr in die Wiege gelegt worden.

Leif streckte die Beine aus. »Lass uns jetzt nicht von Sarah oder Muncle sprechen.«

»Muncle?« Ich horchte auf. »Muncle ist dein Onkel?«

Da hätte ich ja auch mal früher draufkommen können. Ich gönnte mir ein erleichtertes Grinsen. Leif kommunizierte also nicht ständig mit einer heimlichen Verehrerin, sondern nur mit einem langweiligen alten Verwandten.

Leif bemühte sich um ein Lächeln, brachte aber nur ein gequältes Zucken der Mundwinkel zustande. »Ja. Aber ich wär froh, wenn wir das Thema wechseln könnten.«

Mein Handy sah das anscheinend genauso und klingelte wie aufs Stichwort. Es ging doch nichts über einen geruhsamen Vormittag im Park! Ich fischte es aus der Tasche. »Oh, meine Ma.«

Am anderen Ende der Leitung war allerdings nicht Ma zu vernehmen, sondern die blecherne Stimme des Majors. Stella habe einen interessanten Auftrag, teilte er mir mit, und wolle wissen, ob Adam sie wieder begleiten würde.

»Ist Adam denn nicht zu Hause?«

»Warum sollte ich dich dann anrufen?«

»Was?«

»Wenn Adam hier wäre, warum sollte ich dich dann anrufen und nach ihm fragen?«, wiederholte der Major mit seiner bestechenden Logik.

»Ich weiß nicht, wo er ist.« Stirnrunzelnd legte ich auf, ohne die Erwiderung des alten Staubsaugers abzuwarten. Adam war nicht zu Hause? Aber wo war er denn dann? Ich hatte angenommen, er sei nach unserem Krach in der Bücherei nach Hause gegangen, hatte gehofft, er würde dort mit Ma einen Tee trinken und sich beruhigen. Später dann, so hatte es sich ein Teil meines Gehirns insgeheim ausgemalt, würden wir uns aussprechen, er würde mir verzeihen und alles wäre wieder in Butter.

Jetzt machte ich mir ernsthaft Sorgen. Adam kannte doch niemanden, zu dem er hätte gehen können, mit dem er hätte sprechen können. Rannte er mit all seiner Wut auf mich durch die Gegend? Was, wenn ihm etwas passierte?

»Ich muss los«, sagte ich und stand hastig auf.

Leif erhob sich ebenfalls schnell und stellte sich vor mich. »Ist alles in Ordnung?«

Er sah besorgt aus. Ich war kurz abgelenkt, als ich an eine andere, noch nicht allzu weit in der Vergangenheit liegende Gelegenheit dachte, bei der wir uns so gegenübergestanden hatten. Energisch schob ich den Gedanken an Leifs Mund beiseite.

»Ich hab ganz vergessen, dass ich Montag einen Test schreibe, und ich will noch ein bisschen üben.« Das war zur Hälfte wahr, denn Madame Accent hatte für Montag einen Test angekündigt. Die andere Hälfte war geschwindelt, ich dachte nämlich nicht mal im Traum daran, dafür zu lernen. Ich wollte einfach nur nach Hause und auf Adam warten. Was, wenn Leif mit seiner Vermutung richtiglag und Adam wirklich in mich verliebt war? Ich dachte an unseren Tanz und daran, wie Adam mich dabei angesehen hatte. In seinen grünbraunen Augen hatte ein Funkeln gelegen, das es mir unmöglich gemacht hatte, auch nur für einen Moment wegzusehen.

Meine Güte, es war allein meine Schuld! Ich hatte ihm falsche Hoffnungen gemacht. Ich musste mit ihm sprechen. Sofort.

Adam war noch nicht zu Hause aufgekreuzt, Ma war längst zu ihrem neuen Fall aufgebrochen und der Major hatte entdeckt, dass sich der Nachbar gegenüber einen Hundewelpen angeschafft hatte. Für den Staubsauger lag auf der Hand, dass der Welpe bald ein eigenes Rudel bilden und das ganze Viertel übernehmen würde. Er faselte von mitternächtlichem Geheul und grässlichen Revierkämpfen. Selbst als ich auf die Toilette flüchtete, sprach der Major einfach sehr viel lauter vor der Badezimmertür weiter.

Als er wegen der nun unweigerlich zu befürchtenden Hundeattacken Ausgangssperre für mich verhängen wollte, platzte mir der Kragen. »Jetzt reiß dich mal zusammen, ja? Der gute Mann hat einen Hund, keine Gestalt aus einem Horrorfilm.«

»Du hast das Tier nicht gesehen«, beharrte der Major mit nervös zuckendem Kritzelbart. »Es ist jetzt schon fast so groß wie die Katze.«

»Ach ja?« Ich grinste. »Das klingt ja furchterregend.«

Meine Geduld wurde zwei unendlich lange Stunden auf eine harte Probe gestellt, bis Ma endlich zurückkam. Der Major und ich hatten einen der seltenen Momente, in denen wir genau dasselbe dachten (und auch sagten): »Endlich!«

»Meine Güte!«, rief Ma gegen das Durcheinander unserer Stimmen an. »Der Reihe nach.«

Der Major ging selbstbewusst davon aus, in der Reihenfolge vor mir zu kommen, also legte er sein Problem mit dem Welpen dar. Ich rieb mir genervt das Gesicht, ließ ihn aber gewähren. Meine Geschichte würde länger dauern und ich konnte echt keinen dazwischenplappernden Staubsauger gebrauchen.

Ma versprach, einen unsichtbaren Maulkorb zu zaubern, und wandte sich dann mir zu. (Ich kannte ihren Gesichtsausdruck. Das war der gleiche, mit dem sie mir damals versprochen hatte, mich schneller wachsen zu lassen. Wenn sie es wirklich je versucht hatte, war sie kläglich gescheitert. Mein Wachstum hatte sich nicht von dem anderer Kinder unterschieden. Es würde keinen Maulkorb geben.)

Ich erzählte ihr von unserem Ausflug in die Leihbücherei, von Leif, der unerwartet aufgetaucht war, und von Adam, der deshalb wutentbrannt abgehauen war. Ich ließ kein Detail aus, berichtete ihr von Leifs Vermutung und zeigte Ma sogar, wie Adam sich an die Brust getippt hatte.

»Hm«, machte Ma.

»Hm?« Dem Major hatte sie wenigstens versprochen, etwas zu unternehmen. Mich hingegen sah sie nur mitfühlend an. »Was meinst du damit? Was hast du jetzt vor?«

»Da gibt es nichts, was ich machen könnte.« Der Major hatte ihr eine Tasse Tee zubereitet und sie griff dankbar danach.

»Wie bitte?« Ich ruderte mit den Armen. » Adam läuft allein da draußen herum. Wir müssen ihn suchen.«

Ma seufzte in ihre Teetasse. »Und dann?«

Ich ließ meine Arme sinken. Ich hatte keine Ahnung, was ich dann tun wollte.

»Mein Engel, Adam war schon öfter allein unterwegs und ihm wird schon nichts passieren. Er kann ganz gut allein Entscheidungen treffen, und wenn ihm danach ist, wird er wiederkommen. Er ist kein kleines Kind.«

»Natürlich ist er kein kleines Kind. Aber er ist auch kein richtiger ...« Ich brach ab.

Der Major rollte neben mich und legte seine Wischmopphand auf meine Schulter. »Der Junge kann gut auf sich allein aufpassen, Felicitas.«

»Darum geht es doch gar nicht«, sagte ich und beäugte misstrauisch die Wischmoppfransen, bis der Major sie zurückzog. »Ich habe keine Angst, dass er überfallen werden könnte. Ich mache mir Sorgen, weil er so aufgebracht war. Er ist sauer, weil ich ihm das Geheimnis nicht verraten wollte.«

»Wir sollten ihn einfach in Ruhe lassen. Gib ihm Zeit, über alles nachzudenken.«

»Er soll ja nachdenken. Aber er soll es gefälligst hier tun!« Wütend rannte ich in den Flur und schnappte mir meine Jacke. »Ich werde ihn suchen.«

Ich war an der Schule vorbeigelaufen und hatte sogar auf dem abgesperrten Schulhof nachgesehen. Dann war ich ins Emily's gegangen und hatte dort jeden Winkel abgesucht. Selbst bei Lena hatte ich geklingelt, doch von Adam fehlte jede Spur. (Lena hatte bereits geschlafen, weil sie am Morgen so früh aufgestanden war. Ihre Begeisterung über meinen Besuch hielt sich in Grenzen.)

»Warum hat er auch kein Handy?«, fragte ich mich laut und beantwortete mir die Frage selbst: »Weil niemand auf Verdacht einen Handyvertrag abschließt, nur weil er mit Backmischungen hantiert.«

Mein schlechtes Gewissen plagte mich. Alles, was Adam gewollt hatte, war die Wahrheit. Und ich hatte ihn enttäuscht. So langsam wurde ich panisch. Adam war ja schon nicht zu bremsen, wenn er so harmlose Kleinigkeiten wie Bergsteigen oder Tiefseetauchen plante. Was, wenn er so etwas wie einen negativen Tatendranganfall bekommen hatte? Was, wenn Leifs Vermutung zutraf und Adam wirklich in mich verknallt war? Wie sollte er mit alldem fertig werden?

Ich gab auf, ihn draußen zu suchen. Es war bereits spät und Adam, der niemals aus freien Stücken eine Mahlzeit ausfallen ließ, saß bestimmt hungrig am Abendbrottisch.

Meine Beine liefen immer schneller und zum Schluss rannte ich unsere Straße entlang.

Voller Hoffnung, Adam sei mittlerweile zu Hause angekommen, schloss ich mit zittrigen Händen die Haustür auf, doch Adam war nicht da.

Selbst für meine Maßstäbe war ich am nächsten Morgen übel gelaunt. Ich hatte schlecht geschlafen, war immer wieder aufgeschreckt und hatte auf jedes Geräusch gelauscht. Adam war nicht heimgekommen. Ma war bereits in aller Frühe zu einem Kunden gefahren und so hockte ich gerädert am Tisch und haderte mit meinem Schicksal, das mich mit einem quasselnden Staubsauger geschlagen hatte. Der Major hatte den Nachbarn mit dem

Hund beobachtete und glaubte, in seinem Verhalten ein Muster zu erkennen. Er tippte auf eine Seite in seiner Kladde, die mit *Pelzige Gefahr* überschrieben war. »Sie gehen exakt jede volle Stunde vor die Tür.«

»Weil der Welpe sonst exakt jede volle Stunde sein Geschäft auf dem Teppich erledigen würde.« Ich biss von meinem Toast ab. »Und jetzt lass mich mit diesem Hund in Ruhe.«

Der Major verzog tadelnd seinen Kritzelbart und vertiefte sich erneut in seine Aufzeichnungen über die pelzige Gefahr.

Nach dem Frühstück rief ich Ma auf ihrem Handy an. Es meldete sich nur die Mailbox und ich warf das Telefon verärgert auf den Küchentisch, wo es neben der aktuellen Ausgabe der *Kesselwirtschaft heute* landete.

»Hast du die Seiten etwa gebügelt?«, fragte ich und betrachtete die offensichtlich frisch geglättete Zeitschrift.

»Selbstverständlich. So, wie du sie zugerichtet hast, konnte ich sie Stella unmöglich vorlegen.«

»Ich habe die gar nicht zugerichtet«, empörte ich mich. Gut, ich hatte sie unters Bett gepfeffert, aber so schlimm konnte das doch nicht gewesen sein.

»Die vielen Eselsohren konnte ich glatt bügeln. Aber das hier«, der Major schlug die Zeitschrift auf und wischte ungehalten über eine dunkle Stelle, »bekomme ich einfach nicht weg.«

»Was ist das?« Ich beäugte den respektablen Fleck auf Seite neun.

»Marmelade«, teilte mir der Major unverzüglich mit. »Erdbeere, wenn du mich fragst.«

Der Fleck wurde trotz intensiven Starrens meinerseits nicht kleiner. Irgendetwas stimmte nicht. Ich hatte diese Zeitschrift nicht gelesen und garantiert auch keine Marmelade draufgekleckst. In meinem Hinterkopf rührte sich etwas, eine Ahnung, die kurz davor war, zur Gewissheit zu werden, aber das Klingeln an der Haustür lenkte mich ab.

»Adam!«, rief ich erleichtert und wollte aus der Küche stürzen.

Die Wischmopphand des Majors hielt mich zurück. »Stella hat Adam einen Schlüssel gegeben.«

Der Staubsauger verschwand in der Besenkammer und ich öffnete die Tür. Eigentlich hatte ich gehofft, Adam stünde vor mir, trotzdem musste ich bei Leifs Anblick grinsen. Leif erwiderte das Lächeln, streckte dann aber sorgenvoll eine Hand nach meiner Wange aus. »Du siehst aus, als hättest du schlecht geschlafen.«

Entsetzt fiel mir ein, dass ich nach dem Aufstehen noch gar nicht richtig in den Spiegel geschaut hatte. Hektisch strich ich meine Haare glatt und sah an mir herunter. Zumindest hatte ich mir schon die Zähne geputzt und mich angezogen. Dennoch war es ziemlich peinlich, Leif so gegenüberzustehen, und ich versuchte, ihn möglichst elegant abzuwimmeln. »Leif, ich habe gerade keine Zeit. Adam ist gestern Abend nicht nach Hause gekommen und ich …«

»Darum geht es ja, Feli.« Leif trat nervös von einem Fuß auf den anderen. »Vielleicht kann ich helfen.«

»Oh.« Ich sah ihn skeptisch an. »Wenn du helfen willst, ihn zu suchen … Ich glaube, das ist keine gute Idee.« Adam würde sicher sofort Reißaus nehmen, wenn er mich in Leifs Begleitung entdeckte.

Leif schüttelte den Kopf. »Nein, darum geht es nicht … Darf ich reinkommen?« Eigentlich störte Leif gerade, dennoch machte ich einen Schritt zur Seite und er ging an mir vorbei. »Ich muss mit dir über Adam reden. Dringend.«

Mein Magen plumpste mir in die Knie. Leif und Adam konnten sich nicht riechen, das hatte ich kapiert und musste es akzeptieren. Aber ich hatte es so satt, mir die Vorwürfe des einen anzuhören, weil ich mit dem anderen Zeit verbrachte. Leif hatte nun wirklich keinen Grund, eifersüchtig zu sein, schließlich hatte ich Adam gestern für ihn versetzt. Und dass ich das jetzt am liebsten rückgängig machen würde, konnte er ja nicht ahnen.

Niedergeschlagen ging ich in die Küche und ließ mich auf einen Stuhl fallen. Leif folgte mir und sein Blick fiel auf die *Kesselwirtschaft heute*. Ich nahm sie rasch vom

Tisch und rollte sie zusammen, sodass man den Titel nicht mehr lesen konnte.

Leif lächelte verkniffen und setzte sich ebenfalls. »Feli, bitte versprich mir, dass du jetzt nicht ausrastest.«

»Warum sollte ich?«, fragte ich misstrauisch.

»Die *Kesselwirtschaft* …«, begann Leif, doch ich unterbrach ihn, indem ich wie von der Tarantel gestochen aufsprang.

»Wie bitte?«, rief ich. »Was weißt du denn über die *Kesselwirtschaft*?«

Auch Leif stand auf. Er hielt beschwichtigend die Hände hoch und sagte leise: »Ich habe sie mir geliehen.«

»Du hast *was* getan?« Meine Stimme war inzwischen nur noch ein Quieken.

Und da machte es klick. Leif hatte die Zeitschrift entdeckt, als er bei mir im Zimmer gewesen war. Ich hatte sie ihm abgenommen und unters Bett geworfen. Der Major beteuerte felsenfest, die Zeitschrift vergeblich unter meinem Bett gesucht zu haben. Erst nachdem Leif das zweite Mal da gewesen war, war auch die *Kesselwirtschaft heute* wieder aufgetaucht. Mit einem Klecks Erdbeermarmelade. Leifs Lieblingsmarmelade. Er hatte die Zeitschrift heimlich unter meinem Bett hervorgeholt und sie später wieder zurückgelegt.

Ich bekam nur ein Flüstern heraus. »Warum?«

»Weil ich wissen musste, was hier vor sich geht.« Leif

kam um den Tisch herum auf mich zu, aber ich wich vor ihm zurück. »Seit ich Adam das erste Mal gesehen habe, wusste ich, dass mit ihm etwas nicht stimmt.«

Ich wollte fragen, was er damit meinte, aber meine Stimme versagte und so konnte ich Leif nur ansehen.

Er redete hastig weiter. »Er sieht aus wie der Junge auf der ›Backprinz‹-Schachtel. Den Jungen auf der Schachtel gibt es aber nicht wirklich, den habe ich gemacht, am Computer. Mich hätte fast der Schlag getroffen, als Adam in der Schule auf einmal vor mir stand. Mein Onkel …«

»Muncle?«, krächzte ich dazwischen.

Leif nickte niedergeschlagen. »Mein Onkel ist der Besitzer der Firma, die diese Backmischung hergestellt hat, und ich habe die Verpackung gestaltet. Er hat sich so die Kosten für ein echtes Model gespart und ich habe mir ein bisschen Geld dazuverdient.«

Ich nickte. Ich nickte wieder und verstand dennoch nichts.

»Der Junge auf der Verpackung besteht aus vier verschiedenen Models, Sängern und Schauspielern. Deshalb sieht er auch so … fantastisch aus. Aber er ist eben nicht echt.«

»Und«, ertönte eine blecherne Stimme, »wer ist dein Onkel, wenn ich fragen darf?«

Mit weit aufgerissenen Augen fuhr Leif herum und

stand nun dem Major gegenüber, der durch die Küchentür hereingerollt gekommen war und sich eindeutig im Bodyguard-Modus befand. Ich machte mich auf das Schlimmste gefasst.

»Oh … wow!« Leif betrachtete den Major ungläubig. »Ihr habt einen Roboter? Funktioniert der etwa auch mit Magie?«

Als Leif das unselige M-Wort aussprach, zuckte ich zusammen.

»Roboter?« Dem Major rutschte der Schnauzbart zum Eimerrand. Leif ignorierte die gut ausgerüstete Taschenmesserhand und umrundete den Major zweimal.

»Du solltest ihn besser nicht reizen«, mischte ich mich ein und trat Leif in den Weg, bevor er noch eine dritte Runde dranhängen konnte. Unter meinem wütenden Blick ließ er sich wieder auf den Stuhl fallen. Ich wandte mich an den Staubsauger und zischte: »Vielen Dank, Major. Jetzt ist alles gleich viel einfacher.«

»Wenn mich nicht alles täuscht, hat der Eindringling die *Kesselwirtschaft heute* gelesen. Was sollte ihn jetzt noch überraschen?«

Er hatte natürlich Recht. Ich seufzte und rieb mir mit den Händen über das Gesicht. Leif wusste Bescheid, ganz offensichtlich. Er hatte sofort erkannt, dass der Major mit Magie betrieben wurde. Es war zu spät, um sich irgendwelche Ausreden einfallen zu lassen.

»Feli, hör mir zu, es tut mir so leid, aber ...« Leifs Stimme hatte einen flehenden Unterton angenommen.

Der Major unterbrach ihn scharf: »Felicitas, ich rate dringend davon ab, dem feindlichen Spion noch länger zuzuhören. Er gehört in die Arrestzelle.«

Natürlich hatten wir keine richtige Arrestzelle. Der Major bezeichnete unseren Gartenschuppen gerne so, weil sich vor dem Fenster ein paar dünne Gitterstäbe befanden. Leif starrte den Major mit offenem Mund an und sah tatsächlich ein wenig erschrocken aus, wie ich befriedigt feststellte.

»Damit warten wir noch, Major«, sagte ich in einem möglichst militärischen Tonfall. »Ich muss Ma anrufen.«

Ich schnappte mein Handy, wählte Mas Nummer und kaute derweil nervös an den Fingernägeln. Ma würde wissen, was zu tun war. Ma konnte das alles ungeschehen machen. Ma würde wahrscheinlich direkt mit dem Kofferpacken anfangen. Wieder ging nur die Mailbox ran. Herrschaftszeiten! Konnte es denn noch schlimmer kommen?

»Ach!« Ich versuchte, mir meine Befürchtungen nicht anmerken zu lassen. Fest entschlossen, die Oberhand zu behalten, legte ich das Handy weg. »Du bist dem Major noch eine Antwort schuldig.«

Der Major verschränkte seine Wischmoppstielarme vor der Staubbeutelbrust und kniff die Augenovale bedrohlich zusammen. Leif sah mich voller Bedauern an.

»Du meinst, wer mein Onkel ist?« Der Major und ich nickten. Leif seufzte und ließ den Kopf hängen. »Markus van Feldern.«

Mein Hals zog sich zusammen und ich bekam kaum noch Luft. Markus van Feldern und Leif waren miteinander verwandt?

»Muncle. Uncle heißt Onkel, M steht für Markus«, flüsterte ich. Mir war übel, alles drehte sich. Ich erinnerte mich an den Tag, als Leif und van Feldern sich vor unserer Haustür begegnet waren. Ich hatte Leifs Reaktion auf den rothaarigen Schnösel auf dessen extravagantes Äußeres geschoben und wäre nie darauf gekommen, dass sie sich kannten. »Wozu das ganze Theater?«

»Feli, darum bin ich hier.« Leif wollte abermals aufstehen, doch das wurde diesmal durch den Major verhindert, der den Stuhl so weit wie möglich an den Tisch schob und Leif unsanft einklemmte. Der versuchte, sich durch Rucken zu befreien, gab es aber schließlich auf und wandte sich wieder an mich. »An dem Tag, als ich Adam auf dem Pausenhof zum ersten Mal gesehen habe, habe ich sofort meinen Onkel angerufen und ihm davon erzählt. Er hat mich natürlich für verrückt erklärt. Deshalb habe ich Adam heimlich mit dem Handy fotografiert und Markus die Bilder geschickt.«

»Du hast *was*?«, fragte ich entsetzt. »Es war also kein Zufall, dass van Feldern plötzlich vor unserer Haustür aufgetaucht ist. Von wegen, er wollte einen alten Freund besuchen!«

Leif sah mich unglücklich an. »Stimmt. In Wahrheit wollte er Adam treffen und herausfinden, was bei euch los ist. In eurer Küche hat er die merkwürdigen Zutaten und die leere ›Backprinz‹-Schachtel gesehen und eins und eins zusammengezählt. Er ist dann noch ein paarmal vorbeigekommen, um möglichst viel herauszufinden, und hat im Arbeitszimmer deiner Mutter wohl ein paar Entdeckungen gemacht.« Leif schüttelte abwesend den Kopf. »Ich glaube, Markus hat sein ganzes Leben lang auf so etwas gewartet. Keine seiner Geschäftsideen hat je funktioniert, die ›Backprinz‹-Backmischung ist total gefloppt und …«

»Das tut mir ja wirklich unglaublich leid für ihn«, unterbrach ich Leif wutschnaubend. »Geht's noch? Dieser Typ hat meine Ma nur ausgenutzt!«

Entrüstet lief ich in der Küche hin und her, bis mir ein Gedanke durch den Kopf schoss, der alles bisher Gehörte in den Schatten stellte. Mein alter Bekannter, der fiese Igel mit den spitzen Stacheln, hob witternd das Näschen. »Genauso, wie du mich nur ausgenutzt hast, oder?«

Leif sagte nichts. Er hielt den Kopf gesenkt und starrte auf den Küchentisch, während der Major in regelmäßigen Abständen gegen seinen Stuhl rumste.

»Leif?« Meine Stimme zitterte. Das konnte alles nicht wahr sein. Oder vielmehr: Natürlich konnte das wahr sein. Natürlich würde sich ein Junge wie Leif, dem die Mädchen scharenweise verfielen, niemals wirklich für mich interessieren. Wie hatte ich nur so dumm sein können! Leif hatte mir nur etwas vorgemacht, um näher an Adam heranzukommen. Seine Blicke, seine Berührungen, alles nur Schauspielerei. Es war, als hätte jemand einen Eimer eiskaltes Wasser über mir ausgeschüttet.

Ich wartete, bis ich meiner Stimme wieder vertrauen konnte, und sagte dann leise: »Du hast noch immer nicht gesagt, wozu das alles gut sein sollte.«

»Es tut mir leid, Feli. Ich hab echt Mist gebaut. Als Markus mich um meine Hilfe gebeten hat, kannte ich dich doch noch nicht …« Leif sah mich mit einem bittenden Gesichtsausdruck an. »Markus war immer für mich da. Ich hatte das Gefühl, in seiner Schuld zu stehen. Und du warst einfach der perfekte Vorwand, um in Adams Nähe zu bleiben.«

»Der perfekte Vorwand?«, wiederholte ich langsam. Vor ein paar Augenblicken war ich noch unglaublich verletzt gewesen, doch jetzt spürte ich nur noch Wut. Ich wollte nichts mehr von Leifs Erklärungen hören. Er sollte einfach nur verschwinden. Ich schluckte den Kloß in meinem Hals hinunter und sagte: »Das spielt jetzt auch keine Rolle mehr. Es ist besser, wenn du gehst.«

»Bitte, Feli«, beharrte Leif. »Ich will dir helfen, Adam zurückzuholen.«

Zurückzuholen? »Wie meinst du das?«

»Feli, mein Onkel ist ein Meister darin, Menschen zu manipulieren. Wenn er Adam erst einmal in seinen Fängen hat, wird er ihm eine gehörige Gehirnwäsche verpassen und ihn davon überzeugen, nur das Beste für ihn zu wollen. Und«, Leif beugte sich vor, um seinen Worten Nachdruck zu verleihen, »er wird Adam nicht so einfach wieder gehen lassen.« Der Major und ich wechselten einen besorgten Blick. Man konnte es drehen, wenden und auf den Kopf stellen, es gab wohl kaum jemanden, der empfänglicher für Manipulationen war als Adam; er war einfach zu vertrauensselig.

Ich schüttelte diesen Gedanken ab und klammerte mich an die Hoffnung, dass Adam nur einen sehr ausgedehnten Spaziergang machte und jede Minute zurückkehren würde. »Wieso sollte Adam bei deinem Onkel sein?«

»Ich habe ihn immer auf dem Laufenden gehalten, wo Adam gerade ist. Deshalb wusste er auch von eurem Büchereibesuch.« Leif wurde mit jedem Wort leiser. »Markus wird in der Nähe der Bücherei gewartet haben, und als Adam dann nach eurem Streit vollkommen aufgewühlt abgehauen ist, hat er ihn vermutlich ›zufällig‹ getroffen.«

Er zog sein Handy hervor, öffnete eine Nachricht und zeigte sie mir. Ich las sie laut vor und mein Mund wurde trocken: »›Alles erledigt, Kuchen ist im Ofen.‹«

Fünfzehn

»›Kuchen ist im Ofen‹?«, wiederholte ich leise. Mir gefiel es gar nicht, wenn jemand Adam als Kuchen bezeichnete. Na gut, jemand anders als Lena oder ich. Ich musste an das Streitgespräch mit Adam in der Bücherei denken. Daran, wie er mich hatte stehen lassen, und daran, wie Leif mich danach umarmt hatte. Hatte er nur verhindern wollen, dass ich Adam hinterherrannte, damit der van Feldern geradewegs in die Arme stolperte? Erbost griff ich nach meinem Handy und versuchte erneut, Ma zu erreichen. Wieder die Mailbox. »Das darf doch nicht wahr sein!« Ich knallte das Handy auf den Tisch. »Und jetzt?«

Ich hatte keine Zeit zu verlieren. Jede Sekunde, in der van Feldern Adam beeinflussen konnte, war eine zu viel. Ich war fest entschlossen, sofort zu handeln, und schritt zur Tür.

»Warte, Felicitas«, sagte der Major besonnen, ohne sich von Leif wegzubewegen, der noch immer eingeklemmt am Küchentisch saß. »Wir müssen uns zuerst einige Fragen stellen.«

»Und währenddessen schmort Adam bei diesem van Gemeingefährlich?«, brauste ich auf.

Der Major neigte den Kopf zur Seite. »Die wichtigste Frage ist doch: Warum hat er Adam?«

»Warum?« Das war eine wirklich gute Frage und meine Augen sprangen zu Leif. »Was will dein Onkel eigentlich von Adam?«

Über Leifs Gesicht huschte ein seltsamer Ausdruck. »Markus braucht dringend einen geschäftlichen Erfolg. Er hat hohe Schulden, weil er sich für die Backmischung viel Geld geliehen hat. Außerdem führt er ein ziemlich … exzentrisches Leben. Und ich glaube, er wittert mit Adam seine Chance, sehr, sehr reich zu werden.« Er drehte sich so weit um, wie es sein eingeklemmter Zustand zuließ. »Er würde sonst was dafür geben, diesen Roboter zu besitzen. Ihr solltet ihn gut vor ihm verstecken.«

Statt sich über die Bemerkung mit dem Roboter aufzuregen, murmelte der Major nur: »Das ist schlecht.«

»Warum?«, wollte Leif wissen. »Ich meine, abgesehen vom Offensichtlichen.«

»Es gibt einen Grund, weshalb Hexen und Zauberer ihre Fähigkeiten seit jeher versteckt gehalten haben«, sagte der Major langsam. »Magie ist eine sehr gefährliche Sache, wenn man nicht mit ihr umzugehen weiß. Nicht jeder ist dafür gemacht. Und immer, wenn Menschen ohne magische Kräfte versuchen, sich die Magie untertan zu machen, hat das katastrophale Folgen, wie man schon allein an Stellas gut gefülltem Auftragsbuch ablesen kann.«

»Dann muss ich mich erst recht beeilen«, sagte ich mehr zu mir selbst.

»Feli!« Leif wand sich auf seinem Stuhl. »Sag dem Ro…«

»Er ist kein Roboter«, fuhr ich ihn an. »Er ist der Major, und wenn du ihm was sagen willst, dann tu es gefälligst selbst.«

Leif sammelte sich und fragte dann äußerst liebenswürdig: »Lieber Major, würdest du mich bitte aufstehen lassen?«

»Wieso?«, kam es blechern zurück.

»Weil ich Feli begleiten muss. Sie braucht meine Hilfe.«

Ich stieß ein hohes Lachen aus. War denn das zu glauben? Leif hatte uns diese Suppe eingebrockt und jetzt tat er allen Ernstes so, als bräuchte ich seine Hilfe?

»Ohne dich wären wir erst gar nicht in dieser Lage«, zischte ich und drehte mich um. Leif hatte mich hintergangen, und wenn Adam nicht in Gefahr gewesen wäre, hätte ich mich bestimmt schon heulend in meinem Zimmer verkrochen.

»Warte«, mahnte der Major. »Felicitas, ich sage es nur ungern, aber vielleicht solltest du dich doch von dem Gefangenen begleiten lassen.«

»Ich kann gut auf ihn verzichten.« So viel war sicher.

Mein vernichtender Blick streifte Leif, doch der fragte mit hochgezogenen Augenbrauen: »Und wie willst du das Haus meines Onkels finden?«

Wir nahmen den Bus, stiegen zweimal um und kamen schließlich in einem eleganten Vorort an. Hier standen hübsche Häuser mit gepflegten Gärten und teuer aussehenden Autos davor. Zwar war keines davon mit dem Haus von Kathinkas Eltern zu vergleichen, aber sie machten auch so etwas her.

Ich hätte hier nicht gerne gelebt, alles bestand aus geraden Linien und war akkurat getrimmt und geschnitten. Mir wurde bewusst, wie sehr ich unser kleines Haus mit dem durchhängenden Dach und den bunten Fensterläden mochte, unseren Garten, in dem alles wachsen durfte. Ma hatte einige Insektenhotels darin verteilt, eine Vogeltränke aufgestellt und häufte für die Igel stets Laub vor der Hecke an.

Mir wurde schlecht, als ich begriff, dass wir das alles bald hinter uns lassen mussten. Die gemeinen Geschichten von Kathinka und Sarah hätte ich mit Mas Hilfe schon irgendwie in den Griff bekommen, doch Leif und sein Onkel waren eine Nummer zu groß. Sie wussten zu viel.

Ich hatte mit Leif kein Wort gesprochen, seit wir uns auf den Weg gemacht hatten, und auch jetzt liefen wir schweigend nebeneinanderher. Wir legten ein ordentliches Tempo vor. Eine innere Stimme trieb mich zur Eile an, obwohl ich eigentlich keine Ahnung hatte, was ich genau tun sollte, wenn wir erst angekommen waren. Ich musste Adam vor van Feldern retten, das lief als Dauerschleife in meinem Kopf, aber wie ich das anstellen sollte, wusste ich nicht.

Mein Handy klingelte und ich blieb stehen, um es aus der Tasche zu ziehen. Es war unsere Festnetznummer und ich zögerte, den Anruf entgegenzunehmen. Ich hatte jetzt keine Nerven, mit dem Major zu telefonieren, zumal ich vergessen hatte, mein Handy aufzuladen und keine wertvollen Reserven für Gefasel über Hundewelpen verschwenden wollte. Andererseits konnte es Ma sein.

»Feli?« Es war Lena. Der Major hatte ihr alles berichtet und sie schimpfte wie ein Rohrspatz. Sie nannte Leif einen hundsgemeinen Verräter und verwendete noch ein paar andere Bezeichnungen, die jeden anständigen Rohrspatz zum Erröten gebracht hätten. Sie schwor, Leif zu verprügeln, sobald sie ihn in die Finger bekam.

So gut es mir tat, das zu hören, ich musste meinen Akku schonen. »Lena, hör mal. Versuch, meine Ma zu erreichen. Sag ihr, dass ich mit Leif zu van Kotzbrocken gefahren bin.«

»Van Mistkerl kann froh sein, dass ich nicht dabei bin. Der steht auch auf meiner Liste«, zischte Lena in einem

Ton, der keinen Zweifel an ihrer Entschlossenheit ließ. Sie versprach, nicht lockerzulassen, bis sie Ma erreicht hatte, und legte auf.

Leif hatte mich während des Gesprächs beobachtet und ich war nicht sicher, wie viel er von Lenas Drohungen gehört hatte. Es erfüllte mich mit Genugtuung, ihn so zerknirscht zu sehen.

Ma würde wissen, was zu tun war. Sie konnte van Feldern zwingen, Adam gehen zu lassen. Und sie konnte diesen elenden Kerl für seinen hinterhältigen Plan bestrafen. Wenn sie nur rechtzeitig kommen würde.

»Feli.« Leif hielt das Schweigen anscheinend nicht mehr aus. Er griff nach meinem Arm, doch ich schüttelte ihn wütend ab.

»Du kannst von Glück sagen, dass ich gerade andere Sorgen habe.« Ich musste mich sehr zusammenreißen, um nicht zu schreien. »Sonst würde ich dir jetzt echt was erzählen. Lass mich einfach in Ruhe, ja?«

Ich stürmte weiter und Leif eilte hinter mir her. Er wollte wieder nach meinem Arm fassen, aber ein Blick von mir genügte und er wagte es nicht, mich zu berühren. »Feli, warte. Bitte!«

Ich wirbelte zu ihm herum und mir stiegen Tränen in die Augen, die ich bis jetzt unterdrückt hatte. Ich hatte Leif vertraut, war drauf und dran gewesen, mich ernsthaft in ihn zu verlieben, und er hatte mich nur ausgenutzt.

Wie gern hätte ich ihn angeschrien, hätte ihm meinen ganzen Schmerz und meine Enttäuschung entgegengebrüllt, doch ich bewahrte die Kontrolle. »Was?«

»Wir müssen uns gut überlegen, wie wir vorgehen.«

»Wir holen Adam da raus.«

»Das ist ein guter Plan, wirklich.« Leif hob die Schultern. »Aber wir sollten besprechen, wie wir das genau machen.«

»Hast du einen Vorschlag?«, fauchte ich.

»Ja. Kannst du klettern?«

»Klettern?«

»Wenn wir ungesehen ins Haus kommen wollen, können wir nicht einfach durch das Tor hereinspazieren. Wir müssen über die Mauer.« Leif sah mich an. »Vielleicht haben wir so eine Chance, Adam zu finden, ohne dass mein Onkel etwas merkt.«

»Okay, das klingt doch einfach.«

»Ja. Ist es auch. Es sei denn, du hast Angst vor Hunden. Markus hat zwei Doggen, die sein Grundstück bewachen.«

Im Prinzip hatte ich kein Problem mit Hunden, ich war ja nicht der Major. Was Leif da allerdings mit den Händen andeutete, hatte ungefähr die Größe eines mittleren Ponys.

Trotzdem nickte ich. »Und dann?«

»Ab da müssen wir improvisieren.«

»Super.« Für mich war damit alles gesagt und ich wollte weitergehen.

Doch Leif hielt mich wieder zurück. »Ich wollte das nicht, Feli. Ich wollte Adam nie in Gefahr bringen, das musst du mir glauben.«

»Ich will deine dämlichen Entschuldigungen nicht hören«, sagte ich wütend. »Ich will einfach nur Adam finden, so schnell wie möglich von hier verschwinden und dich am liebsten nie wiedersehen.«

Meine Unterlippe zitterte, doch zum Glück starrte Leif auf einen Punkt vor seinen Füßen und bemerkte es nicht. Schließlich gab er sich einen Ruck und ging weiter, ohne mich anzusehen.

Van Felderns Villa lag am Ende der Straße. Hohe Bäume säumten die breite Einfahrt, die hinter dem Tor zum Haus führte. Wie ein Sträfling packte ich die Gitterstäbe und blickte finster hindurch. Ja, dieser Schuppen mit den Säulen am Eingang passte zu van Aufschneider; die Bergmanns mussten sich vorsehen, der erste Platz im Größenwahnwettbewerb war ernsthaft in Gefahr.

»Feli, komm!«

Ich sah mich um. Leif hockte bereits auf der Mauer und streckte mir die Hand entgegen. Ohne zu zögern griff ich danach und er zog mich zu sich hoch. Ich kämpfte mich mit einiger Mühe hinauf und als ich oben angelangt war, sprang Leif auf der anderen Seite hinunter. Er breitete die

Arme aus, doch ich dachte gar nicht daran, mich in seine Umarmung zu stürzen. Ich ließ mich neben ihn auf den Boden fallen, kam schmerzhaft mit dem linken Fuß auf und rollte mich ninjamäßig nach rechts ab.

»Geht's?«, fragte Leif besorgt.

»Klar«, behauptete ich. »Man hat mir einen vergifteten Dolch in den Rücken gerammt, da werde ich einen verknacksten Fuß wohl überleben.« (Der vergiftete Dolch war die Lieblingsmetapher des Majors, wenn er sich verraten fühlte. Zuletzt hatte er sie benutzt, als Ma ihm ein Jahresabo der Zeitschrift *Zeppeline Selber Bauen* verweigert hatte.)

Leif öffnete den Mund, schluckte seine Antwort aber herunter und ließ die Schultern hängen. Er wartete, bis ich aufgestanden war, und ging auf das Haus zu, wobei er einige Büsche als Deckung benutzte. Mein Knöchel tat weh und ich schüttelte den Fuß. Zu stolz, mir etwas anmerken zu lassen, folgte ich ihm.

Tiefes Bellen ertönte und näherte sich rasch. Ich beeilte mich, zu Leif aufzuschließen, als zwei schwarze Riesenhunde auf uns zugaloppierten.

»Mars! Jupiter!«, begrüßte Leif die Tiere, die ihm beim Hochspringen locker bis zur Schulter gingen. Leif hatte nicht übertrieben: Diese Hunde waren gigantisch und mir wurde flau im Magen, als sie ihre Aufmerksamkeit auf mich richteten. Mars und Jupiter sprangen knurrend auf mich zu, doch Leif rief sie zur Ordnung. »Aus! Lasst Feli in Ruhe.«

Flankiert von den noch immer knurrenden Hunden schlichen wir weiter und erreichten die Terrasse. Leif drückte leicht gegen eine der Glastüren, die sich daraufhin geräuschlos öffnete. »Sehr gut. Mein Onkel verlässt sich zu sehr auf die abschreckende Wirkung seiner beiden Hunde. Da vergisst er oft, die Terrassentür zu schließen.«

Leif bedeutete mir, ihm leise ins Haus zu folgen. Die Hunde schienen zum Glück das Interesse an uns verloren zu haben und tollten schon wieder im Garten herum.

Im Haus war es totenstill. Leif führte mich durch das schick eingerichtete Wohnzimmer und legte ein Ohr an die Zimmertür, bevor er sich zu mir umdrehte. »Okay, pass auf. Ich sehe im Keller nach, wo mein Onkel immer an seinen neuen Entwicklungen herumbastelt. Vielleicht finde ich heraus, was er mit Adam vorhat. Du suchst in den Zimmern oben nach Adam.«

»Und wo ist van Abgehoben?«

»Vielleicht haben wir Glück und er ist gar nicht da.« Leif zog die Tür langsam, ganz langsam auf. Ich hielt den Atem an und wartete auf ein verräterisches Geräusch, doch alles blieb still. Mir schlug das Herz bis zum Hals, als wir auf Zehenspitzen in die dunkle Eingangshalle schlichen. Leif deutete auf die elegante, geschwungene Treppe, die zum ersten Stock führte und ich nickte.

Ein Räuspern ertönte und wir fuhren herum.

»Felicitas. Leif. Was für eine schöne Überraschung.« Van Feldern saß in einem Ohrensessel neben einem riesigen Kamin und seine eisblauen Augen blitzten. Mir lief eine Gänsehaut den Rücken hinunter. Ich sah ihn zum ersten Mal leger gekleidet, sein Hemd war bis zur Brust aufgeknöpft und sein kinnlanges Haar war im Nacken zusammengebunden. »Was führt euch denn hierher wie Diebe in der Nacht?«

Nachdem ich den ersten Schreck überwunden hatte, verschränkte ich die Arme vor der Brust. Mir stand der Sinn nicht nach Smalltalk. Zum Glück übernahm Leif das Sprechen. »Hallo, Markus. Wir kommen hoffentlich ungelegen.«

Van Feldern lächelte, wie man eben lächelt, wenn man lieber die Zähne fletschen würde. Er neigte den Kopf zur Seite. »Diese unnützen Hunde. Ich sollte sie gegen eine Schar Gänse eintauschen. Was meint ihr?«

»Ach, hören Sie doch auf mit dem Gerede.« Ich hatte keine Zeit, mich über meinen eigenen Mut zu wundern, denn ich befand mich bereits auf dem Weg zur Treppe. (Dabei stolperte ich fast über den Kopf eines riesigen Bärenfells. Diese Eingangshalle hätte auch in ein Hotel gepasst. Ein sehr exquisites Hotel.)

»He! Augenblick!« Van Feldern sprang aus dem Sessel und stellte sich mir in den Weg. »Jetzt gerade ist ein schlechter Zeitpunkt für Besuch.«

»Das kann ich mir denken.« Ich wollte an van Feldern vorbei, doch er packte mich am Arm.

»Aua!« Seine Finger drückten fest zu und ich wand mich. »Geht's noch?«

»Lass sie los, Markus«, sagte Leif ruhig. Er war mit einem Schritt zwischen seinem Onkel und mir. »Sofort.«

Van Feldern und Leif standen sich einen Augenblick lang reglos gegenüber. Zwischen ihnen passierte etwas, das ich nicht verstand. Es war ein stummes Gefecht und Leif behielt die Oberhand. Schließlich lockerte van Feldern seinen Griff um meinen Arm und trat zurück. Sofort stürmte ich zur Treppe. »Adam? Adam, bist du hier?«

Es kam keine Antwort, nur das Bellen der Riesenhunde war von draußen zu hören.

Van Feldern ging langsam hinter mir her. »Kann ich dir helfen? Suchst du jemanden?«

»Natürlich. Ich suche Adam.«

»Wer sagt, dass er hier ist?«

»Wir können auch die Polizei rufen. Dann können die nach ihm suchen.«

»Nach wem suchen?«

»Nach Adam!« So langsam verlor ich die Geduld.

»Aber was willst du der Polizei denn sagen?« Van

Feldern strich eine Haarsträhne zurück, die sich aus seinem Zopf gelöst hatte, und grinste überlegen. »Wen sollen sie suchen? Adam? Adam Wer? Wann ist er geboren und wo? Wer sind seine Eltern, wo wohnt er jetzt?« Sein Grinsen erstarb und er trat näher an mich heran. »Die Polizei wird nicht kommen, weil es streng genommen niemanden gibt, der vermisst wird, Felicitas.«

Gut, der Plan mit der Polizei hatte so seine Schwachstellen.

»Habe ich Ihnen eigentlich schon einmal gesagt, wie bescheuert ich Sie finde?« Es tat gut, das endlich rauszulassen.

Van Feldern schob das Kinn vor. »Nun, nicht mit Worten.«

»Es gibt auch gar keine Worte dafür, wie sehr ich Sie verachte.«

»Du solltest ein wenig vorsichtig sein, Felicitas. Du befindest dich hier in meinem Haus, vergiss das nicht.«

»Vergessen *Sie* nicht, mit wem Sie sprechen.« Ich genoss die Wirkung, die dieser Satz auf van Feldern hatte.

Er nahm die Arme herunter und wich mit zusammengekniffenen Lippen ein kleines Stück vor mir zurück. »Du scheinst dir deiner Sache sehr sicher zu sein.«

Sicher? Ich prustete los. (Es war mein irres »Zeichentrickfigur mit Weltherrschaft-Ambitionen«-Lachen. Lena und ich hatten das im letzten Jahr beinahe täglich geübt und wenn ich nur halb so viel Zeit für meine Mathehausaufgaben verwendet hätte, wäre ich sicher ganz passabel in diesem Fach. Aber, so stellte ich befriedigt fest, irres Lachen brachte mich in dieser Situation viel weiter, als Bruchrechnen es je vermocht hätte.)

Ich hatte hoch gepokert, aber wie es aussah, auch gewonnen. Van Feldern hielt mich für eine Hexe und diesen Trumpf würde ich nicht aus der Hand geben. Mit hochgezogenen Augenbrauen und fester Stimme fragte ich: »Also? Wo ist er?«

»Feli?« Adam war aus einer Tür getreten. Ich war so erleichtert darüber, ihn gesund und munter zu sehen, dass ich mich in seine Arme warf. Er hielt mich einen Augenblick lang fest, schob mich dann von sich und sah mich mit einem seltsamen Ausdruck an. »Was machst du hier?«

»Was denkst du denn? Ich will dich hier rausholen.« Das war doch klar wie Kloßbrühe.

Adams Augen wanderten zu Leif, der mit verschränkten Armen hinter van Feldern stand und die Stirn runzelte. »Rausholen? Ich versteh nicht ganz.«

Was gab es denn da nicht zu verstehen? »Van Feldern will dich in seine Gewalt bringen, um dich dann …«

Markus van Feldern lachte auf. »Gewalt? Findest du nicht, du übertreibst, mein liebes Kind?«

»Ich bin nicht ihr liebes Kind, Sie …«, zischte ich.

Doch Adam brachte mich mit einer Geste zum Schweigen, bevor ich richtig loslegen konnte. »Hier liegt, glaube ich, ein Missverständnis vor.«

Das konnte man wohl sagen. Irgendetwas stimmte hier ganz und gar nicht. Adam machte weder den Eindruck, hier schnellstens wegzuwollen, noch schien er über mein Auftauchen erfreut zu sein, von Leifs ganz zu schweigen.

Adam schenkte mir ein müdes Lächeln. »Feli, ich bin vollkommen freiwillig hier. Markus hat mir angeboten, eine Weile bei ihm zu wohnen. Und ich finde, das ist eine gute Idee.«

Genau, so gut wie die Idee, mit Krokodilen baden zu gehen. Van Feldern hatte in Sachen Gehirnwäsche bereits ganze Arbeit geleistet. Ich packte Adam an den Schultern und schüttelte ihn leicht. »Du bist doch bei uns zu Hause, Adam.«

»Feli, du verstehst das nicht.«

»Stimmt.« Ich ließ von ihm ab. »Ich habe keine Ahnung, was hier los ist.«

Van Feldern räusperte sich. »Wir sollten uns in Ruhe unterhalten.«

Verstört sah ich zu Leif, der Adam mit einem schwer zu deutenden Gesichtsausdruck betrachtete. Er war bei dieser Sache ja eine große Hilfe, ehrlich.

»So, das reicht mir jetzt. Ich rufe Ma an, Adam. Wenn du sauer auf mich bist, ist das in Ordnung. Aber das ist noch lange keine Grund …« Ich hatte umständlich mein Handy aus der Tasche gezogen, nur um festzustellen, dass es komplett leer war. Vermutlich war ich nach dem Gespräch mit Lena auf eine falsche Taste gekommen und hatte dem Akku mit einer bescheuerten Playlist den Rest gegeben. »Mist.«

Wir folgten van Feldern in das große Wohnzimmer, durch das Leif und ich uns hineingeschlichen hatten. Van Feldern nahm auf dem beigefarbenen Ledersofa in Hufeisenform Platz, das nicht mal in unser Wohnzimmer gepasst hätte, wenn wir alle anderen Möbel rausgeschmissen hätten.

Wir setzten uns alle vier mit dem größtmöglichen Abstand zueinander auf das Sofa und maßen uns gegenseitig mit Blicken. Ich hatte noch immer keinen Schimmer, was hier eigentlich vor sich ging, und beschloss, dass Angriff die beste Verteidigung war.

Ich wandte mich an van Feldern und fragte bemüht sachlich: »Was wissen Sie über Adam?«

»Nur das, was er mir erzählt hat.«

Ich starrte Adam an. »Was hast du denn erzählt?«

»Alles.« Adam hob die Schultern. »Er weiß von Stellas Fähigkeiten, Feli.«

Mir wurde schwindelig und ich griff mir an den Kopf. »Warum hast du das gemacht?«

»Es ist nicht Adams Schuld«, schaltete sich van Feldern

ein. Er wechselte einen kurzen Blick mit Leif, ehe er sich wieder an mich wandte. »Ich wusste schon vorher von Stellas und deiner … Begabung. Adam hat mir nur von sich und seiner«, van Feldern spitzte die Lippen, »Geburt erzählt.«

Adam lächelte ihn an. Es war nicht zu übersehen, wie dankbar er für diese Wortwahl war. Ermattet sank ich in die Polster. »Und jetzt? Was wollen Sie jetzt tun?«

»Ich will gar nichts tun.« Van Feldern lehnte sich ebenfalls bequem zurück. Er rollte die Ärmel seines Hemdes auf und richtete in aller Ruhe seinen Zopf.

Ich sah ihm sprachlos dabei zu und musste mich sehr zusammenreißen, ihn nicht am Kragen zu packen und kräftig durchzuschütteln. »Dann ist ja gut. Sie haben also nichts dagegen, wenn Adam und ich jetzt gehen?«

»Natürlich nicht.«

Das war ja besser gelaufen, als ich gehofft hatte. Ich sprang auf und streckte Adam meine Hand entgegen. »Dann komm, Adam. Lass uns abhauen.«

Doch Adam rührte sich nicht vom Fleck. Er wich meinem Blick aus und sagte: »Ich bleibe hier, Feli.«

»Was?« Ich hatte mich wohl verhört. Sicherheitshalber rieb ich mir über die Ohren. »Ich meine, warum?«

»Weil Markus keine Geheimnisse vor mir hat.« Adam sah mir direkt in die Augen und ich stellte erschrocken fest, wie ernst es ihm war.

»Adam, es tut mir leid, aber …«

»Nein, Feli, es tut dir eben nicht leid.« Adam schüttelte den Kopf. »Ich weiß, dass du und Stella nur das Beste für mich wollt, aber ich finde, ich habe die Wahrheit verdient. Es ist schließlich mein … meine Existenz.«

Ich schluckte.

»Sag mir, worüber ihr damals im Arbeitszimmer gesprochen habt.« Adams Stimme war nur noch ein Flüstern. »Was habt ihr über mich herausgefunden? Egal was es ist, ich kann es aushalten.«

Ich dachte an Mas Worte zurück. *Wir alle haben ein solches Datum. Würdest du deines wissen wollen?* Ich hatte ihr versprochen, niemals mit Adam über unsere Entdeckung zu reden. Und dieses Versprechen konnte ich nicht brechen. Auch wenn ich Adam deswegen verlieren würde.

»Ich kann es dir nicht sagen. Begreif das doch«, murmelte ich und Adams Schultern sackten nach unten. »Aber van Feldern kann es erst recht nicht.«

»Markus ist der Besitzer der Firma Backprinz«, erwiderte Adam. »Und er ist im Besitz des Rezeptes für die Backmischung.«

»Ja, und?«

»Er kann mir helfen, mehr über mich herauszufinden. Niemand kennt die Zusammensetzung der Zutaten besser als Markus.«

»Woher willst du wissen, dass das Ganze etwas mit den Zutaten zu tun hat?«, rutschte es mir heraus.

Van Feldern richtete sich interessiert auf und in seinem Blick stand die Gier. »Wenn du mir mehr über die magischen Vorgänge erzählen willst, ich bin ganz Ohr.« Ich schüttelte stumm den Kopf und er ließ sich wieder zurück ins Sofa fallen. »Wie viele Soßen, Suppen oder Gemüseaufläufe sind denn bisher aus eurer Küche marschiert? Das ist trotz eurer Magie noch nie vorher passiert, oder?« Van Feldern hob die Augenbrauen. »Also muss es etwas mit meiner Rezeptur zu tun habe, Felicitas.«

»Unsinn!« Seine Argumente stießen bei mir schon aus Prinzip auf taube Ohren.

Da klingelte jemand an der Tür. Es war kein normales Läuten, sondern ein Sturmklingeln, so nervtötend, dass niemand im Raum in der Lage war, es zu ignorieren. Leif ging unter van Felderns Protest an die Tür. Wir hörten ihn die Hunde rufen und kurz darauf stürmte Lena ins Haus. Sie kam eilig auf mich zu. »Bin ich zu spät?«

Ich hatte zwar auf Ma gehofft, aber auch Lenas Eintreffen gab mir sofort Zuversicht. Sie würde die richtigen Worte finden und Adam überzeugen, mitzukommen. Mir gingen nämlich langsam die Argumente aus.

»Ich bin sicher, außer Adam niemanden eingeladen zu haben.« Van Feldern erhob sich. »Mir wäre es lieber, ihr würdet jetzt gehen. Sofort.«

»Und mir wäre es lieber, meine Mutter würde nie wieder Fischstäbchen machen. Aber manchmal laufen die Dinge nicht so, wie man will.« Sie schenkte van Feldern ein mitfühlendes Lächeln und wandte sich an mich. »Ich habe deine Ma erreicht. Sie ist noch unterwegs, hat mich aber sofort hergeschickt. Der Major hat mir Geld für das Taxi gegeben.«

Van Feldern lachte freudlos und zog seine Brieftasche hervor. »Und ich bezahle gerne das Taxi, das euch wieder wegbringt.«

»Nicht nötig«, sagte Lena, schnappte sich aber trotzdem den Schein, den van Feldern uns entgegenhielt.

»Vielleicht wäre es wirklich besser, wenn ihr jetzt geht.« Adam saß noch immer auf der Couch und presste sich tief ins Leder.

»Nur, wenn du mitkommst.« Ich hätte am liebsten mit den Füßen aufgestampft und herumgebrüllt, zwang mich aber, äußerlich ruhig zu bleiben. Ich zerrte leicht an Adams Hemd. »Adam, komm jetzt mit nach Hause.«

»Nein, Feli. Versteh doch …«

»Versteh du doch, dass van Feldern nur an dir interessiert ist, weil er die Magie möglichst gewinnbringend für sich nutzen will.«

»Feli«, mischte sich Leif ein, »lass uns lieber gehen, ja? So, wie es aussieht, will Adam hier bei Markus bleiben.«

»Das lasse ich nicht zu!« Das kam ja gar nicht in die

Tüte. Ich versuchte abermals, Adam auf die Beine zu ziehen, bis Lena dazwischenging. Sie löste meine Hände von Adams Shirt, und als ich wütend herumfuhr, sagte sie behutsam: »Feli, lass gut sein. Adam muss das selbst entscheiden.«

»Du wolltest Adam befreien, weil du dachtest, er wird hier gegen seinen Willen festgehalten.« Leif stellte sich zu uns und sah mich an. »Jetzt darfst du ihn nicht gegen seinen Willen zwingen, von hier fortzugehen.«

Erst jetzt wurde mir bewusst, dass ich weinte. Ich starrte Adam an – meinen Backprinzen, meinen Freund. Wie hatte es nur so weit kommen können? Ich schluchzte laut auf und stieß Leif von mir weg: »Spar dir dein Verständis, ja? Ohne dich wäre das alles gar nicht passiert.«

»Wie dem auch sei«, mischte sich van Feldern ein. »Adam hat seine Entscheidung gefällt. Er kann so lange bei mir bleiben, wie er will. Und du kannst ihn jederzeit besuchen.«

Sechzehn

Ich schaffte es nur, van Felderns Grundstück aufrecht zu verlassen, weil Lena mich stütze. Leif ging voraus und hielt uns die Hunde vom Leib. Als sich das vollautomatische Gartentor hinter uns schloss, kam Ma mit ihrem alten Kombi angebraust. Ich stürzte mich in ihre Arme und erzählte ihr unter Tränen, was sich in der Zwischenzeit zugetragen hatte. Ich wollte sofort mit ihr gemeinsam van Felderns Haus stürmen und Adam, der ganz offensichtlich am Stockholmsyndrom litt, befreien. Doch sie machte meine Hoffnung mit einem traurigen Kopfschütteln zunichte.

»Adam ist ein freies Lebewesen. Wenn er hierbleiben möchte, dann soll er das tun.«

»Aber Ma …«, setzte ich zum Widerspruch an. Doch da ich nicht wusste, was ich eigentlich sagen wollte, verstummte ich.

»Geht schon mal ins Auto, Lena und Feli. Leif, du begleitest mich noch einmal hinein.« Ma machte einen energischen Schritt auf das Tor zu, das zauberhafterweise augenblicklich vor ihr aufschwang. »Ich habe noch ein ernstes Wörtchen mit Markus zu reden. Es wird nicht lange dauern.«

Wir quetschten uns auf den Rücksitz, der beinahe vollständig von Mas großer Tasche eingenommen wurde. Die hatte sie immer dabei, wenn sie zu einem Notfall gerufen wurde. Die vielen Fläschchen und Dosen darin klirrten und klapperten, als ich dagegenstieß.

Lena spürte, dass ich nicht sprechen konnte, und so warteten wir schweigend auf Ma. Tatsächlich kehrte sie schon nach wenigen Minuten zurück, mit einem bleichen Leif im Schlepptau. Sie sah verärgert aus, aber nicht unzufrieden. Sie schwang sich auf den Fahrersitz und bot Leif an, ihn nach Hause zu fahren. Und das tat sie dann auch, obwohl Lena verlangt hatte, ihn an der Autobahn auszusetzen.

Mit an die Scheibe gelehntem Kopf ließ ich mich chauffieren und blieb auch hinten sitzen, nachdem Leif ausgestiegen war. Er winkte mir zu, als wir davonfuhren, aber ich reagierte nicht. Es fühlte sich an, als wäre mein Herz in tausend kleine Stücke zersprungen. Und daran war er nun wirklich nicht ganz unschuldig. Wir setzten Lena ab, die versprach, sich später noch zu melden.

Auch Ma schien bedrückt zu sein und hüllte sich in Schweigen. Bei uns zu Hause angekommen, klappten wir gemeinsam die Couch zusammen, die Adam als Schlafplatz gedient hatte. Dann räumten wir seine Sachen weg, bis nichts mehr darauf hindeutete, dass wir bis vor Kurzem einen Gast gehabt hatten. Wir taten das, ohne ein Wort zu verlieren, selbst der Major hielt sich mit Kommentaren zurück. Als wir fertig waren, nahm Ma mich in den Arm und strich mir tröstend über den Kopf. Wie auf Kommando schluchzte ich los, bis all meine Tränen in ihrem bunt gemusterten Filzpulli verschwunden waren.

Den Rest des Sonntags verbrachte ich in einem flauschigen karierten Pyjama, den ich sonst nur trug, wenn ich krank war. Ich holte den Schlaf nach, den ich in der Nacht zuvor nicht gefunden hatte. Adam fehlte mir schrecklich. Vor meinem inneren Auge lief immer wieder die Szene in van Felderns Villa ab. Adams enttäuschter Gesichtsausdruck verfolgte mich und ich fragte mich zum tausendsten Mal, ob es richtig gewesen war, ihm die Wahrheit (oder das, was Ma und ich für die Wahrheit hielten) zu verschweigen. Doch mehr als alles andere schmerzte Leifs Verrat.

Lena und ich schickten uns noch ein paar Nachrichten, dann stellte ich das Handy aus. Ich wollte einfach meine Ruhe haben. Und insgeheim wartete ich auf Mas Aufforderung, meine sieben Sachen zu packen, damit wir die Stadt verlassen konnten.

Doch stattdessen munterte sie mich mit Nudeln und selbst gemachter Tomatensoße auf und wir verbrachten einen gemütlichen Abend in der Küche, beinahe wie früher, bevor es Adam überhaupt gegeben hatte. Wir plauderten über dies und das und achteten darauf, die Themen Adam, van Feldern und Leif nicht zu berühren. Und auch das erinnerte mich an früher. So hatten wir es auch gemacht, als mein Vater uns verlassen hatte. Wir würden irgendwann über die Ereignisse dieses Wochenendes sprechen, wenn die Wunden nicht mehr so frisch waren.

Gerade, als ich mich in mein Zimmer zurückziehen wollte, fragte Ma: »Mein Engel, was wünschst du dir eigentlich zum Geburtstag?«

Ach ja! Bei dem Chaos, das in meinem Kopf herrschte, hatte ich beinahe vergessen, dass in zwei Wochen mein fünfzehnter Geburtstag war. Unwillkürlich stahl sich ein Lächeln auf mein Gesicht. »Ich könnte einen neuen Rucksack gebrauchen. Und ein paar Klamotten.«

Mir war nicht nach Feiern zumute, aber ein paar neue Besitztümer konnten nicht schaden. Als wir mit Adam im Einkaufscenter gewesen waren, hatte ich auch ein Paar bezaubernder Schuhe gesehen …

Die Erinnerung an diesen Tag vermieste mir meine Laune sogleich wieder. Niedergeschlagen wollte ich die Küche verlassen, da rollte der Major mir vor die Füße und versperrte den Ausgang. »Ich möchte dir auch etwas schenken, Felicitas.«

So großzügig dieses Angebot auch war, ich hatte einen groben Überblick über seine Habseligkeiten und war mir ziemlich sicher, dass ich nichts davon gebrauchen konnte. Bevor ich jedoch dazu kam, dankend abzulehnen, fuhr der Major mit blecherner Stimme fort: »Ich könnte dein Zimmer renovieren. Die Wände streichen, die Möbel aufpolieren und den Boden gründlich abschleifen.«

»Was?« Jetzt war ich baff. »Bleiben wir etwa hier wohnen?«

»Warum denn nicht, mein Engel?« Ma trank einen Schluck Tee und ein feines Lächeln legte sich auf ihre Lippen. »Markus wird sich hüten, auf dumme Gedanken zu kommen. Ich habe ihn und seinen Neffen mit einem absolut kompromisslosen Zunge-ab-Zauber belegt.«

»So wie der, mit dem du letzten Samstag Lena verzaubert hast?« Die Erinnerung an Lenas entsetztes Gesicht brachte mich zum Schmunzeln.

»Nein, diesmal habe ich es wirklich gemacht. Wenn sie mit irgendjemand anders auch nur ein winziges Wort über das alles sprechen, haben die beiden ein echtes Problem.« Das Lächeln verschwand aus Mas Gesicht und sie sah mich ernst an. »Ich fühle mich hier sehr wohl und ich glaube, dir geht es nicht anders. Ich werde mich nicht so einfach von einem intriganten Backwarenhersteller vertreiben lassen. Da er weiß, mit wem er es hier zu tun hat, wird er es hoffentlich nicht darauf ankommen lassen.«

Ich starrte sie mit offenem Mund an. Für sie war die Situation bestimmt auch nicht ganz einfach. Ich hatte Ma in der Zeit mit van Feldern kaum wiedererkannt. Sie war mir so glücklich vorgekommen, so beschwingt. Zwar hatte sie vorhin behauptet, van Feldern von Anfang an durchschaut und sich nur mit ihm getroffen zu haben, um ihn besser unter Kontrolle zu haben, aber mir konnte sie nichts vormachen. Immerhin hatte sie sogar auf ihre flauschigen, bunten Pullover mit Flatterärmeln verzichtet und sich stattdessen schlicht und seriös gekleidet. Sie hatte van Feldern gefallen wollen. Ich könnte gut verstehen, wenn sie das alles hinter sich lassen wollte.

»Ach, Ma!« Ich schluchzte schon wieder und warf mich in ihre Arme. »Wir müssen nicht meinetwegen bleiben.«

»Nicht nur deinetwegen«, sagte sie schnell, wie um mich zu beruhigen, »Wir sollten in der Nähe sein, wenn Adam uns braucht.«

Ich nickte, wischte meine Tränen weg und sah zum Major, der noch immer im Türrahmen stand. »Das würdest du für mich tun? Renovieren und so?«

Die Staubbeutelbrust des Majors blähte sich vor Stolz so stark auf, dass es aussah, als würde er jeden Moment platzen. »Selbstverständlich, Felicitas. Du wirst immerhin fünfzehn. Das ist ein besonderer Tag im Leben einer Hexe.«

Hexe hin oder her, mein Zimmer konnte eine Veränderung gut gebrauchen. Und ich konnte die Ablenkung gut gebrauchen. Ich ging in mein Zimmer, ließ mich auf mein Bett fallen und begann in Gedanken, die Möbel umzustellen. An den Wänden konnte ich mir gut ein frisches Seegrün vorstellen. Und wenn der Boden erst abgeschliffen und neu versiegelt war, würde sich ein schicker Teppich in einer knalligen Farbe hervorragend darauf machen.

Der Major war zudem ein begnadeter Handwerker. (Ich konnte ein Liedchen davon singen. Zum Zweck der Arbeitserleichterung hatte der Staubsauger kurz nach seinem Einzug in unseren Haushalt Rollen unter meinem Bett angebracht, damit er schneller darunter sauber machen konnte. Nichts ahnend hatte ich mich nach einem anstrengend Schultag mit Schwung aufs Bett geworfen und den Schock meines Lebens erlitten, als es sich in Bewegung setzte und mit Karacho in den Schreibtisch donnerte. Der Major konnte von Glück sagen, dass Ma dazwischengegangen war, sonst hätte ich ihn an Ort und Stelle auseinandergenommen.) Er würde für das alles nicht länger als einen, höchstens zwei Tage brauchen.

Die Aussicht auf mein neues Reich lenkte mich erfolgreich ab und ich schlief voller Vorfreude ein.

Nach dem Frühstück und einer wundervollen warmen Dusche schaltete ich mein Handy ein. Summend wies es mich darauf hin, was ich in der Zwischenzeit verpasst hatte: drei Anrufe und fünf Textnachrichten. Ein Anruf von Lena, zwei von Leif, und die Nachrichten stammten ebenfalls von ihm. Meine Nummer hatte er also doch richtig abgespeichert. Es musste ihm eigentlich klar sein, dass ich der allerletzte Mensch auf Erden war, der etwas von ihm hören wollte. Er hatte doch alles erreicht, was er wollte. Adam war bei van Feldern und ich todunglücklich. Das Einzige, was meine Situation jetzt noch verschlimmern konnte, wären Kathinka und Sarah, die von dieser ganzen unglückseligen Angelegenheit Wind bekamen. Auf alles gefasst, öffnete ich die Nachrichten.

Feli, geht es dir gut?

Pfff. Danke, ganz ausgezeichnet.

Können wir reden?

Klar können wir das. Nur nicht miteinander.

Bitte, Feli, lass mich dir alles erklären.

Nö!

Können wir uns sehen? Hast du morgen Zeit???

Nicht für dich.

Ich hole dich morgen vor der Schule ab.

Was? Na, der hatte vielleicht Nerven!

Ich packte meinen Rucksack und warf das Handy hinein. Leif hatte sich echt geschnitten, wenn er glaubte, ich würde mit ihm reden. Sicherheitshalber ließ ich mir dennoch Zeit bei der Wahl der richtigen Garderobe. Ich war es Leif gewissermaßen schuldig, ihn gut angezogen abzuservieren.

Ich kam aus meinem Zimmer und sogleich informierte mich der Major darüber, dass ich draußen bereits erwartet wurde. Er bot an, den ungezogenen Flegel ein für alle Mal zu verscheuchen.

»Danke, Major«, sagte ich und strich ihm freundschaftlich über den Eimerkopf, »aber mit diesem Flegel werde ich schon selbst fertig.«

Ich schloss die Haustür hinter mir und ging auf das Gartentor zu, vor dem Leif nervös auf und ab lief. Sein Haar war nach der letzten Dusche scheinbar nicht mit Gel in Berührung gekommen und stand in alle Richtungen ab. Er sah umwerfend aus.

Verärgert über die Bestechlichkeit meiner Hormone, schob ich mich an ihm vorbei und erwiderte seinen Gruß nur mit einem verächtlichen Schnauben.

Leif passte sich meinem Tempo an, mit dem ich den Weg zu Lena einschlug. »Feli, du musst mir zuhören.«

Musste ich nicht. Ich konnte mir genauso gut die Ohren zuhalten. Aber das wäre dann doch zu kindisch gewesen, weshalb ich mich dagegen entschied und einfach weiterlief.

»Du verstehst das alles nicht. Markus hat mir nie etwas davon gesagt, dass er Adam zu sich holen möchte. Ich hätte doch nie zugestimmt, ihm zu helfen, wenn ich gewusst hätte, was er vorhat.«

Ich blieb stehen und sah Leif verwundert an. Und meine Verwunderung war nicht mal gespielt. »Willst du mir wirklich weismachen, du hättest nicht geahnt, wie rücksichtslos dein Onkel ist? Hältst du mich ehrlich für so dumm?«

Kopfschüttelnd ging ich weiter. Ich hatte genau zwei Sekunden gebraucht, um mir ein Bild von diesem van Blödmann zu machen. Und, wie ich ohne jede Befriedigung feststellte, ich hatte voll ins Schwarze getroffen.

»Quatsch.« Leif ließ sich trotz aller Bemühungen nicht abschütteln. »Ich halte dich nicht für dumm. Ganz und gar nicht. Aber du hältst mich für mieser, als ich bin.«

»So?« Erneut blieb ich stehen. »Ich habe noch niemanden getroffen, der sich mieser verhalten hätte als du. Abgesehen von deinem Onkel natürlich. Ich glaube, du bist genauso mies, wie ich denke.«

»Das stimmt nicht«, widersprach Leif. Er klang nun wütend. »Ich bin nicht wie Markus.«

»Weißt du was, Leif? Das ist mir vollkommen egal. Ich habe auch gar keine Lust, mich länger damit zu beschäftigen.« Zornig schritt ich weiter. Leif blieb zurück, und als ich in Lenas Straße einbog, folgte er mir nicht. Ich war mir nicht ganz sicher, ob ich mich darüber freuen sollte oder nicht.

Lena kam mir entgegen und nahm mich in den Arm. »Wie geht es dir?«

»Scheußlich.« Ich brauchte einen Moment, bis ich wieder schlucken konnte. »Wo ist denn Leon abgeblieben?« Ich hatte mich bereits so an LeLe gewöhnt, dass mir Lenas unmittelbare Umgebung wie Leons natürlicher Lebensraum vorkam.

Lena machte ein Knautschgesicht. »Ich war nicht sicher, wie gut du drauf bist, und wollte ganz für dich da sein.«

Wer brauchte schon Jungs, wenn es allerbeste Freundinnen gab?

Siebzehn

Das Wochenende war eindeutig zu kurz gewesen, als dass sich Kathinka, Sarah und die Aushilfszicken ein anderes Hobby hätten suchen können. Sie steckten die Köpfe zusammen und tuschelten miteinander, als wir den Schulhof betraten. Scheinbar hatten ein paar der Gerüchte, die sie über mich verbreitet hatten, auch die anderen Jahrgänge erreicht und so trafen mich von allen Seiten sowohl neugierige als auch anklagende Blicke. Ich erwischte mich dabei, wie ich vorsichtig schnuppernd die Nase hob, um zu prüfen, ob in der Nähe vielleicht schon ein prächtiger Scheiterhaufen angezündet wurde. Reiner Hexeninstinkt. Ma wäre so stolz auf mich!

Ich wollte die frisch verliebte Lena nicht mit meiner schlechten Laune runterziehen, und da Leon schon heute Morgen auf Lena verzichtet hatte, ließ ich die Turteltäubchen in der Pause allein. Ich verzog mich auf den kleinen Schulhof. Mein Versuch, mich da vor Kat und Co zu verstecken, ging jedoch gründlich in die Hose. Sie hatten sich dort versammelt, redeten aufgeregt miteinander und zeigten immer wieder mit ausgestreckten Armen auf mich.

Ich wollte abhauen, doch mit einer Schnelligkeit, die ich Kathinka gar nicht zugetraut hätte, stand sie plötzlich vor mir. Rechts und links von ihr positionierten sich die Aushilfszicken. Sie schnitten mir den Weg ab und mir fiel wieder ein, was Adam im Emily's gesagt hatte: *Sie trennen ihr Opfer von der Herde. Clever, wirklich clever.* Und jetzt verstand ich auch, was daran so clever sein sollte. Ich fühlte mich mit einem Schlag klein und wehrlos und wich vor Schreck ein Stück zurück. Nur ein winzig kleines Stück, aber deutlich genug, um Kathinka aufzufallen. Mit blitzenden Augen baute sie sich vor mir auf. »Na, wenn das nicht unsere kleine Hexe ist.«

Ich wusste wirklich nicht, was ich darauf erwidern sollte, und drehte mich um, doch hinter mir stand bereits Sarah. Das musste man ihnen lassen: Vom Einkreisen verstanden sie eine Menge.

»Habt ihr sie noch alle?«, fragte ich und klang dabei leider ziemlich verängstigt.

»Wo ist denn Adam abgeblieben? Er hat dich heute gar nicht zur Schule gebracht«, stellte Kathinka hämisch fest.

»Wahrscheinlich«, meldete sich Sarah zu Wort, »hat der Zaubertrank aufgehört zu wirken, und als ihm klar wurde, was du mit ihm angestellt hast, hat er sich davongemacht.«

»Ja, genau.« Ich drehte mich einmal im Kreis und blickte in Gesichter, auf denen sich regelrechte Abscheu zeigte. »Hört ihr euch eigentlich mal zu? Was für ein Blödsinn!«

»Ach ja?« Kathinka kam bedrohlich näher. »Deine Mutter ist doch auch eine Hexe, oder?«

»Jetzt ist es aber genug!« Zorn überrollte mich und ich hätte am liebsten laut gebrüllt. »Wovon redet ihr denn überhaupt?«

»Gib doch zu, dass mit euch etwas nicht stimmt«, forderte Sarah und verschränkte die Arme vor der Brust.

Jetzt trat auch Melissa vor und zeigte anklagend mit dem Finger auf mich. »Letzte Woche gab es in einem Waschsalon einen technischen Defekt und alle Leute mussten raus. Aber dann kam deine Mutter und man hat die Fenster verhängt, damit niemand mehr in den Salon sehen konnte.«

»Ja, und?« Wenn niemand etwas gesehen hatte, konnte auch niemand etwas beweisen. Meine Augen suchten nach einer Lücke, durch die ich hindurchschlüpfen konnte. Ich wollte nur noch weg.

Kathinka legte nach. »Ist deine Mutter Waschmaschinenfachfrau, oder warum wird sie gerufen, wenn es technische Probleme gibt?«

»Du musst uns nur erklären, was deine Mutter beruflich macht, Feli«, sagte Sarah mit vorgespielter Freundlichkeit. »Vielleicht ist das alles nur ein großes Missverständnis.«

In mir kochte es. Meine Fingerspitzen kribbelten und vor meinen Augen tanzten kleine Funken. Ich spürte, wie der Zorn in mir versuchte, die Oberhand zu gewinnen, und eine Stimme, ganz weit entfernt, irgendwo in meinem Hinterkopf, flüsterte mir Worte zu, die ich nicht verstand. Ich wusste plötzlich, dass ich alldem hier ein Ende bereiten konnte. Ich musste nur zulassen, dass meine Wut sich entlud.

Mir wurde schwindelig und ich verspürte das Bedürfnis, einfach nachzugeben. Doch dann besann ich mich eines Besseren und kämpfte ich mit aller Macht gegen das Gefühl an. Ich verlor die Orientierung, und die aufgeregt durcheinanderrufenden Stimmen um mich herum verschmolzen zu einem einzigen Brei, der keinen Sinn mehr ergab. Ich fühlte, wie der Boden unter mir zu kippen begann, und griff auf der Suche nach Halt ins Leere.

Stille. Mit geschlossenen Augen horchte ich in mich hinein. Es kam mir vor, als sei ein hauchzartes Glasgefäß zersprungen, nein, eher eine Seifenblase, aus der nun in weiter Ferne eine kristallklare Flüssigkeit tropfte. Ich lauschte dem beruhigenden Geräusch, lächelte über das glockenhelle Platschen, mit dem es eine immer größer werdende Pfütze bildete. Eine wohltuende Wärme durchströmte meinen ganzen Körper.

Jemand rief etwas. Das störte mich. Ich wollte dem Klang der Tropfen lauschen. Erneutes Rufen. Ja, genau, jemand rief meinen Namen.

Ein leichter Schmerz an meiner Wange brachte mich dazu, die Augen aufzuschlagen. Vor mir erschien Leifs Gesicht. Er sah ganz bleich aus und seine blauen Augen waren voller Sorge. »Feli! Ist alles okay mit dir?«

Ich hatte ehrlich gesagt keine Ahnung, ob alles okay war, und musste mir erst mal einen Überblick verschaffen. Schnell wurde mir klar, dass ich auf dem Boden lag und mein Oberkörper von Leifs Armen gestützt wurde. Ich blinzelte nach oben und erkannte Kathinka, Sarah und die anderen. Leif sah nun ebenfalls zu ihnen hoch und presste zwischen zusammengebissenen Zähnen hervor: »Habt ihr den Verstand verloren?«

»Wir wollen nur wissen«, fauchte Kathinka, »was ihre Mutter in dem Waschsalon getrieben hat.«

»Nun, zufällig«, antwortete Leif ungeduldig, »war ich an diesem Tag auch vor dem Waschsalon. Die anderen Leute mussten nicht gehen, sondern sie sind sofort abgehauen, als es Schwierigkeiten gab. Keiner wollte helfen.« Er sah Melissa an. »Stimmt's?«

Melissa zuckte mit den Schultern. »Und was hatte ihre Mutter dann da verloren?«

»Felis Mutter war die Einzige, die sich bereit erklärt hat, anzupacken, statt nur blöd zu glotzen. Dass sie dabei keine Gaffer brauchte, ist doch selbstverständlich. Ihr solltet euch alle ein Beispiel an dieser Frau nehmen.«

Oha. Diese Erklärung hätte von mir stammen können. Nicht komplett gelogen und absolut unverfänglich.

Leif bemerkte nicht, dass ich bewundernd zu ihm aufsah, sondern fuhr unbeirrt fort: »Weil ich Kat habe abblitzen lassen, erzählt sie jetzt aus Rache so superdämliche Geschichten. Und ihr glaubt diesen Unsinn. Zaubertränke. Ich fasse es nicht.« Leif verzog das Gesicht und wandte sich an Kathinka. »Hast du zu viele Zeichentrickfilme geguckt, oder was?«

Im Hintergrund begannen ein paar kleine Jungs zu kichern und einer rief: »Kathinka guckt Kinderfilme!«

Gelächter breitete sich über den Schulhof aus, erst zögerlich, dann immer lauter. Die Aushilfszicken blickten peinlich berührt zu Boden. Wie durch Zauberhand löste sich der Kreis um uns auf, bis nur noch Kathinka und Sarah dastanden, beide mit hochroten Köpfen. Von meinem Logenplatz auf dem Boden aus hatte ich alles stumm verfolgt. Wenn das mal nicht die Blamage des Jahres war. Und ausnahmsweise stand nicht ich im Mittelpunkt. Wundervoll!

Leif strich mir mit einer Hand über die Wange. »Kannst du aufstehen?«

Er ließ mir keine Zeit für eine Antwort, sondern zog mich sanft auf die Füße, legte beide Arme um mich und drückte meinen Kopf an seine Brust. Natürlich wusste ich noch, wie sauer ich auf ihn war, und eigentlich hätte ich mich empört von ihm losmachen müssen, aber erstens waren meine Knie noch immer gummiartig weich und zweitens roch er unfassbar gut.

Leif schob mich ein kleines Stück von sich weg und sah mir forschend ins Gesicht. »Ich bringe dich besser nach Hause.«

»Was? Nein. Es geht schon wieder.«

»Feli, du bist gerade ohnmächtig geworden.« Er zog mich erneut zu sich heran und ich spürte, wie heftig sein Herz schlug.

»Was ist denn hier los?« Lena kam angerannt. Sie war völlig außer Atem. »Feli?«

Leif klärte Lena kurz auf und musste sie dann davon abhalten, Kathinka und Sarah an die Gurgel zu gehen, was er bewerkstelligte, ohne mich loszulassen.

»Mir geht es schon wieder gut«, versicherte ich Lena.

»Ehrlich?« Lena hielt mir ihre Hand vors Gesicht. »Wie viele Finger siehst du?«

»Äh, drei?«

»Unsinn! Fünf! Ich habe fünf Finger.«

»Ja, aber du hast nur drei hochgehalten.«

Ich wollte mich nach meinem Rucksack bücken, aber Lena schnappte ihn mir weg. »Das kannst du voll vergessen. Du gehst mal schön nach Hause.«

Leif griff ebenfalls nach meinem Rucksack. »Ich begleite Feli.«

»Oh!« Lena beäugte Leif misstrauisch. »Vom schwarzen Ritter zum strahlenden Helden?«

»Held ist wohl etwas übertrieben«, murmelte ich. Aber er hatte mir eben beigestanden, obwohl ich ihn vor der Schule so angefahren hatte. Vielleicht sollte ich ihm einfach die Chance geben, mir zu erklären, warum er das alles getan hatte. »Entschuldigst du mich bei Madame Accent?«

»Klar.« Erst jetzt ließ Lena meinen Rucksacks los und Leif schulterte ihn. Wir waren schon halb vom Schulhof, da rief Lena uns hinterher: »Ich rufe nach der Schule an.«

»Oje. Sie traut mir nicht mal zu, dich wohlbehalten nach Hause zu bringen.«

»Sie kennt dich eben.« Ich hatte es nur als kleinen Scherz gemeint, aber Leif blickte mich betroffen an.

Ich fühlte mich wirklich schon besser, dennoch bestand Leif darauf, eine Erholungspause auf einer Parkbank einzulegen, bevor er mich nach Hause brachte.

»Du hast mir einen ganz schönen Schreck eingejagt«, sagte er und lächelte mich vorsichtig an.

»Tut mir leid«, sagte ich matt. »Das war keine Absicht.«

Leif schien zu glauben, dass ich ohne ihn von der Bank rutschen würde, und legte einen Arm fest um mich. Ich musste an das letzte Mal denken, als wir zusammen auf einer Parkbank gesessen hatten und wie wohl ich mich in seiner Nähe gefühlt hatte. Da hatte ich dumme Nuss aber auch noch geglaubt, dass ihm wirklich etwas an mir lag. Ich richtete mich auf, um seinen Arm und das dumme-Nuss-Gefühl abzustreifen.

»Nein, mir tut es leid, Feli. Ehrlich.« Jetzt rückte er ein Stück von mir ab und betrachtete mich ernst. »Was würdest du sagen, wenn ich einen Weg wüsste, das alles wiedergutzumachen?«

»Ich würde sagen, du hast nicht kapiert, was du getan hast.« Ich stand schnell auf. »Du hast mir vorgemacht, dass du mich magst, Leif. Ich will nicht so weit gehen zu behaupten, dass du mein Herz gebrochen hast« – zumindest würde ich das ihm gegenüber nicht zugeben –, »aber du hast ihm einen tiefen Sprung verpasst. Das kann man nicht einfach mit einer Entschuldigung wiedergutmachen.«

Um dieser Szene die entsprechende Dramatik zu verleihen, wollte ich Leif wie einen begossenen Pudel sitzen lassen, aber er sprang auf und packte mich unpudelhaft an den Armen. »Nein, warte, Feli. Ich will mich nicht entschuldigen.«

Das steht auf der Liste der Dinge, die man in so einem Fall eher nicht hören möchte, ganz weit oben. Mit einem Ruck löste ich mich von ihm. »Du willst dich nicht mal entschuldigen?«

»Nein … ich meine, ja … jetzt hör mir doch mal zu!«

Er griff wieder nach meinen Armen und schob mich sanft zurück, bis meine Beine gegen die Bank stießen und ich mich wie von allein setzte. Leif ging vor mir in die Hocke. Er legte seine Hände auf meine und sah mich eindringlich an. »Feli, es gibt eine Möglichkeit, wie zwischen uns alles wieder so wird wie am Anfang – nur besser.«

Ich verstand nur Bahnhof. »Und warum sollte ich das wollen?«

»Ich habe mich aufgeführt wie der letzte Idiot.« Leif überhörte mein zustimmendes Schnauben. »Ich gebe zu, dass mein Interesse an dir anfangs nur mit Adam zu tun hatte. Aber da kannte ich dich auch noch nicht.«

Seine Stimme wurde immer leiser. Während er nach Worten suchte, strich er sanft über meine Hand und ich ließ ihn in Tapirmanier gewähren. Derart ermutigt, fuhr er fort: »Mein Plan war, dir vorzuspielen, in dich verliebt zu sein. Das hat aber nicht funktioniert.«

»Da kann man geteilter Meinung sein.« Ich hatte es ihm abgenommen.

»Du verstehst nicht, Feli. Ich wollte es dir vorspielen, aber dann ist es wirklich passiert.«

»Was ist passiert?«

»Ich habe mich … Ich bin … verliebt.« Leif umfasste meine Hände, als wolle er verhindern, dass ich sie wegzog. »Alles, was ich dir über meine Gefühle gesagt habe, stimmt. Ich wollte plötzlich nur noch Zeit mit dir verbringen. Und als ich das begriffen hatte, war alles schon so schrecklich schiefgelaufen.«

Richtig. Alles war schrecklich schiefgelaufen, und das konnte niemand mehr rückgängig machen. Es machte mich wütend, wie leichtfertig Leif mit meinen Gefühlen umging. Das hier war doch kein Videospiel, in dem man einfach neu anfing, wenn in einem Level zu schwere Gegner auftauchten. Meine Fingerspitzen kribbelten schon wieder so eigenartig und ich riss meine Hände los. »Du hast es echt vermasselt, Leif!«

Leif schluckte. »Noch nicht ganz. Ich weiß einen Weg, es wieder hinzubiegen.«

Ich zögerte. »Und wie willst du das anstellen?«

»In der *Kesselwirtschaft heute* war ein sehr interessanter Bericht über die Fortschritte auf dem Gebiet der Gedächtnisschwärze.«

»Der *was*?« Ich gab es ungern zu, aber meine Kenntnisse der modernen Magie waren weniger ausgeprägt als Leifs. »Was ist denn Gedächtnisschwärze?«

»So nennt man das Verfahren, mit dem punktuelle Erinnerungsstränge geschwärzt werden können. Man wendet es heutzutage an, um normalen Menschen Erinnerungen an Zauberei zu nehmen«, klärte er mich auf.

»Ah.« Ich wusste, dass Ma auf diese Weise oft Menschen half, die unbeabsichtigt in Berührung mit Magie gekommen und danach vollkommen verstört gewesen waren.

»Dieses neue Verfahren ist viel hirnschonender und hat nur noch halb so viele Nebenwirkungen«, fuhr Leif fort. »Die meisten Leute können danach ganz normal weiterleben, ohne dass sie die Fähigkeit verlieren, zu sprechen oder geradeaus zu laufen.«

»Das klingt ja großartig.« Meine Güte! Ma hatte mir nie davon erzählt, wie gefährlich das war. Gut, dass sie Lena nicht das Gedächtnis geschwärzt hatte.

»Ich werde deine Ma bitten, das bei mir zu machen«, erklärte Leif.

»Bist du übergeschnappt?«

»Ich will dir beweisen, wie wichtig du mir bist. Sie soll alles schwärzen, was mit Adam und dir zu tun hat, und dann fangen wir noch einmal von vorne an.«

Ich nickte. Ich nickte weiter und schüttelte dann den Kopf. »Du bist übergeschnappt.«

Im Geiste sah ich Leif vor mir, wie er ziellos durch die Stadt irrte, keine Ahnung hatte, wer er war und wohin er gehörte. Ganz gleich, wie sauer ich auf ihn war, ich wollte nicht, dass er meinetwegen ein solches Risiko auf sich nahm. »Auf gar keinen Fall wirst du dein Gedächtnis schwärzen lassen, Leif. Es würde sowieso nichts ändern. Ich könnte nie mit dir zusammen sein, nach allem, was passiert ist. Dafür müsste Ma nämlich auch mein Gedächtnis schwärzen.«

Er öffnete den Mund, aber ich wollte gar nicht hören,

was er noch zu sagen hatte. Ich schob ihn grob beiseite und lief davon.

Ich ging nicht gleich nach Hause. Tief in mir begann wieder das glockenhelle Tropfen, und während ich mich darauf konzentrierte, fochten mein Kopf und mein Herz ein Duell aus und ernannten meinen Bauch zum Adjutanten.

Immer wenn ich glaubte zu wissen, was Leif wirklich dachte, machte er mir einen gehörigen Strich durch die Rechnung. Er behauptete, verliebt zu sein. In mich. Von einem Neuanfang hatte er gesprochen. Mein Herz klopfte, wollte schon als Sieger den Platz verlassen, doch das Hirn gab sich nicht geschlagen. *Er hat dich schon einmal getäuscht. Was, wenn er Ma nur ausspionieren will? Wenn er nur herausfinden will, wie ein solcher Zauber funktioniert? Leif ist nicht gut für dich.*

Das Hirn lachte höhnisch und das Herz brauchte zwei Schläge Bedenkzeit. *Er würde das Risiko auf sich nehmen, nur um mit dir zusammen zu sein. Du kannst ihm nicht egal sein.*

Der Bauch zog sich zusammen, wägte alles sorgfältig ab und entschied, hungrig zu knurren.

Lena hatte ihr Versprechen wahr gemacht und nach der Schule angerufen. Da ich noch nicht zu Hause gewesen war, hatte sie den Major mit allen Einzelheiten des

Geschehens auf dem Schulhof versorgt. Der Staubsauger war außer sich vor Sorge und wich nicht von meiner Seite. Und zwar wortwörtlich. Ich hatte etwas gegessen und mich zum Ausruhen hingelegt, doch nach ein paar Minuten tauchte der alte Staubsauger neben meinem Bett auf. Widerwillig öffnete ich die Augen. »Was willst du denn hier?«

»Aufpassen.«

»Spinnst du? Raus!«

Der Major blinzelte, bewegte sich aber nicht von der Stelle. »Wir könnten besprechen, wie wir dein Zimmer gestalten wollen.«

Ich dachte darüber nach. »Kannst du die Wand zum Wohnzimmer einreißen? Ich hätte gern ein größeres Zimmer.«

»Ich weiß nicht, was Stella davon hält«, sagte der Major und nahm besagte Wand in Augenschein. Selbstverständlich würde Ma das nicht erlauben, aber die Vorstellung von einem riesigen Zimmer machte mir ebenso viel Spaß, wie den Major in eine Zwickmühle zu bringen. Er klopfte pflichtbewusst die Wand ab und lauschte auf den Klang.

Ich erlöste ihn und fragte: »Meinst du, wir könnten das mit der Renovierung und so noch vor meinem Geburtstag machen?«

»Willst du eine Geburtstagsfeier geben?«

»Keine Party«, sagte ich und warf mich wieder in die Kissen. »Aber ich will Lena und ein, zwei andere einladen.«

»Diesen Rotzlöffel Leif etwa auch?«

Darüber war ich mir noch nicht im Klaren und Herz und Hirn gerieten prompt wieder in Streit. Einerseits war ich noch immer sauer, weil dieser Rotzlöffel mich so gemein hintergangen hatte. Andererseits hatte er mich heute in der Schule vor Kat und Co verteidigt und sich danach sehr nett um mich gekümmert. Ich dachte daran, wie schnell sein Herz geschlagen hatte, als er mich an sich gedrückt hatte. Er mochte ja ein begnadeter Schauspieler sein, aber das hatte er unmöglich vorspielen können.

Zumindest hatte er Kathinka der Lächerlichkeit preisgegeben. Dafür war ich ihm sehr dankbar. Ich verschränkte die Arme hinter dem Kopf und sang grinsend »Kathinka guckt Kinderfilme« vor mich hin.

Ma befühlte meine Stirn und zog meine Augenlider nach oben. Als sie auch noch meine Zunge sehen wollte, wurde es mir zu bunt. »Ma! Mir geht es wieder gut, ehrlich.«

»Mit so was ist nicht zu spaßen, mein Engel.«

»Unfug«, sagte ich und zog mein Handgelenk zurück, an dem Ma gerade meinen Puls fühlte. Lena hatte dem Major von den Geschehnissen auf dem Schulhof berichtet und der Major später meiner Ma. Wie bei jeder anständigen Stillen Post war am Ende etwas ganz anderes dabei herausgekommen und meine Ma musste nun annehmen, ich sei nur knapp dem Tode entronnen.

Um sie zu beruhigen, schilderte ich ihr, was sich wirklich zugetragen hatte: »Es war gar nicht so schlimm. Es wurde dunkel, ich hörte ein Tropfen, und dann war Leif da. Alles wieder gut.«

»Tropfen?« Der Major blinzelte interessiert.

»Ach.« Ich winkte ab. »Habe ich mir wahrscheinlich nur eingebildet.«

»Dieses Tropfen ... ist es jetzt auch noch da?« Ma nahm mir gegenüber Platz und schnupperte mit einem abwesenden Gesichtsausdruck an ihrem Tee.

Ich lauschte konzentriert in mich hinein. Da war kein Tropfen mehr zu hören. An seine Stelle war jetzt ein leises Plätschern und Rauschen getreten. Es erinnerte mich an einen schmalen Gebirgsbach an einem schönen Sommertag, ein verspieltes, glitzerndes Rinnsal. Es klang wundervoll und ich zog verärgert die Augenbrauen zusammen, als der Major etwas sagte und ich das Geräusch verlor. »Wie bitte?«

Der Major wiederholte seine Frage: »Warst du wütend?«

Und wie! »Ich hätte Kathinka und Sarah am liebsten durch die Luft geschleudert, danach in ein zwanzig Meter tiefes Erdloch gesteckt und sie in mit Warzen überzogene Kröten verwandelt.«

»Gut!« Der Major tätschelte mir mit der Wischmopphand die Schulter. »Aber du hast es nicht getan?«

»Natürlich nicht.« Das hätte ja wohl einen kleinen Anruf aus der Schule zur Folge gehabt.

»Weißt du, mein Engel«, sagte Ma und stellte geräuschvoll ihren Tee ab, »wir sollten mal über Magie sprechen.«

»Muss das sein?«, fragte ich genervt.

Sie fuhr mit den Fingern über den Rand ihrer Tasse. Das tat sie meistens, wenn sie nicht recht wusste, wo sie anfangen sollte. »Das war keine Ohnmacht, die du heute erlebt hast, Feli, es war mehr eine Art Notausschalter, den dein Unterbewusstsein betätigt hat.«

»Aha.«

»Mein Engel, du bist jetzt in einem Alter, in dem sich die Magie nicht mehr darum schert, ob sie dir willkommen ist oder nicht. Sie ist da, und wenn sie nicht durch eine sehr intensive Ausbildung in ihre Schranken gewiesen wird, ist sie unberechenbar und gefährlich.« Das klang ja vielversprechend. »Wenn dein Unterbewusstsein heute nicht die Reißleine gezogen hätte, wäre es unter Umständen zur Katastrophe gekommen und wir hätten für Kathinka und Sarah ein hübsches kleines Terrarium einrichten können.«

»Willst du damit sagen … ich hätte sie … Ich?« Wenn es jemand verdiente, in eine Kröte verwandelt zu werden, dann wohl Kathinka und Sarah. Trotzdem wollte ich nicht dafür verantwortlich sein.

»Ich mache dir einen Vorschlag«, sagte Ma und lächelte gezwungen. »Du überlegst dir bis zu deinem Geburtstag, ob du wirklich keine Hexe sein möchtest. Wenn du dabei bleibst, werde ich deine Magie ein für alle Mal versiegeln, damit du nicht versehentlich jemandem Schaden zufügst.«

Ich wusste, der fünfzehnte Geburtstag wurde als der erste Hexengeburtstag angesehen. Aber meine Entscheidung stand bereits fest. Von mir aus konnte es sofort erledigt werden, hier und jetzt und auf der Stelle. »Warum bis zum Geburtstag warten?«

»Nein, mein Engel. Ich könnte mir nie verzeihen, vorschnell zu handeln. Der Vorgang ist nicht rückgängig zu machen. Horch gut in dich hinein.«

Mit dem Vorsatz, gut in mich hineinzuhorchen, lehnte ich mich auf meinem Bett zurück. Statt einer inneren Stimme hörte ich allerdings mein Handy klingeln. Seufzend nahm ich ab. »Hallo?«

»He, Feli.« Es war Leif.

Ich hatte seine Nummer noch nicht abgespeichert und hätte den Anruf sonst wahrscheinlich nicht angenommen. So atmete ich tief durch und wartete ab, was er zu sagen hatte.

»Ich wollte nur wissen, wie es dir geht.«

Ich war kurz davor, einfach aufzulegen. Aber irgendwie

freute ich mich auch über seine Hartnäckigkeit. »Es geht mir gut, danke.«

Es entstand eine Pause, in der ich seinem gleichmäßigen Atmen lauschte. Ich drehte mich auf die Seite, drückte meinen Kopf tiefer ins Kissen und schloss die Augen.

»Feli, hast du nachgedacht?«

»Worüber?«

»Über uns.«

Uns. Er sagte das so selbstverständlich. Ich konnte nichts dagegen machen, ich spürte ein Kribbeln in der Magengegend. »Nicht wirklich«, log ich.

»Ich weiß, dass ich dir richtig wehgetan habe. Aber …« Er klang verlegen. »Ich würde alles tun, damit du mir verzeihst.«

»Vielleicht kann ich dir irgendwann verzeihen. Aber das heißt noch lange nicht, dass ich dir auch wieder vertrauen werde.« Die Worte hatten sich wie von selbst gesagt und ich schluckte schwer.

Es wurde still am anderen Ende. Nicht mal ein Atmen war zu hören, bis Leif mit belegter Stimme fragte: »Bleiben wir denn wenigstens Freunde?«

Ja klar, das würde bestimmt wunderbar funktionieren. Schließlich waren sowohl die Filmgeschichte als auch mein Bekanntenkreis voll von frisch getrennten Ex-Pärchen, die »Freunde blieben«. Nicht.

Eine Träne rollte mir über die Wange und wurde vom gestreiften Kissenbezug aufgesogen. »Okay. Lass uns Freunde bleiben.«

Ich legte auf und vergrub meinen Kopf unter dem Kissen. Dieser Idiot hatte alles kaputtgemacht. Er war der erste Junge, den ich wirklich gemocht hatte. Mein Herz wollte sich gerade vor dem Hirn verneigen und endgültig kapitulieren, da ging eine Nachricht ein.

Ich werde dir beweisen, dass du mir vertrauen kannst. So leicht gebe ich dich nicht auf.

Achtzehn

Kathinka Bergmann hatte ihren Ruf als Trendsetterin vorerst eingebüßt und musste in den folgenden Wochen vereinzelte »Kathinka guckt Kinderfilme«-Gesänge einstecken – und das nicht nur aus den unteren Jahrgängen. Melissa hatte die Zeichen der Zeit erkannt und zeigte beachtliche Führungsqualitäten. Sie hatte Kathinka und Sarah vom Thron gestoßen und die Aushilfszicken hinter sich vereint. Melissa verhielt sich Lena und mir gegenüber ausgesucht freundlich und tat so, als hätte sie diese ganze alberne Hexengeschichte sowieso nicht geglaubt. Sie hielt es für besser, sich nicht mit Kathinka und Sarah blicken zu lassen, und brachte alle Mädchen der Klasse dazu, es ihr gleichzutun. Eine neue Königin war geboren.

Mein Mitleid für die gestürzte Kat hielt sich in Grenzen. Auch wenn sie und Sarah sich in letzter Zeit wegen jeder Kleinigkeit in die Wolle bekamen, ich war mir sicher, dass sie sich bald wieder zusammenraufen und gegen

Melissa verbünden würden. Wir konnten uns relaxt zurücklehnen und die Show genießen.

Dann kam endlich der Freitag vor meinem Geburtstag und die Schule war wegen einer Lehrerkonferenz sogar früher aus. Wir mussten deswegen auf den Unterricht in der siebten und achten Stunde verzichten – eine Tatsache, die wir stumm erduldeten.

Lena hatte mich in den letzten Tagen mit der Frage gelöchert, was ich mir zum Geburtstag wünschte, und machte das auch jetzt auf dem Heimweg. Eigentlich wünschte ich mir nur eins: Adam sollte endlich wieder nach Hause kommen. Aber das ließ sich schlecht als Geschenk einpacken.

Ich hatte nichts mehr von ihm gehört, seit wir ihn bei van Feldern zurückgelassen hatten. Ma meinte, das sei ein gutes Zeichen, denn er würde sich schon melden, wenn er Hilfe bräuchte. Sie sagte, van Feldern würde es nicht wagen, ihn gegen seinen Willen festzuhalten.

Je länger Adam verschwunden blieb, desto stärker plagten mich die Zweifel. Alles wäre so einfach, wenn wir ihm von unserer Entdeckung erzählen würden. Als ich das Ma gegenüber geäußert hatte, hatte sie mich mit einem merkwürdigen Ausdruck angesehen, mir sanft über den Kopf gestrichen und sich für den Rest des Abends an ihren Schreibtisch gehockt.

»Vielleicht etwas für dein neues Zimmer?«, unterbrach

Lena meine Gedanken. Ich hatte ihr von den Plänen des alten Staubsaugers erzählt und sie war auf das Ergebnis beinahe genauso gespannt wie ich.

»Das musst du dann aber mit dem Major absprechen«, sagte ich. Er feilte schon seit einer Woche an dem Konzept und würde ein Geschenk in der falschen Farbe keinesfalls tolerieren.

»Das hätte ich sowieso!« Lena winkte ab, als sei es das Selbstverständlichste auf der Welt, Präsentideen mit Staubsaugern abzustimmen.

Mein Handy summte und ich nahm es aus meiner Tasche. Eine Nachricht von Leif. Projekt »Freunde bleiben« war in vollem Gang.

Wir hatten uns seit dem Gespräch im Park nur im Vorbeigehen in der Schule gesehen und ich gab mich betont zurückhaltend. Trotzdem schrieben wir uns jeden Abend, wenn ich bereits im Bett lag. Ich würde es niemals zugeben, aber ich konnte es gar nicht erwarten, dass seine Nachricht endlich eintrudelte, und ich las sie stets mit klopfendem Herzen.

Leif war noch immer nicht davon abzubringen, sich von Ma das Gedächtnis schwärzen zu lassen. Ich fand es zwar sehr schmeichelhaft, dass er das Risiko der anschließenden Verblödung für mich in Kauf nehmen wollte, war jedoch nicht überzeugt von der Idee. Nach dem Zauber wäre er ein anderer Mensch. Er würde sich nicht mehr daran erinnern, wie wir uns kennengelernt hatten und was danach alles zwischen uns vorgefallen war. Und wenn ich ganz ehrlich zu mir war, konnte ich den Gedanken nicht ertragen, dass er die Magie in meinem Leben vergaß. Ich wollte keine Geheimnisse mehr vor ihm haben.

»Leif fragt, ob wir noch im Emily's vorbeikommen«, teilte ich Lena mit. Dass er ein Herz-Emoji hinzugefügt hatte, verschwieg ich lächelnd.

Doch Lena schüttelte den Kopf. »Keine Zeit. Immerhin ist morgen deine Geburtstagsparty und ich muss noch ein Geschenk besorgen.«

»Party würde ich das jetzt nicht nennen.« Genau genommen hatte ich nur Lena eingeladen, die aber auch in Leons Namen zugesagt hatte.

Wir verabschiedeten uns und ich überlegte, ob ich nach Hause gehen sollte. Der Major war seit dem frühen Morgen mit seinen Renovierungsarbeiten beschäftigt und ich würde in der Küche hocken und den Baulärm ertragen müssen.

Mit einem schnellen Blick checkte ich den Sitz meiner Klamotten, fuhr mir mit den Fingern durch die Haare und machte mich auf ins Emily's.

»Was ist denn hier los?« Ich hatte mich nur mit Mühe zu Leif vorkämpfen können, denn es war zum Brechen voll. Selbst vor der Theke standen die Leute in einer langen Schlange an und warteten auf ihre Bestellungen.

Leif erhob sich von dem vanillegelben Sofa und grinste mich an. »Seit Neuestem gibt es hier ›Cupcakes to go‹. Das kommt ziemlich gut an. Sie haben dafür extra einen neuen Bäcker eingestellt.« Er zog mich mit sich auf das Sofa. Unser Gewicht ließ uns in den weichen Sofakissen gegeneinandersinken, und mein Versuch, von Leif wegzurücken, war verhalten erfolgreich.

Uns gegenüber saßen zwei Mädchen aus seiner Klasse, die das sehr genau beobachteten. »Feli, das sind Nele und Mia«, stellte Leif die beiden vor und beachtete sie dann nicht weiter. »Wie geht es dir?«

»Oh, danke. Sehr gut.« Mein Blick huschte zu Nele. Sie war das Rucksackmädchen, das neulich mit Leif Kaffee trinken wollte. Aus der Nähe war sie sogar noch viel hübscher. Sie lächelte kurz und unterhielt sich weiter mit ihrer Freundin.

»Wo ist denn Lena?«, fragte Leif.

»Sie muss noch etwas besorgen.«

»Ein Geburtstagsgeschenk?«

Ich sah ihn überrascht an. »Woher weißt du das denn?«

Er hob vielsagend eine Augenbraue. »Ich habe meine Informanten.«

Okay. Ich zögerte und überlegte, ob ich Leif nicht auch einladen sollte. Der Abend könnte sonst sehr öde werden, wenn ich LeLe beim verliebten Händchenhalten zusehen musste. Es würde natürlich keine Party werden. Kathinka

Bergmann gab Partys. Meine Feier mit Kaffee und Kuchen war wohl eher ein Kindergeburtstag. »Hör mal, wenn du willst, kannst du vielleicht auch …? Nichts Großes, nur Lena und …«

»Cool!« Leif strahlte mich an und stand auf. »Ich wäre sowieso auf einen Sprung vorbeigekommen. Was willst du trinken?«

Er ging zur Theke, um mir eine heiße Schokolade zu holen, und ich blieb allein auf dem Sofa zurück. Ich bemerkte nervös, dass Nele und Mia mich ansahen, und kratzte mich verlegen an der Stirn. Wir tauschten, komplizierten Regeln folgend, Blicke und Lächeln aus, bis wir uns schließlich gegenseitig von unserer Harmlosigkeit überzeugt hatten.

Leif kehrte keinen Moment zu früh mit unseren Getränken zurück und hatte sogar einen Teller mit Mini-Cupcakes dabei.

»Weil wir Stammgäste sind«, erklärte er und ließ sich schwungvoll auf das Sofa fallen, wodurch ich in seine Richtung kippte. »Wir sollen die neuen Sorten probieren.«

Mia, Nele und ich gaben beim Anblick der süßen Minis verzückte Laute von uns. Das war der Hundewelpeneffekt – die winzigen Küchlein mit ihren verführerisch bunten Hauben sahen einfach zum Anbeißen aus. Wie kleine, wunderhübsche Kuchenpralinen. Und sie waren ein Hochgenuss. Leif überließ uns wie ein Gentleman die Cupcakes und besorgte uns allen eine zweite Runde heiße Schokolade.

Es war so einfach, mit Leif Zeit zu verbringen, seit keine Geheimnisse mehr zwischen uns standen. Er berührte mich so oft, dass es kein Zufall sein konnte, er hörte gespannt zu, wenn ich etwas sagte, und jedes Mal, wenn er mir tief in die Augen blickte, spürte ich ein Kribbeln in der Magengegend.

Nele und Mia waren dann doch ganz nett und wir hatten einen tollen, herrlich normalen Nachmittag zu viert. Wir fanden heraus, dass wir einige Lehrer gemeinsam hatten, lachten über deren Eigenheiten und machten uns gnadenlos über Leif lustig, der Mathe als geistig beflügelndes Fach bezeichnete.

Das Emily's leerte sich gegen Abend, und auch Nele und Mia wollten los. Gemeinsam verließen wir das Café und verabschiedeten uns draußen. Ich sah den beiden nach und sagte zu Leif: »Die sind echt nett.«

»Ja, ich mag sie auch.«

Ich spürte einen hauchfeinen Stich Eifersucht und rieb mir über die Arme. Leif, der sein Sweatshirt um die Hüften gebunden hatte, löste den Knoten und legte es mir um die Schultern. »Ich bringe dich nach Hause.«

»Super.« Ich lächelte ihn an und griff nach der Hand, die er mir entgegenstreckte. Freunde hielten doch gelegentlich Händchen, oder? Ein eigenartiges Gefühl im Nacken brachte mich dazu, zum Emily's zurückzublicken. Ich hatte den Eindruck, beobachtet zu werden, doch ich konnte niemanden hinter den spiegelnden Fensterscheiben erkennen.

»Was ist denn, Feli?«

»Ach, nichts.«

»Dann komm«, sagte Leif und zog mich gut gelaunt mit sich.

»Wow!« Ich bekam den Mund nicht mehr zu. Vorsichtshalber machte ich einen Schritt zurück in den Flur, um sicherzugehen, dass es wirklich die Tür zu meinem Zimmer war. »Wow!«

»Gefällt es dir?« Der Major blinzelte mich erwartungsvoll an. Sein Eimerkopf war über und über mit weißen und seegrünen Sprenkeln bedeckt, obwohl er einen Hut aus Zeitungspapier trug. Seine Wischmopphand hatte als Pinsel gedient und tropfte noch, weil er sie gerade erst ausgewaschen hatte.

Ma stand hinter mir. »Der liebe Major hat keine Pause gemacht, weil er dich unbedingt überraschen wollte, wenn du nach Hause kommst.«

Das war ihm gelungen. Ehrfürchtig trat ich ein und spürte, wie mir die Freude die Wangen rot färbte. »Das ist einfach unglaublich.«

Die Wände waren in einer derart raffinierten Technik gestrichen, dass der Raum viel größer wirkte. Meine Wunschfarbe Seegrün an der Kopfseite ging sanft in ein strahlendes Weiß über. Alles hatte seinen perfekten Platz gefunden. Mein altes Holzbett hatte der Major sogar mit Drechselarbeiten verschönert und cremeweiß in Antik-Optik gestrichen, ebenso die restlichen Möbel. Auf die Türen meines Kleiderschranks hatte er zusätzlich filigrane Blumenornamente gemalt und die Polster des Schreibtischstuhls hatte er passend zur Raumfarbe erneuert. Selbst der Holzboden war nicht wiederzuerkennen. Die ehemals abgenutzten Dielen waren blank poliert und glänzten in einem warmen Honigton.

Ma hatte, wie sie zugab, ein klein wenig gezaubert, damit alles schneller trocknete und der Raum nicht nach Lack und Farbe roch.

»Und der Teppich!« Ich zog Schuhe und Strümpfe aus, sprang begeistert auf den Hochflorteppich und entdeckte dabei die wunderschöne Tagesdecke, die auf meinem Bett lag.

»Den Teppich und die Decke hat Stella für mich besorgt«, erklärte der Major bescheiden.

Mit einem kleinen Quieken hüpfte ich zu ihm und drückte ihn an mich. »Danke, Major. Du bist das beste Haushaltsgerät, das man sich nur wünschen kann.«

Ich wachte mitten in der Nacht auf und blinzelte verschlafen. Alles war still und silbernes Mondlicht tauchte mein neues Zimmer in einen angemessenen Glanz. Zufrieden seufzend kuschelte ich mich in mein Kissen, fuhr aber gleich wieder erschrocken hoch. Am Fußende des Betts stand der Major. Meine Augen hatten sich inzwischen so weit an die Dunkelheit gewöhnt, dass ich seinen sorgenvollen Gesichtsausdruck erkennen konnte. Nur deshalb schmiss ich ihn nicht laut zeternd raus. »Was ist denn los?«

»Ich habe nachgedacht«, sagte er langsam und rollte näher.

»Klasse.« Mein herzhaftes Gähnen sollte als Wink mit dem Zaunpfahl dienen. »Erzähl mir morgen davon.«

»Stella hat gesagt, du sollst dir bis morgen überlegen, ob du eine Hexe sein willst.« Im Mondlicht wirkte das Gesicht des alten Staubsaugers beinahe menschlich und sein Kritzelbart zuckte verdrossen. »Hast du dich schon entschieden?«

»Ja.« Was gab es da herumzudrucksen? »Ma soll die dämliche Magie versiegeln.«

Der Major nickte niedergeschlagen; offensichtlich hatte er mit dieser Antwort gerechnet. Er ließ seine Staubbeutelbrust in sich zusammenfallen, drehte sich um und rollte in Richtung Tür. Dann blieb er stehen und schnaufte: »Wenn deine Magie versiegelt wird, erlischt jeder Zauber, den du je gewirkt hast.«

»Darüber musst du dir keine Sorgen machen, Major.« Ich strich die Bettdecke glatt und schloss müde die Augen. »Ich habe noch nie gezaubert.«

»Nein?« Der Major war schon beinahe zur Zimmertür hinaus und fragte über die Schulter: »Und was ist mit Adam?«

Fabelhaft! Jetzt war ich hellwach. Ich warf mich hin und her und dachte angestrengt über die Worte des Majors nach. Konnte es wirklich sein, dass meine Magie für Adams Entstehung verantwortlich war? In meinem Kopf kreisten die Erinnerungen an den schicksalhaften Abend, an dem Adam aufgetaucht war. Ma war gar nicht da gewesen, als wir die Backmischung verschüttet hatten, nur der Major, Lena und ich. Der Major war selbst ein verzauberter Gegenstand, er verfügte über keinerlei Magie. Und Lena? Lena war das, was ich so gern sein wollte: ein ganz normales Mädchen.

Das Persönlichkeitspulver konnte nur mithilfe von Zauberei wirken. Wer hatte also gezaubert, wenn nicht ich?

Wie zur Bestätigung plätscherte in meinem Innern der Bach lieblich vor sich hin, schwoll gemächlich an und zwang mich, noch einmal die Toilette aufzusuchen. Wieder im Bett, ließ ich mich wie eine Feder auf der Wasseroberfläche in einen traumlosen Schlaf treiben.

»Guten Morgen, mein Engel.« Ma kam mir entgegen, als ich verschlafen die Küche betrat, und umarmte mich. »Herzlichen Glückwunsch zum Geburtstag.«

Der Frühstückstisch war reich gedeckt und auf dem Kuchen mit Schokoglasur befanden sich fünfzehn Geburtstagskerzen, die der Major soeben ansteckte. Er verzog seinen Schnauzbart zu einem matten Lächeln. »Alles Gute, Felicitas.«

Ma deutete auf die Hexenküchenzeile, auf der drei bunt verpackte Pakete mit großen Schleifen lagen. Mit einem spitzen Schrei stürzte ich mich auf die Geschenke, wählte zuerst das größte aus und riss es auf. Es waren die Schuhe, die mir im Einkaufscenter so gut gefallen hatten. Ich tanzte vor Freude auf der Stelle und schwang die Schuhe durch die Luft. »Woher wusstest du das?«

»Lena hat es mir verraten«, lachte Ma. »Los, pack die anderen auch aus.«

Im nächsten Päckchen fand ich ein Paar Jeans und im letzten ein süßes T-Shirt, das definitiv das Potenzial hatte, mein neues Lieblingsshirt zu werden.

Wir setzten uns an den Tisch, ich blies mit einem Atemzug alle Kerzen aus und der Major schnitt für uns den Kuchen an. Wir quatschten ausgiebig über alles Mögliche und auch der Major, der anfangs bedrückter Stimmung gewesen war, wurde zunehmend fröhlicher.

Doch dann stellte Ma die Frage, vor der ich mich so

gern gedrückt hätte: »Hast du dich entschieden, was wir mit deiner Magie machen sollen?«

Ich biss ein Stück Kuchen ab und sagte mit vollem Mund: »Wir sollten bald mit meiner Ausbildung beginnen.«

Neunzehn

Lena tauchte auf, als ich meine neuen Klamotten anprobierte. Sie setzte sich auf mein Bett und beobachtete mit bewundernd vorgeschobenem Kinn, wie ich mich vor dem Spiegel drehte. Die Jeans passten wie angegossen. Auch das T-Shirt war wie für mich gemacht und die Schuhe hatten genau die richtige Absatzhöhe, um mich nicht bei jedem Schritt umknicken zu lassen.

»Und? Wie findest du's?«

»Irgendwie siehst du anders aus«, sagte Lena. »Gut, aber anders.«

»Bestimmt liegt es daran, dass ich mich endlich so akzeptiere, wie ich bin«, erwiderte ich weise.

»Hä?« Lena ging zur Kommode und nahm sich meine Bürste. Während sie ihre dunkelblonde Mähne kämmte, erzählte ich ihr von meinem Entschluss, eine echte Hexe zu werden.

Ich hatte lange darüber nachgedacht, warum ich mich eigentlich so sehr dagegen sträubte. Ich wollte nie etwas mit diesem ganzen Hexenschnickschnack zu schaffen haben und hatte alles abgelehnt, was auch nur ansatzweise mit Zauberei zu tun hatte. Von klein auf hatte ich mir eingeredet, mein Vater käme zurück und würde mich unter Tränen endlich als seine Tochter anerkennen, wenn er erst erfuhr, dass ich nicht wie Ma war. Aber ich war wie Ma. Und ich wusste ehrlich gesagt auch nicht, was daran so schlimm sein sollte. Meine Mutter half Menschen, sie gab immer ihr Bestes, damit es allen gut ging, und sie setzte, wenn es sein musste, sogar ihre eigene Sicherheit aufs Spiel. Sie war eine gute Hexe und ich wusste, ich konnte auch eine werden.

Außerdem wollte ich nicht riskieren, dass Adam meinetwegen aufhörte zu existieren. Ganz gleich, wo er auch steckte, ich würde ihn niemals in Gefahr bringen.

»Cool«, sagte Lena und legte die Bürste zurück. »Ich wünschte, ich könnte auch eine Hexe werden.«

»Nicht im Ernst!«

Lena schnappte nach Luft. »Na, weißt du eigentlich, was für ein Glück du hast? Allein euer obergenialer Staubsauger. Ich meine, hallo? Er hat dein Zimmer renoviert. Sieh dich mal um! Das ist doch der Hammer!«

»Du hast Recht.« Ich dachte daran, wir stolz der Major auf sein Werk war, und musste grinsen. »Er ist nicht übel.«

Weil Leon auch kommen wollte, hatte Ma den Major im Arbeitszimmer untergebracht. Sie hatte extra einige

Kataloge aus dem Elektrofachhandel besorgt, die er in Ruhe studieren konnte. (Ab Montag würde er dann mit den Herstellern telefonieren, sie auf Fehler aufmerksam machen und technische Verbesserungen vorschlagen. Und ab Dienstag wären die meisten Servicenummern abgeschaltet.)

Pünktlich auf die Sekunde klingelte Leon. (Wahrscheinlich lag das an seiner Taucheruhr. Die, die er auch in Kathinkas Pool … Ach, ich war echt zu nachtragend.) Er kannte mein Zimmer zwar nicht von früher, dennoch zeigte er sich von der Wandgestaltung gebührend beeindruckt. Dann klingelte es erneut und ich erwartete Leif, aber es waren weibliche Stimmen, die aus dem Flur zu uns drangen. Neugierig öffnete ich die Tür und spähte aus meinem Zimmer.

»Melissa?«, fragte ich verdutzt.

Melissa und zwei Aushilfszicken kamen auf mich zu.

»Hi, Feli.« Sie hielt mir ein in silbernes Papier eingewickeltes Päckchen entgegen. »Das ist von uns dreien. Ich hoffe, es gefällt dir.«

»Äh, danke.« Ich wandte mich zu Lena um.

Sie zuckte mit den Schultern und grinste. »Überraschung!«

»Wusstest du etwa davon?«

»Klar!«

Ma schlug vor, in den Garten zu gehen. Sie hatte dort

ein Büffet aufgebaut und Getränke bereitgestellt. Der Apfelbaum war mit einer Lichterkette geschmückt und im ganzen Garten hingen Lampions. Eine Musikanlage, die ich noch nie zuvor gesehen hatte, zog Leon wie magisch an – also, im übertragenen Sinne (hoffte ich).

Nach und nach trudelten immer mehr Überraschungsgäste ein und bald befand sich nicht nur beinahe unsere gesamte Klasse im Garten, es waren auch ein paar Leute aus den höheren Jahrgängen darunter. Leon schien sich zum DJ berufen zu fühlen und spielte nur ausgewählte Songs, während Lena und Melissa alle mit Getränken versorgten.

Ma hatte es geschafft, eine richtige Party auf die Beine zu stellen, ohne mir ein Sterbenswörtchen zu verraten. Ich hatte richtig Spaß und unterhielt mich mit dem komischen Jungen, dessen Namen sich niemand merken konnte. Er hatte irgendwann im letzten Halbjahr seine Spange rausbekommen und war seitdem viel selbstbewusster. Und hübscher. Er forderte mich zum Tanzen auf und als ich mich beschwingt umdrehte, um meinen Becher abzustellen, stand Leif hinter mir. Er runzelte die Stirn und fragte: »Stör ich etwa?«

»Quatsch.«

»Okay«, sagte Leif, nahm mir den Becher ab und reichte ihn dem Jungen ohne Spange. »Ab hier übernehme ich.«

Der Junge ohne Spange machte ein enttäuschtes Gesicht

und nahm mir das Versprechen ab, später mit ihm zu tanzen. Leifs ernster Blick, mit dem er ihm hinterhersah, amüsierte mich. »Ich bin die Gastgeberin. Ich muss dafür sorgen, dass sich alle wohlfühlen.«

»Wenn du willst, dass ich mich wohlfühle«, sagte Leif leise und zog mich an sich, »dann tanzt du mit keinem anderen.«

»Wir sind nur Freunde. Schon vergessen?«

»Wie du meinst.« Leif grinste und schlang einen Arm um meine Taille.

Leon spielte ein langsames Stück. Ich schmiegte mich an Leif und genoss seine Nähe, seine Bewegungen zum Takt der Musik. Es war meine Geburtstagsfeier und die würde ich so richtig genießen. Über alles andere konnten wir wann anders sprechen. Ich spürte den leichten Druck seiner Arme auf meinem Rücken, mit denen er mich festhielt.

Es fühlte sich traumhaft an. Ich wünschte, Leon würde dieses Lied in einer Endlosschleife laufen lassen, und vergaß alles um mich herum, bis mich jemand am Ärmel zupfte.

»Feli!« Es war Lena. Sie deutete zum Büffet. »Kuchen!«

»Oh, eine Torte!« Ma hatte offenbar keine Kosten und Mühen gescheut. Allem Anschein nach hatte sie im Emily's eine zweistöckige Cremetorte bestellt, die der Lieferant gerade abstellte. »Mann, sieht die lecker aus.«

Lena blickte mich ungläubig an. »Feli, bist du blind?«

»Wieso?« Ich hatte die Torte doch gesehen. Sicherheitshalber schaute ich genauer hin und dann blieb mir der Mund offen stehen. Der Lieferant war Adam.

Ich löste mich von Leif und ging mit zitternden Knien auf Adam zu. Er sah mich an, ein unsicheres Lächeln auf den Lippen. »Herzlichen Glückwunsch zum Geburtstag, Feli.«

»Was machst du hier?«

»Nun, du hast Geburtstag und …«, begann er.

Doch ich unterbrach ihn fauchend. »Ich weiß, dass ich Geburtstag habe. Aber was suchst du hier?« Ich kämpfte mit den Tränen. Die Tatsache, dass er mich allein gelassen hatte und lieber bei van Feldern geblieben war, schmerzte noch immer.

»Es tut mir leid, Feli. Wenn du willst, gehe ich wieder.«

Ja, sollte er doch hingehen, wo der Pfeffer wächst. Wir kamen auch ohne ihn prima klar, wie brauchten ihn nicht. Niemand brauchte Adam Prinz!

Ich wollte mich umdrehen und weglaufen, doch meine Beine hatten anscheinend beschlossen, keine Anweisungen von meinem Hirn entgegenzunehmen. Ich blieb, wo ich war, und Adam trat näher an mich heran. Seine Stimme klang rau und ich hatte Mühe, sie über die Musik und die Gespräche um uns herum zu verstehen. »Ich vermisse dich so sehr, Feli.«

»Du bist ein Idiot, Adam.«

»Ich weiß.« Er wirkte aufrichtig zerknirscht. »Können wir reden?«

Wir suchten uns ein ruhiges Plätzchen und setzten uns auf die kleine Gartenbank vor dem Haus. Ich wischte mir über die Nase. Na toll. Jetzt war sie bestimmt knallrot.

»Und? Was hast du in letzter Zeit so getrieben?« Leider gelang es mir nicht, höflich distanziert zu klingen. Adams Auftauchen hatte eine Gefühlslawine in mir losgetreten. Sie war bereits von Wut in Enttäuschung übergegangen und wandelte sich allmählich in pure Erleichterung. Endlich konnten wir reden. »Wie ist es so in van Widerlings Protzschuppen?«

»Ehrlich gesagt wohne ich nicht mehr bei van Feldern.«

»Aber … Warum?«

Adam grinste. »Zugegeben, es war recht komfortabel«, er machte eine bedeutungsvolle Pause, »und gleichzeitig schrecklich ungemütlich. Feli, du hast ja keine Ahnung, wie kalt und unpersönlich dieses Haus ist. Vollgestopft mit wertvollen Gegenständen, die man unter keinen Umständen berühren darf.«

»Hast du sie trotzdem angefasst?«

»Jeden einzelnen«, sagte Adam, ohne mit der Wimper zu zucken. »Manche sogar zweimal.«

Ich musste an unsere letzte Unterhaltung denken und fragte: »Hast du denn gefunden, wonach du gesucht hast?«

»Ja.«

»Echt?« Erstaunt setzte ich mich auf. »Habt ihr van Schleimis Rezept entschlüsselt?«

»Nein.« Adam schnaubte. »Aber ich weiß jetzt, dass ich die falschen Fragen gestellt habe. Ich habe immerzu nach hinten geschaut anstatt nach vorn. Weißt du«, er holte tief Luft und strich verschämt mit seinem Schuh über das Gras, »ich muss mein Leben als Geschenk ansehen. Ich bin da, darauf kommt es an. Und ganz gleich, wie viel Zeit ich habe, ich will sie nutzen und etwas tun, das mich glücklich macht.«

»Und was macht dich glücklich?«

»Ich arbeite jetzt im Emily's. Als Bäcker.«

»Dein Ernst?«

Adam nickte und sein dunkles Haar fiel ihm dabei ins Gesicht. Ich hatte ganz vergessen, wie unbeschreiblich gut er aussah.

»Ich liebe es, zu backen. Ich bin ganz verrückt danach. Und«, fügte Adam nicht ohne Stolz hinzu, »meine Chefin meint, ich sei der großartigste Bäcker, den sie je getroffen hat.«

Ich kicherte. »Du weißt schon, dass das sonderbar ist, oder?«

»Was denn?«

»Na, den Kuchen zum Bäcker zu machen.«

Adam sah mich mit hochgezogenen Augenbrauen an

und versuchte, ernst zu bleiben. Dann musste er doch lachen und ich lachte mit.

Ein Knoten war geplatzt und ich fühlte mich mit einem Schlag wie befreit. Nur eines musste ich unbedingt noch wissen. »Warum bist du nicht wieder zu uns nach Hause gekommen?«

»Ehrliche Antwort?« Er wartete mein Nicken ab und sagte: »Das hat zwei Gründe. Ich bin bei Emily untergekommen. Es ist klein, aber gemütlich. Irgendwie erinnert es mich sehr an euer Zuhause.«

»Hm. Das ist aber nett von Emily.« Ohne sie wäre Adam wieder zu uns gezogen. Ich biss die Zähne zusammen und schüttelte die schlechten Gedanken ab. Adam fühlte sich wohl und war sein eigener Herr. Mehr konnte man sich doch nicht wünschen. »Und zweitens?«

»Meine Gefühle für dich, Feli. Ich dachte, ich drehe durch, wenn ich dich und Leif jeden Tag zusammen sehen muss.«

»Oh.« Ich schluckte. »Warum hast du denn nichts gesagt?«

»Das hab ich doch versucht. Erinnerst du dich? Ich habe dich gefragt, ob du etwas für mich empfinden könntest, wenn ich ein richtiger Mensch wäre.«

Ich starrte ihn an. »Weißt du, du hast mich manchmal auch ganz schön durcheinandergebracht.«

»Echt?« Adam kniff die Lippen zusammen, doch er schaffte es nicht ganz, sein Lächeln zu verbergen.

Wir schwiegen beide und Adam malträtierte weiterhin das Gras mit seinen Füßen. Dann erzählte er von seinen Cupcake-Kreationen und dass Emily ihn von vorne bis hinten bemutterte, und ich berichtete von Leif, der sich für mich sogar das Gedächtnis schwärzen lassen wollte.

»Vielleicht ist der Kerl doch nicht so übel«, überlegte Adam, und bevor ich voller Überzeugung zustimmen konnte, kam Ma um die Ecke. Adam stand sofort auf und ging auf sie zu. »Stella!«

Ma strahlte vor Freude. »Adam. Mein Junge, ich kann dir gar nicht sagen, wie froh ich bin, dass es dir gut geht.«

Zur Antwort nahm Adam sie in die Arme.

»Ich habe nachgedacht.« Ma streckte eine Hand nach mir aus, damit ich mich zu ihnen stellte. »Ich habe dir etwas verweigert, Adam, und das war falsch.«

»Stella, bitte«, wehrte Adam ab. »Wir sollten das einfach vergessen.«

»Nein. Es ist wichtig, dass du selbst entscheidest.« Sie fingerte an ihrem weiten Rock herum und zog einen Briefumschlag aus der Tasche. »Ich habe Feli das Versprechen abgenommen, dass sie dir nichts davon erzählt.«

Adams grünbraune Augen sprangen zu mir, doch er ließ Ma weitersprechen. Er hörte ihr zu, ließ sich alles über das Ablaufdatum seiner Zutaten erzählen und Mas Theorie, dass es ihn mindestens so lange geben würde. »Du hast noch Zeit. Ich habe dir das Datum aufgeschrieben.«

Adam griff zögernd nach dem Umschlag, den sie ihm entgegenhielt. Ma legte ihm eine Hand auf den Arm und fuhr fort: »Du musst eins wissen: Dieses Datum sagt eigentlich gar nichts darüber aus, wie lange du leben wirst. Denn die meisten Lebensmittel halten viel länger, als auf der Packung angegeben.« Sie kratzte sich am Kopf. »Ich habe in Magdas Küche mal eine Packung Mehl aus den Siebzigern gefunden, die man noch wunderbar verwenden konnte.« Ich wollte nachhaken, wofür genau sie dieses wunderbare Mehl denn verwendet hatte, doch Ma ließ mich nicht zu Wort kommen. »Es kann jeden von uns jederzeit treffen. Das müssen wir alle akzeptieren. Und dass du dein Datum nicht kennst, macht dich noch mehr zu einem Menschen, als du ohnehin schon bist.«

Adam schluckte und betrachtete den Briefumschlag, während Ma mich anlächelte und uns dann allein ließ. Ich musterte Adam und fragte mich, wie er sich entscheiden würde.

Hinter uns räusperte sich jemand und wir fuhren herum. Leif kam auf uns zu und ließ Adam dabei nicht aus den Augen. Ich stupste Adam von hinten an, woraufhin er seufzte, sich einen Ruck gab und Leif die rechte Hand hinhielt. Leif grinste und ergriff sie.

Während wir langsam zu den anderen zurückgingen, begann er, Adam über seine Zeit bei van Feldern auszufragen, und bald unterhielten sich die beiden wie gute

Freunde. Ich bemerkte, dass Adam immer wieder zu Melissa hinübersah. Wenn ich es nicht besser gewusst hätte, hätte ich geschworen, einen normalen Jungen aus Fleisch und Blut vor mir zu haben. Schließlich ermutigte ich ihn, sie anzusprechen, und ich konnte nicht anders, als ihn dabei zu beobachten. Melissa war ihm sofort verfallen und scheuchte, ganz Königin, die sie umschwärmenden Aushilfszicken davon. Adam wirkte schüchtern und zielstrebig zugleich, wie er sich durch das glänzende Haar fuhr und den Kopf neigte, um ihr über die Musik hinweg zuzuhören. Ich sah, dass er den Briefumschlag zusammenknüllte und in den Behälter für gebrauchte Servietten warf.

Ha! Der Ferieneffekt würde sich ein anderes Opfer suchen müssen.

»Sieht so aus, als ob Adam mir verziehen hätte«, sagte Leif.

»Adam hat ein großes Herz.«

»Und du?«

»Was meinst du?« Ich versuchte, Leif mit zu den Getränken zu ziehen. Ich hätte genauso gut versuchen können, einen vollbeladenen LKW vorwärts zu schieben, Leif bewegte sich kein Stück. »Lass uns jetzt nicht darüber sprechen, ja? Es ist mein Geburtstag und ich will Spaß haben.«

»Ich muss es aber wissen, Feli.«

»Lass uns das langsam angehen, ja?«

Leif nickte und ich wollte an ihm vorbei, doch er hielt

mich am Zipfel meines T-Shirts fest. Bevor ich dazu kam, mich entrüstet zu befreien, legte er einen Arm um mich und zog mich ganz nah an sich heran. Mit der freien Hand hob er mein Kinn an und senkte seinen Kopf. Seine Lippen strichen nur ganz leicht über meine und er sah mir abwartend in die Augen. Mein alter Freund, der Igel, hatte in der Zwischenzeit Ballettunterricht genommen und drehte eine anmutige Pirouette nach der anderen.

»Glaub ja nicht«, hauchte ich, »dass du mich so leicht rumkriegst.«

»Wie du meinst.« Ich spürte Leifs Grinsen, als seine Lippen sanft auf meine trafen, und danach fiel mir für eine ganze Weile keine passende Erwiderung ein.

»Feli, kannst du mir was versprechen?«, flüsterte er mir ins Ohr, als wir uns eng aneinander geschmiegt viel zu langsam zu der Musik bewegten.

»Was denn?«

Leif wurde noch langsamer, bis er schließlich ganz stehen blieb. Er sah mich auf eine Weise an, die den Boden unter meinen Füßen zum Wanken brachte. »Tanz nur noch mit mir, ja?«

Falls Ma für meinen nächsten Geburtstag wieder eine Party plante, musste sie sich schon mächtig ins Zeug legen. Diesen märchenhaften Abend zu toppen, dürfte sehr schwer werden. Selbst für eine Hexe.

Mein Herz klopfte wie wild und ich nickte.

Danksagung

Ich möchte allen danken, die Adam zum Leben erweckt haben.

Meiner Agentin Cristina Bernardi, die ein Zuhause für ihn gefunden hat. Meiner Freundin und Kollegin Christiane Lindecke, die bei Kaffee und Kuchen jeder Idee geduldig lauschte. Meiner Tochter Elaine, die immer Zeit für Adam fand. Meinen Eltern, die eine große Überraschung für mich hatten. Und besonders meiner Lektorin Kathrin Becker für ihre witzigen und klugen Vorschläge und Anmerkungen. Das gemeinsame Arbeiten an diesem Buch hat großen Spaß gemacht.

Claudia Siegmann wurde in Kassel geboren und entdeckte früh ihre Begeisterung für die Märchen der Brüder Grimm. Während ihrer Schulzeit entstanden unzählige Geschichten, mit denen sie Blöcke, Hefte und sogar eine

© Nelli Stürmer

Rolle Raufasertapete füllte. Sie hat bereits zwei fantastische Abenteuergeschichten für Kinder veröffentlicht, für die sie mehrere Auszeichnungen und ein Stipendium erhielt. *Traumprinz nach Rezept* ist ihr erstes Jugendbuch.